KB008964

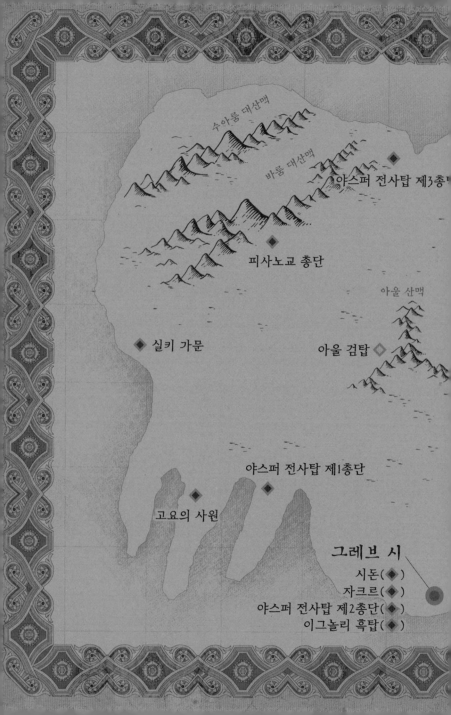

ETAN 이탄

ORIGINAL FANTASY STORY & ADVENTURE

쥬논 판타지 장편소설

dream books
드림북스

이탄 22 두 행성의 접근

초판 1쇄 인쇄 2022년 3월 10일
초판 1쇄 발행 2022년 3월 24일

지은이 쥬논
발행인 오영배
편집 편집부
일러스트 필연
표지 · 본문 디자인 오정인
제작 조하늬

펴낸곳 (주)삼양출판사 · 드림북스
주소 서울시 강북구 도봉로 173
대표 전화 02-980-2112 **팩스** 02-983-0660
편집부 전화 02-987-9393 **팩스** 02-980-2115
블로그 blog.naver.com/dreambookss
출판등록 1999년 3월 11일 제9-00046호

ISBN 979-11-283-7140-0 (04810) / 979-11-283-9990-9 (세트)

드림북스는 (주)삼양출판사의 판타지 · 무협 문학 브랜드입니다.

목차

부제: 언데드지만 신전에서 일합니다

사대신수

『성혈의 바하문트』

—신수: 날개 달린 사자

—상징: 공포

—속성: 흙(土), 피(血)

『불과 어둠의 지배자 샤피로』

—신수: 광기의 매

—상징: 탐욕

—속성: 불(火), 어둠(暗), 나무(木)

『포식자 하라간』

—신수: 투명 마수

—상징: 타락, 나태

—속성: 얼음(氷), 균(菌), 물(水)

『둠 블러드 이탄』

—신수: 냉혹의 뱀

—상징: 파멸

—속성: 금속(金), 빛(光)

발췌문

시간의 지배자라고 해서 만능은 아니다. 시간을 되감아 과거로 거슬러 올라가는 데에는 제한점이 있다는 이야기다.

— 역사적 이벤트.
— 혹은 분기점.

이게 중요한 포인트다.
시간을 거스를 때, 딱 이 분기점까지만 거슬러 올라가야 한다. 이 분기점을 넘어서서 더 오랜 과거에 개입하는 순간, 전 차원의 인과가 깨지면서 전혀 엉뚱한 평행차원이 열리게 되고, 결국 기존의 차원과 평행차원이 충돌하면서 소멸로 치달리게 되기 때문이다.

이를 알기 쉽게 설명하면, 다음 한 장의 그림으로 요약할 수 있다.

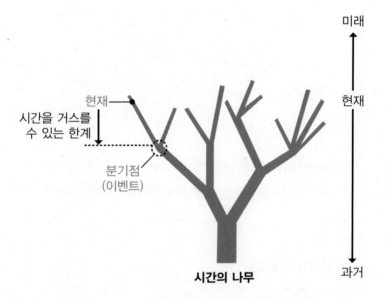

시간의 나무

좀 더 이해하기 쉽게 예를 들어 보자.

예전에 나는 부정 차원에서 여섯 눈의 존재와 맞부딪친 적이 있다. 그는 나와 치열하게 싸우던 끝에 과거로 도망쳤다.

그런데 만약 시간을 거스를 때 아무런 제약이 없다고 가정해 보자.

여섯 눈의 존재는 꽤 먼 과거까지 거슬러 올라가서 내가 부정 차원에 진입하는 행위 자체를 막아버릴 수도 있을 것이다.

혹은 더 이전으로 이동하여 내가 듀라한이 되기도 이전 아주 약했던 순간에 나를 죽여 버릴 수도 있을 것이다.

이러한 일이 허용되는 순간, 세상의 모든 인과는 뒤틀리게 마련이다.

내가 시간의 언령을 사용하여 과거로 돌아간 뒤 내 부모를 만나지 못하게 개입한다면, 현재의 나는 존재할 것인가? 아니면 사라질 것인가?

내가 과거로 돌아가 내게 영향을 주었던 사건을 뒤집어 버린다면, 현재의 나는 얼마나 바뀌어 있을 것인가?

그래서 시간의 지배자들은 시간을 되감아서 과거로 거슬러 올라갈 때 꼭 분기점까지만 가야 한다. 시간의 지배자가 이벤트가 발생한 이전까지 거슬러 올라가서 이벤트 자체를 바꾸려 든다면 그것은 곧 인과를 뒤틀어버리는 행위가 될 터이고, 궁극적으로는 시간의 나무 자체를 소멸시키는 파멸의 행위가 되리라.

이를 제한하는 것이 곧 인과의 율법이다.

시간의 지배자가 가질 수밖에 없는 명백한 한계이다.

―훗날 이탄이 집필한 서적 중에서 발췌

제1화

요제프 황자

Chapter 1

7월 14일.

오늘은 이자벨라의 영주성이 철옹성으로 거듭나는 특별한 날이었다.

이자벨라의 영주성은 원래 험준한 산을 배후에 끼고, 앞쪽과 양 옆으로는 넓은 평야지대와 맞닿은 지형에 세워져 있었다.

이렇듯 성의 3면이 트여 있는 구조라 개방성은 좋지만 적의 공격을 받았을 때 취약하다는 단점이 두드러졌다.

한데 오늘 오전 영주성의 양 옆과 배후에 회색 숲이 형성되었다. 영주성의 좌우에는 용아목 두 그루가 하늘을 뚫어

버릴 듯이 우뚝 솟았다. 용아목들이 브레스를 내뿜을 때마다 회색 소용돌이가 우르릉 우르르릉 몰아쳤다.

용아목과 회색 숲을 이곳에 옮겨 심어서 이자벨라 영주성의 방어를 튼튼히 강화한 장본인은 다름 아닌 이탄이었다.

이탄의 강화 작업은 여기서 끝나지 않았다. 이탄은 아공간 박스 속에서 몇 가지 재료를 추가로 꺼내들었다.

토트 일족의 최상급 등껍질 4개.

유바의 털 22가닥.

이탄은 그릇된 차원에서 가져온 최고급 재료들을 동원하여 이자벨라의 영주성을 강화하기 시작했다.

아직까지도 몸이 완쾌되지 않은 상태이건만 이탄이 이처럼 영주성의 강화에 매달리는 이유는 하나였다.

불안하기 때문.

'그 괴상한 존재가 언제 또 나타날지 몰라. 그놈과 치고받은 직후에 나는 정신을 잃었고, 그 놈은 어디론가 사라져버렸지. 만일의 사태를 대비해서 영주성의 방어체계를 튼튼히 해놓아야만 해.'

이것이 이탄의 판단이었다.

이탄은 영주성에 꽤 많은 물자를 쏟아부었다.

토트 일족의 최상급 등껍질 4개가 성의 앞과 뒤에 부착

되면서 성벽의 방어력이 급증했다. 이 위에 유바의 털 22가닥이 더해지면서 유사시에 성 전체가 투명해지는 기능도 추가되었다.

본디 유바 일족은 주변 일대를 투명하게 만드는 것이 주특기가 아니던가. 이탄은 유바의 털을 성벽에 심어서 투명화 특성을 부여했다.

이탄은 단지 재료만 투입한 것이 아니었다. 그는 최고급 재료 위에 아나테마에게 배운 강화마법을 새겨 넣었다.

고대 악마사원의 천재들이 만들어낸 강화계열의 마법이 토트의 등껍질과 유바의 털에 스며드는가 싶더니, 다음과 같은 추가 특성을 부여해주었다.

    <부가 효과>
    — 방어 발동 시 등껍질의 물리적 방어력 20퍼센트 증가.
    — 방어 발동 후 최초 60분간 등껍질이 받은 모든 물리적 타격의 50퍼센트를 흡수.
    — 방어 발동 시 등껍질의 마법 방어력 20퍼센트 증가.
    — 방어 발동 후 최초 30분간 등껍질이 받은 모든 마법적 타격의 50퍼센트를 흡수.

— 방어 발동 시 성의 투명화 기능 발동.

— 성이 투명화 된 이후 주변 50 킬로미터 이내

의 적들에게 환각마법 적용.

[와아아! 이탄 님, 정말 대단해용.]

짝짝짝짝짝!

이자벨라는 철옹성으로 거듭난 영주성을 보면서 박수를 쳤다.

루건, 수투루, 북토 등도 입을 쩍 벌렸다.

다들 놀랄 만도 한 것이, 이제 이자벨라의 영주성은 대형 영지의 영주급 악마종이 직접 쳐들어오더라도 쉽게 공략할 수 없는 철벽으로 거듭났다. 특히 영주성의 좌우에 떡하니 버티고 서 있는 용아목들은 멀리서 바라보는 것만으로도 숨이 콱 막혔다.

이탄은 성벽 위에서 용아목을 올려다보고는 나직하게 뇌까렸다.

[저 녀석들이 외적의 침입을 막는 수문장의 역할을 하겠지. 만약 밥값도 제대로 못 한다면 당장 뽑아서 불쏘시개로 써버릴 수밖에.]

[구어어엉.]

[구어엉.]

이탄의 중얼거림을 엿들었는지 두 그루 용아목들은 구슬픈 괴성을 토했다.

저벅, 저벅, 저벅, 저벅.

규칙적인 발소리가 단아한 회랑 내에서 메아리쳤다. 발소리의 주인공은 끝이 뾰족한 신발을 신었다. 마녀의 신발처럼 뾰족한 신발코는 위로 둥글게 휘어졌는데, 코의 끝이 거의 무릎에 닿을 정도로 높았다.

높은 신발코가 의미하는 바는, 신발의 주인이 사회적 지위가 높다는 뜻이었다.

제국 수도의 귀족들은 신발코의 높이로 자신의 신분과 위세를 드러내곤 했다. 신발코가 높으면 높을수록 그 악마종의 신분도 높았다. 반대로 코가 납작한 신발을 신은 악마종은 신분도 미천했다.

높은 신발코는 당장에 위력을 발휘했다. 회랑에서 그와 마주친 악마종들은 그의 신발코가 무릎에 닿을 듯이 높이 솟은 것을 보고는 기겁을 하면서 한쪽 옆으로 비켜섰다. 그리곤 그를 향해서 허리를 푹 숙인 채 그가 완전히 지나갈 때까지 굽힌 자세를 유지했다.

높은 신발코의 악마종은 턱을 위로 치켜들고서 아랫것들을 지나친 다음, 둥근 창이 난 건물로 들어갔다.

둥그런 창문 아래, 두 명의 악마종이 마주 앉았다.

그중 보라색 머리카락의 사내는 조금 전 회랑을 통과한 악마종이었다.

이름은 요제프.

출신 성분은 군주의 피를 직접 이어받은 황가의 혈통.

제국의 군주인 세불은 수없이 많은 자손을 보았으되, 그 중 마음에 들지 않는 자손들은 세상에 내어놓기 부끄럽다 며 먹어치웠다.

따라서 세불에게 잡아먹히지 않은 황가 혈통들은 하나같 이 능력이 뛰어난 악마종들이었다.

요제프도 그중 하나였다.

한편 요제프와 마주 앉은 사내는 체격이 탄탄한 근육질 이었다. 또한 그는 머리카락 한 올 없는 완벽한 대머리에 눈동자는 4개였다. 눈동자의 테두리는 황금빛으로 진하게 빛났다.

달리 4안의 악마종이라 불리는 이 사내야말로 제국의 2 인자인 말테 황태자였다.

요제프가 말테를 향해서 공손히 뇌파를 건넸다.

[형님, 300년 전쯤에 뵈었을 때보다 눈빛이 더 깊어지신 것 같습니다. 마력도 많이 증가하신 듯하고요.]

말테가 입꼬리를 비스듬히 비틀었다.

[푸훗! 요제프, 몇백 년 못 본 사이에 아부가 늘었구나?]

[아부라니요. 저는 느낀 바대로 말씀드렸을 뿐입니다.]

요제프는 대뜸 고개를 가로저었다.

Chapter 2

말테가 손을 휘휘 저었다.

[됐고, 모드레우스 쪽 이야기나 들어보자. 네가 모드레우스 제국에 외교관으로 파견을 나간 게 벌써 300년도 넘었지?]

[그렇죠. 시간이 참 빨리도 흐릅니다. 벌써 300년이 지나서 공관 교대를 하게 되다니요.]

[그래, 모드레우스 제국은 어떻더냐?]

말테는 상체를 바짝 기울였다. 이것은 요제프가 신이 나서 이야기할 수 있도록 멍석을 깔아주는 동작이었다.

말테의 호응 덕분에 요제프는 신바람이 나서 모드레우스 제국에 대한 이야기보따리를 풀었다.

[모드레우스 녀석들은 여전히 인간족과 교류가 잦습니다. 그들은 인간족과 계약을 맺어서 언노운 월드로 넘어가는 일을 아예 연례행사처럼 치르고 있지요. 거꾸로 인간족

가운데 2명이 모드레우스 제국으로 넘어와서 터를 잡고 살기도 하고요.]

[오호라. 나도 그 이야기를 들은 적이 있다. 와힛이라는 인간족 녀석이 우리 부정 차원에 들어와서 사는데, 실력이 제법이라지?]

말테가 추임새를 넣었다.

요제프는 혀를 내둘렀다.

[형님, 제법 정도가 아닙니다.]

[그래?]

[네. 와힛은 모드레우스 제국의 어지간한 악마종보다 더 강할 뿐 아니라 영향력도 큽니다. 게다가 최근에는 이쓰낸이라는 인간족 마녀가 와힛에 버금갈 정도로 두각을 나타내고 있습니다.]

[허어, 하찮은 인간족들이 어떻게 그럴 수가 있지? 그 벌레만도 못한 종족들이 어떻게 우리 악마종들보다 더 강해질 수가 있느냐고. 소문이 좀 부풀려진 것 아냐?]

말테는 인간족이 그렇게 강하다는 게 도통 이해가 되지 않았다.

요제프가 쓴웃음을 지었다.

[형님, 와힛은 잘 모르겠습니다만, 제가 이쓰낸이라는 계집과는 직접 부딪쳐본 적이 있습니다.]

[뭐? 네가?]

말테가 부쩍 관심을 보였다.

요제프는 이쓰낸이라는 마녀에 대해서 이야기를 시작했다.

[물론 제가 이쓰낸과 원수가 되어서 부딪쳤다는 뜻은 아닙니다. 저는 단지 외교관의 신분으로 사육제에 참석했다가 반쯤은 장난으로 그녀와 실력을 겨뤄보았지요.]

[그래서 결과는?]

[부끄럽지만 제가 밀렸습니다.]

요제프가 민망한 듯 뒤통수를 긁었다.

[뭣이?]

말테의 눈동자가 황금색으로 진하게 물들었다.

요제프가 누구인가?

그는 세불의 피를 이어받은 황가 혈통들 중에서도 몇 손가락 안에 꼽히는 강자였다. 그런 요제프가 한낱 인간족 계집에게 밀리다니, 말테는 도무지 그 말을 믿을 수가 없었다.

[인간족이 그토록 뛰어나다고?]

[그렇습니다. 제 생각에 와힛이나 이쓰낸은 인간족으로 볼 게 아니라 강력한 악마종으로 취급해야 할 겁니다.]

[크으으음.]

말테가 심각하게 얼굴을 굳혔다.

부정 차원의 제국들 중에서 만만한 곳은 없지만, 특히 모드레우스 제국은 부정 차원의 패권을 놓고서 격돌을 거듭해온 강자였다.

모드레우스.

디아볼.

이 두 제국은 부정 차원의 7제국 가운데서도 2강으로 손꼽히는 곳이었다.

그런데 요제프의 말에 따르면 모드레우스 제국에 강자가 늘었다는 이야기가 아닌가. 세불 제국의 황태자인 말테의 입장에서 그 소식이 달가울 리 없었다.

'끄으응. 그렇지 않아도 모드레우스 제국에 신흥강자들이 자꾸 늘어나서 머리가 아프건만, 이제는 인간족들까지 신경을 써야 한단 말인가? 체엣.'

말테가 손으로 자신의 이마를 짚었다.

요제프가 화제를 돌렸다.

[형님, 모드레우스 제국 말고 이곳의 이야기를 듣고 싶습니다. 요새 우리 제국에는 별일이 없습니까?]

요제프의 질문에 말테는 이마를 짚었던 손을 떼었다.

[글쎄다? 그다지 큰일은 없구나. 혈기왕성하여 늘 피를 보던 귀족들도 요새는 좀 조용해졌지. 아! 그렇지. 너, 모드

레우스 제국에 외교관으로 파견을 나가기 전에 라이너 일족과 얽혀 있었지?]

말테의 말마따나 요제프는 300년도 더 전에 라이너 일족과 제대로 척을 졌다. 라이너 일족이 감히 황족인 요제프의 암살을 시도한 것이다. 그때의 사건을 생각하자 요제프의 두 눈이 시뻘겋게 달아올랐다.

[형님, 라이너 놈들이 아직도 깝죽대고 다닙니까?]

요제프는 아직까지도 라이너 일족에 대한 원한을 잊지 않았다.

말테가 갑자기 키득거리며 웃었다.

[큭큭. 라이너 놈들이 깝죽거리는 거야 여전하지. 크큭큭. 다만 최근에 그 라이너 놈들이 미친년에게 잘못 물려서 개망신을 당했단다. 큭큭큭큭.]

[네에? 미친년이라뇨? 형님, 그게 무슨 말씀입니까?]

요제프가 호기심을 보였다.

[이리 가까이 와봐라.]

말테는 요제프에게 상체를 숙이고는 손을 까딱였다.

요제프가 말테를 향해서 상체를 기울였다.

말테는 요제프에게 최근 라이너 영지와 루아 영지 사이에 벌어졌던 사건을 요약해서 설명해주었다.

그 말을 듣자 요제프의 눈이 휘둥그레졌다.

[허어어! 형님, 그게 참말입니까? 중대형 영지 주제에 라이너 일족을 물어뜯었다고?]

[물어뜯은 정도가 아니지. 이건 아예 라이너 일족을 가지고 논 거지. 큭큭큭큭. 덕분에 요즘 내가 아주 즐겁단다. 그동안 나도 라이너 일족이 참 고까웠거든.]

말테가 통쾌하다는 듯이 뇌파를 뱉었다.

말테가 비록 제국의 2인자라고 하지만, 그의 지위는 아직까지 온전치 않았다. 제국 수도의 힘 있는 귀족들 가운데 말테를 적극적으로 지지하는 일파가 약 20퍼센트, 말테를 반대하는 일파가 약 20퍼센트, 그리고 나머지 60퍼센트는 중립이었다.

Chapter 3

말테의 지지율이 고작 20퍼센트에 불과하니 그가 제국의 2인자라고 불리는 것도 어폐가 있었다.

실제로도 말테를 제국의 2인자로 인정하지 않는 귀족들도 많았다. 예를 들어서 라이너 영주 같은 경우에는 말테를 무시하는 게 분명했다. 그렇지 않다면 말테의 오른팔이라 불리는 요제프를 감히 암살하려 드는 게 말이 되겠는가. 말테는 마음속으로 라이너 일족을 언젠가 손봐줘야겠다고 다짐했다.

그런데 생각지도 않았던 일이 터졌다. 남쪽의 루아 영지가 원수 같은 라이너 일족에게 통쾌하게 한 방을 먹여버린 것이다.

말테와 요제프는 답답하던 속이 시원하게 뻥 뚫렸다. 특히 요제프는 루아 영지에 바짝 흥미를 느꼈다.

[하하하하. 형님, 그게 사실이라면 한번 만나보고 싶어지네요. 루아라는 신임 영주 말입니다.]

요제프는 저 원수 같은 라이너에게 한 방 먹였다는 사실만으로도 루아(이자벨라)에게 호감을 느꼈다.

말테가 대뜸 아우의 말을 받았다.

[그렇지 않아도 루아 영지에 한번 선을 대볼까 생각 중이었다. 어떠냐? 바쁘지 않으면 네가 이 일을 맡아보련?]

[그러죠, 뭐. 제가 한 번 루아라는 여악마종을 만나보겠습니다.]

요제프는 당장에 말테의 권유를 받아들였다.

말테가 반갑게 웃었다.

[큭큭큭. 그래, 요제프. 네가 가서 그 별종 영주 좀 만나봐라. 소문대로 그녀가 진짜 미친년인지 아닌지 판단 좀 해봐.]

'만약에 루아가 소문처럼 진짜로 미친년이라면?'

그럼 말테는 루아 영지를 적당히 이용만 할 요량이었다.

'그런데 혹시 루아가 미친년이 아니라 제정신이라면? 그리고 루아의 후견인이라는 자가 소문대로 강자라면?'

이 경우 말테는 루아 영지와 적극적으로 손을 잡을 뿐 아니라 그곳을 한번 키워볼 의향도 있었다.

결국 말테와 루아 영지의 관계는 요제프의 판단에 달린 셈이었다.

영주성의 강화작업을 마친 후, 이탄은 밀실로 들어가 문을 걸어 잠갔다. 이탄은 외부와의 연결을 차단한 채 신체회복에 전념했다.

언데드 일족은 원래 부서진 신체를 쉽게 복구하는 편이었다. 언데드들의 군단장이라 불리는 듀라한은 더더욱 복구 속도가 빨랐다.

처참하게 찢어졌던 이탄의 근육이 스르륵 다시 붙었다. 부러졌던 이탄의 뼈는 한층 더 튼튼하게 복원되었다. 처참하게 뻥 뚫렸던 상처도 저절로 아물었다.

이탄은 머리통을 목에서 떼었다가 붙이면서 혈적의 찢어진 부위도 깔끔하게 정비했다. 다만 혈적이 많이 손상되어 목의 이음매를 완전하게 감출 수는 없었다.

"쩌업. 나중에 혈적을 다시 구해야겠어."

이탄은 아쉽다는 듯이 입맛을 다셨다.

이탄은 비단 상처만 회복한 것이 아니었다. 지난번 전투 이후로 바닥을 드러내었던 마나가 다시 찰랑찰랑 차올랐다.

이탄의 (진)마력순환로에는 음차원의 마나가 광대하게 흘렀다. 40,000 가닥이나 되는 (진)마력순환로 속에서 콸콸콸 소리가 들리는 듯했다. (진)마력순환로는 지난번 전투에서 손해 본 마나를 보상이라 받으려는 듯 맹렬하게 마나를 순환시켰다. 복리증식(複利增殖)의 권능이 강하게 발휘되었다.

마나가 복구되면서 이탄의 법력도 다시 채워졌다. 이탄의 뇌 속에는 어둠의 법력이 뭉텅이로 샘솟았다.

한편 적양갑주도 빠르게 복구되는 중이었다. 이 신비로운 붉은 금속은 이탄의 영혼 속에 튼튼하게 뿌리를 내린 다음, 손상된 부위를 복원했다.

"문제는 만자비문이네. 쯔읍."

이탄이 씁쓸하게 입맛을 다셨다.

만자비문 자체는 아무런 문제가 없었다. 부정 차원의 인과율을 담당하는 10,000개의 '뜻'은 이미 이탄의 것이라 세상 그 누구도 빼앗아가지 못했다.

다만 이탄이 여섯 눈의 존재와 치열하게 싸우는 와중에

만자비문의 '힘'이 소진되었다. 그 결과 이탄의 가슴 속 음차원 덩어리 표면에 또렷하게 새겨져 있던 5,000개의 회색 문자가 어둡게 빛을 잃었다.

기력이 쇠잔해진 탓일까?

만자비문들은 (진)마력순환로 속으로 기어 올라오지도 못했다. 그들은 맥없이 축 처진 채 음차원 덩어리 속에만 머물렀다.

"그래도 다행이지. 비문들이 조금씩이나마 기운을 차리고 있으니까."

이탄의 중얼거림처럼 지금 5,000개의 비문은 조금씩 아주 조금씩 힘을 다시 회복하는 중이었다.

복리증식의 권능을 통해서 마구 불어나는 음차원의 마나도 만자비문들에게 힘이 되어주었다.

얼마 전까지만 해도 완전히 어두웠던 문자가 이제는 희미하게나마 회색빛을 되찾기 시작한 것도 풍부한 음차원의 마나 덕분이었다.

꼬박 이틀에 걸쳐서 몸을 회복한 뒤, 이탄은 얼마 전 벌어졌던 전투의 장면을 회상했다.

'갑자기 나타나서 시간을 뚝 멈춰버린 여섯 눈의 존재⋯⋯.'

그 신적인 존재는 우주의 끝자락에서나 볼 수 있는 암흑 물질로 온몸을 구성한 채 이탄에게 엄청난 공세를 퍼부었다.

여섯 눈의 존재가 휘두른 암흑 손은 일반적인 공격과는 차원이 달랐다. 이탄은 암흑 손이 날아오는 것을 두 눈으로 똑똑히 보면서도 피하지 못했다.

"공간의 권능이 섞여 있어서 그런가? 암흑 손이 내게 날아오는 것이 아니라, 내가 머무는 공간에 이미 손이 와 있는 것처럼 느껴졌어."

이상한 점은 이것만이 아니었다. 암흑 손은 공간을 건너뛰었을 뿐 아니라 시간도 컨트롤했다.

"그 암흑 손은 멈춰진 시간 속에서도 전혀 영향을 받지 않았지. 내가 눈으로 암흑 손을 인식한 순간 이미 그 손은 나를 때리고 있었다고."

공간.

시간.

이 두 가지 권능만 해도 절대적인데, 상대의 암흑 손에는 그것을 뛰어넘는 또 다른 권능이 담겨 있는 것 같았다.

"운명의 힘이라고나 할까? 아니다. 운명이라기보다는 필연의 힘이라고 부르는 게 더 맞겠네."

Chapter 4

당시 여섯 눈의 존재가 휘두른 암흑 손에는 다음과 같은 권능이 포함된 것 같았다.

— 공격을 하면 무조건 적에게 명중.
— 적중률 100퍼센트.

최소한 이탄이 느끼기에는 그러했다.

"하! 공격만 하면 무조건 명중이라고?"

이탄은 기가 막혔다.

'과연 세상에 이런 사기적인 특성이 다 있을까?'

이탄이 이런 의구심을 품을 만큼 적의 공격은 기괴했다. 이탄도 몸으로 겪어보기 전까지는 세상에 이런 공격이 존재하리라고는 상상도 해보지 못했다.

한데 직접 몸으로 겪어보았는데 어찌 부정하겠는가. 그날 여섯 눈의 존재가 이탄에게 퍼부은 공격은 분명히 공간의 권능과 시간의 권능, 그리고 필연의 권능까지도 함께 갖추었다.

"대체 그놈은 뭐였지?"

이탄은 무겁게 고개를 가로저었다. 그런 다음 이탄은 자기 자신부터 되돌아보았다.

방어력 최강인 적양갑주.

공격력 최고인 만자비문.

이 두 가지는 이탄이 가진 최강의 권능들이었다.

'만약 나에게 적양갑주의 방어력이 없었더라면?'

그럼 이탄은 암흑 손의 가공할 공격력을 버티지 못하고 한 줌의 먼지로 으스러질 뻔했다. 암흑 손의 파괴력은 성운을 단숨에 허물고 차원을 찢어발길 만큼 무지막지했다.

그런데 적양갑주의 방어력은 그 무지막지한 파괴력의 대부분을 거뜬히 해소해내었다.

'만약 나에게 만자비문의 공격력이 없었더라면?'

그럼 이탄은 여섯 눈의 존재를 물리치지 못했을 것이다.

그날 백팔수라(百八修羅) 제6식 수라천세(修羅千歲)도 이탄에게 어느 정도 도움이 되었다. 그 밖에도 각종 술법이나, 귀장갑(鬼掌匣)과 같은 법보들도 이탄을 돕는 보조 역할을 하였다.

하지만 이런 것들은 엄연히 보조에 불과할 뿐 주력은 아니었다. 당시 여섯 눈의 존재에게 타격을 입힌 핵심 무력은 어디까지나 5,000개의 회색 태양, 즉 만자비문인 것이다.

'만자비문을 5,000개나 동원했건만, 그래도 나는 여섯 눈의 존재를 꺾지 못했지. 그날은 내가 진 거야. 후우우.'

이탄은 거듭 한숨을 내쉬었다.

싸움이 막바지에 도달했을 즈음, 이탄은 거의 정신을 놓은 상태였다. 그런 탓에 이탄은 상대가 그의 공격을 견디지 못하고 과거로 도망쳤다는 사실을 알지 못했다.

'그놈이 왜 나에게 마지막 일격을 날리지 않았지? 도통 이유를 모르겠네. 여하튼 싸우는 도중에 정신을 잃었으니 내 패배가 확실하지. 후우우.'

이탄은 자신이 싸움에서 졌다고 여겼다. 이탄은 무거운 한숨과 함께 딱 벌어진 어깨를 약간 웅크렸다. 여섯 눈의 존재를 떠올리는 것만으로도 이탄의 근육이 잔경련을 일으켰다. 손도 바르르 떨렸다.

그만큼 이탄은 긴장되고 또 위축되었다.

그렇다고 해서 이탄이 마냥 패배감에 젖어 있느냐?

그건 또 아니었다. 이탄은 쉽게 좌절하지 않았다. 그가 쉽게 절망하는 성격이었다면 간씨 세가의 탑에서 훈련을 받을 때 이미 자살했을 것이다.

"그놈은 내가 용아목을 처리하면서 만자비문의 본래 힘을 드러내자 그걸 느끼고 나타난 것 같아. 그런데 녀석은 만자비문에 대해서는 잘 알고 있는 듯했지만 적양갑주나 언령에 대해서는 전혀 모르는 눈치였다고."

적이 모르는 힘을 가지고 있다는 것은 이탄에게 큰 장점이었다. 이탄은 이 부분에 희망을 걸었다.

"여섯 눈의 존재는 언젠가 내 앞에 다시 나타날 거야. 녀석은 나를 죽이고 만자비문의 힘을 빼앗아가려고 들겠지. 그러니까 나도 철저하게 대비를 해놓아야 해. 다음번에는 놈에게 패하지 않도록 실력을 높여야지. 반드시!"

또한 이탄은 여섯 눈의 존재가 언급한 탈룩도 마음에 걸렸다.

"탈룩이라는 자도 그 여섯 눈과 동급의 존재일까? 혹시 그들이 이곳 부정 차원의 신들인가?"

이탄은 바짝 경각심이 들었다.

여섯 눈의 존재와 탈룩이 신이건 악마이건 간에 이탄은 그중 한 명과 이미 적대관계를 맺은 상황이었다. 그러니까 이탄은 어떻게든 실력을 높일 방법을 찾아야 했다.

이탄이 단기간에 실력을 높일 수 있는 방법은 크게 두 가지였다.

첫째, 지금보다 언령을 더 많이 깨달아서 정상세계의 인과율을 장악하는 방법.

둘째, 태초의 마신 피사노의 비석 반쪽을 마저 찾아서 5,000개뿐인 만자비문의 힘을 10,000개까지 늘이는 방법.

이탄은 두 가지 방법을 모두 염두에 두었다.

"하지만 이 두 가지는 당장 내가 원한다고 해서 손에 넣을 수가 없잖아? 그러니까 지금 당장 할 수 있는 일부터 시도해봐야지."

이탄은 또 다른 해결책들을 고민했다.

예를 들어서 이탄이 백팔수라를 뛰어넘는 새로운 술법을 연마하는 것도 돌파구 중 하나가 될 만했다.

혹은 광목화음(廣目火音), 광목수음(廣目水音), 광목목음(廣目木音), 광목금음(廣目金音), 광목토음(廣目土音)의 음악으로 공격을 보조하는 방법도 생각해볼 수 있었다.

그 밖에도 뛰어난 법보를 활용하는 방안들이 이탄의 머리에 떠올랐다.

솔직히 이탄은 그동안 법보를 등한시했다. 맨손으로 적과 싸우는 것을 더 선호하기 때문이었다.

하지만 이탄도 이제 더 이상 맨손만 고집하지는 않았다. 그가 여섯 눈의 존재와 맞서 싸우려면 사소한 것 하나도 소홀히 할 수 없었다.

또 한 가지.

이탄은 혼자서 싸우는 습관을 버리고 세력을 키우기로 작정했다.

"이를테면 인형이라든가, 꼭두각시라든가, 분신이라든가."

이탄은 지금까지 떠오른 내용들을 글로 정리했다.

　1. 새로운 술법을 익히자.

　2. 광목 시리즈의 음공을 완성하여 보조 공격으로 사용하자.

　3. 그동안 소홀히 했던 법보도 적극 활용하자.

　4. 적과 싸울 때 보조를 해줄 만한 인형이나 꼭두각시 등을 확보하자.

이상이 이탄이 정리한 〈당장 해야 할 일 리스트〉였다.

Chapter 5

이탄은 해야 할 일 리스트를 짜고, 그 가운데 우선순위를 정했다.

"우선 천주부동에 집중해 봐야지."

천주부동(天柱不動)이란 이탄이 음양종의 자한 전사로부터 선물 받은 술법이었다. 동차원의 기원과 맞닿아 있는 이 술법은 놀랍게도 붉은 침에 새겨져 있던 특수한 문자와도 관련이 있는 듯했다.

이탄이 언노운 월드로 넘어오기 전, 간씨 세가에서는 그의 뇌에 기다란 대침을 시술했었다. 그때 이탄의 뇌에 꽂힌 붉은 침의 4면에는 다음과 같은 문자가 또렷하게 새겨져 있었다.

복리증식.

분혼기생.

적양갑주.

만금제어.

그런데 천주부동 술법서에 적힌 글자도 이상 4개의 단어와 흡사해 보였다.

이것뿐만이 아니었다. 이탄은 최근 첫 연주에 성공한 광목 시리즈를 떠올렸다. 총 90장의 금속판 악보에 새겨져 있는 문자들은 천주부동 술법서에 사용된 문자와 생김새가 유사했다.

"어쩌면 붉은 침과 천주부동, 광목 시리즈는 같은 근원을 가졌을지도 몰라. 만일 그렇다면 천주부동과 광목 시리즈로 적양갑주의 권능을 한 단계 업그레이드할 수 있지 않을까? 그것만 된다면 마음이 무척 든든할 텐데."

이탄은 이런 희망을 품었다.

다른 한편으로 이탄은 귀장갑에도 신경을 썼다.

신발형 법보를 제외하면 이탄이 유일하게 착용하는 법보

가 바로 귀장갑이었다. 귀장갑은 금강수라종의 최상급 법보인데, 몇 년 전 금강 종주가 법보 창고를 개방했을 때 이탄이 이 장갑을 선택했다.

그동안 이탄은 이 뛰어난 법보를 손에 끼고만 다녔을 뿐 적극적으로 활용하지는 않았다.

그러다 최근 이탄은 귀장갑이 붉은 침, 천주부동, 그리고 광목 시리즈 악보와 유사성이 있다는 점을 깨닫게 되었다.

"이들 사이의 연관성을 한 번 체계적으로 들여다봐야겠어."

이탄은 모처럼 학구열에 불탔다.

이탄이 본격적으로 밀실에 틀어박힌 지 일주일이 지났다.

이탄은 지난 7일 동안 천주부동에 집중적으로 매달리는 한편, 광목 시리즈, 즉 광목화음, 광목수음, 광목목음, 광목금음, 그리고 광목토음에 대해서도 깊이 있게 연구했다. 그러다 진도가 막힌다 싶으면 귀장갑을 벗어서 꼼꼼히 살펴보았다.

이것들 사이의 연관성은 생각처럼 잘 찾아지지 않았다.

"너무 조바심을 내지 말자. 언령의 벽에서도 그랬잖아. 집착하면 오히려 멀어지고, 마음을 비워야 비로소 내 것이 되는 법이지."

이탄은 이런 말로 조급함을 떨쳐내었다.

그러는 동안 이자벨라의 영주성에는 손님이 한 명 방문했다. 제국의 지고한 황족 요제프가 바로 그 장본인이었다.

[이탄 님, 이탄 님.]

이자벨라가 홀로그램을 띄워서 이탄을 다급히 찾았다.

이탄은 대뜸 눈부터 찌푸렸다.

[이자벨라, 바쁘니까 방해하지 말라고 했을 텐데.]

[죄송해요, 이탄 님. 하지만 북쪽의 대영지, 혹은 수도의 권력자들과 얽히게 되면 그 즉시 이탄 님께 알려달라고 하셨잖아요. 그래서 망설인 끝에 연락을 드렸어요.]

이자벨라가 억울한 듯 항변했다. 그녀의 말이 옳았다. 밀실에 들어오기 전, 이탄은 이자벨라에게 분명히 그 점을 당부했다.

이탄은 그제야 굳었던 표정을 풀었다.

[무슨 일인데 그래? 혹시 라이너 영주가 쳐들어오기라도 했나?]

[그건 아니고요, 대신 제국의 수도에서 황족이 찾아왔어요.]

[황족이라고?]

이탄이 눈을 번쩍 빛냈다.

[그렇다면 나가볼 수밖에 없겠군.]

이탄은 천주부동 술법서와 90장의 금속판 악보를 주섬주섬 챙겨서 아공간에 넣었다. 귀장갑도 다시 손에 꼈다.

귀장갑은 매미 날개처럼 얇고 투명하여 손에 착용해도 전혀 티가 나지 않았다.

이탄이 영주성의 집무실로 올라갔을 때, 이자벨라는 요제프 황자를 맞아서 한창 대화를 나누는 중이었다.

요제프를 섬기는 제국근위대는 이자벨라의 집무실 밖에서 철통처럼 경비를 섰다. 이탄이 집무실로 들어가려고 하자 근위대의 악마종들이 막았다.

[넌 뭐냐?]

이탄을 노려보는 근위대 병사의 눈빛이 날카로웠다.

이탄이 신분을 밝히려고 할 때였다. 집무실 안에서 요제프의 뇌파가 들렸다.

[이곳 영주의 후견인이 왔을 것이다. 그를 안으로 들여보내라.]

[넵, 황자님.]

요제프의 명이 떨어지기 무섭게 근위대 병사들이 길을 비켜주었다.

이탄은 묵직한 청동문을 열고 집무실 안으로 들어갔다.

요제프는 30대 후반의 귀족 사내와 같은 모습이었다.

요제프의 외모는 인간족과 비슷했으나, 이마 양쪽에 뭉툭하게 뿔이 돋았고 눈동자가 진한 보라색인 점이 인간과 달랐다. 좀 더 차세히 살펴보면 요제프의 엉덩이에서 꼬리가 살랑거리는 모습도 보였다.

요제프의 무력 수준은 진마 상급.

'황족이라더니, 확실히 이자벨라보다는 위네.'

이탄은 요제프의 수준을 한눈에 파악했다.

이탄이 요제프를 관찰하는 동안, 요제프도 상석에 앉아서 이탄을 빤히 바라보았다.

[그대가 이탄인가?]

요제프는 부드러우면서도 위엄 어린 뇌파로 물었다.

이자벨라의 영주성을 방문하기 전, 요제프는 루아 영지에 대한 정보를 미리 살펴보았다. 덕분에 요제프는 신임 영주의 배후에 이탄이라는 후견인이 붙어있다는 점도 잘 알았다.

이탄은 요제프의 질문에 답을 하지 않았다.

후—웅.

순간, 이탄의 몸이 쭉 늘어나는 것처럼 보였다. 이탄의 주위에는 만자비문의 권능이 피어올랐다.

비록 이탄이 지난번에 여섯 눈의 존재와 싸운 이후로 만

자비문의 오롯한 힘을 발휘하기는 힘들다고 하더라도, 그
가 깨우친 만자비문의 뜻만으로도 진마 상급의 악마종을
제압하는 것은 일도 아니었다.

이탄은 만자비문 가운데 시간을 컨트롤하는 문자와 의식
을 조종하는 문자, 그리고 공간을 단축하는 문자를 동시에
꺼내들었다.

Chapter 6

[앗!]

요제프가 반사적으로 일어나려 들었다. 그러면서 요제프
는 문 밖에 세워두었던 근위대를 뇌파로 부르려고 했다.

그 전에 이미 이탄이 요제프의 코앞에 나타났다. 이탄의
손이 뱀처럼 S자로 확 휘어지더니 어느새 요제프의 목덜미
를 움켜잡았다.

[어어어?]

요제프는 곧바로 축 늘어졌다.

이탄은 벼락처럼 상대를 제압한 뒤, 다크 샌드가 담겨 있
는 병을 꺼냈다.

퓨-웃—.

어둠의 모래 한 알이 크리스털 병에서 톡 튀어나오더니 요제프의 뇌를 향해서 쏘아졌다.

푹!

다크 샌드는 단숨에 요제프의 눈알을 뚫었다. 그런 다음 시신경을 거슬러 올라가 상대의 뇌에 자리를 잡았다.

이탄의 눈에는 그 과정이 적나라하게 들여다보였다. 이탄은 다크 샌드를 이용하여 이 젊은 황족을 꼭두각시로 만들 요량이었다.

'다크 샌드만으로는 부족할지 몰라.'

이탄은 이렇게 생각하고는 만자비문의 권능 가운데 상대의 의식을 컨트롤하는 비법을 더했다.

다크 샌드에 이어서 만자비문의 권능까지 더해지자 요제프도 버티지 못했다.

[끄륵?]

요제프의 눈빛이 한순간 돌변했다.

이탄은 상대의 변화를 유심히 지켜보았다.

다음 순간, 요제프는 고개를 아래로 푹 떨궜다가 다시 번쩍 들었다.

[주인님.]

요제프의 입에서 주인님이라는 단어가 튀어나왔다. 이탄의 꼭두각시가 이제 한 명 더 늘어났다는 이야기였다.

[자리를 잡았느냐?]

이탄이 다크 샌드의 안부를 물었다.

[네. 이자의 뇌에 완전히 자리를 잡고 신경다발에 연결하는 일도 끝냈습니다. 이제 이 신체는 제 것입니다.]

다크 샌드 알갱이가 요제프의 몸뚱어리를 빌려서 대답했다.

[좋아. 잘했다.]

이탄은 섬뜩한 미소를 지었다.

언노운 월드에서 이탄은 이와 같이 거친 방식으로 일처리를 하지는 않았다.

만약 이곳이 언노운 월드였다면 이탄은 요제프를 황족으로 대접을 해주면서 서서히 친분을 쌓았을 것이다. 그런 다음 이 젊은 황족과 정당한 거래를 통해서 차근차근 이익을 실현하려고 들었겠지.

가급적 무리하지 않고 순리를 따르는 것이 이탄의 일처리 방식이었다.

이곳이 동차원이었다고 하더라도 이탄의 접근 방식은 달라지지 않았으리라. 이탄은 풀숲에 웅크린 뱀처럼 끈기 있게 기회를 기다렸을 것이다.

최대한 조심스럽게.

최대한 안전하게.

이탄은 이런 방식을 선호했다.

최소한 언노운 월드와 동차원에서는 그러했다.

"하지만 여기는 언노운 월드가 아니지."

우뚝 멈춰진 시간 속에서 이탄이 말문을 열었다.

부정 차원에 들어온 이후로 이탄은 깜짝 놀랄 만큼 파격적으로 행동했다. 망설이거나 머뭇거리는 일도 없었다.

마치 이탄 스스로 굴레를 한 꺼풀 벗어던진 듯한 느낌이라고나 할까?

이탄도 자신의 변화를 인식했다.

"뭐, 여기서는 내가 정체를 들킬까 봐 걱정하지 않아도 되니까 마음이 편하잖아. 아마도 그 영향이겠지."

이탄은 속마음을 툭 내뱉었다.

딱!

이탄이 손가락을 튕겼다.

잠시 멈춰 있던 시곗바늘이 다시 움직였다.

[으응?]

이자벨라가 머리를 부르르 흔들었다.

'뭐지? 내가 깜빡 졸았나?'

이자벨라는 얼핏 이런 의구심을 품었다.

사실은 이자벨라가 졸은 것이 아니었다. 이탄에 의해서 시간이 잠시 멈춰 있었던 것뿐이었다.

문밖에서 철통처럼 지키고 있는 근위대 병사들은 조금 전 시간이 정지했었다는 사실을 알지 못했다.

반면 이자벨라는 미묘한 시간의 어긋남을 느꼈다. 이자벨라는 시간과 관련된 권능을 연마한 덕분에 시간의 변화에 대해서 무척 민감했다.

물론 이자벨라의 민감함에도 한계는 있었다. 조금 전 이자벨라가 이상함을 느낀 것은 이탄이 만자비문의 뜻만 발휘했을 뿐 만자비문의 오롯한 힘은 불어넣지 않았기 때문이었다. 만약에 이탄이 만자비문의 뜻과 힘을 온전하게 사용했더라면 이자벨라는 아무것도 느끼지 못했을 것이다.

시간이 다시 흐른 이후로도 회담은 한동안 계속되었다.

이자벨라가 주로 대화를 주도했다.

요제프는 이자벨라의 뇌파를 들으면서 가끔씩 질문을 던졌다. 이자벨라는 그때마다 성심성의껏 답변했다.

이탄은 입을 꾹 다물고 묵묵히 자리만 지켰다.

'이탄 님이 묵묵히 자리를 지켜주신 것만으로도 힘이 되네용. 호호호.'

이자벨라가 배시시 미소 띤 얼굴로 이탄을 곁눈질했다.

이자벨라는 진짜로 이탄이 힘이 된다고 느꼈다. 처음에 까다롭게 굴던 요제프가 갑자기 이자벨라의 의견을 존중해 준 덕분이었다. 이자벨라는 요제프의 태도가 돌변한 시점을 곧바로 눈치챘다.

'이탄 님이 집무실에 들어오신 이후로 요제프 황자의 태도가 달라졌어. 아마도 이 젊은 황족이 이탄 님의 기세에 움찔했나봥. 호호호.'

요제프의 태도가 바뀐 진짜 이유는 그가 이탄의 꼭두각시가 된 탓이지만, 이자벨라는 그것까지는 알 수가 없었다.

아무튼 회담은 일사천리로 진행되었다. 이자벨라는 요제프 황자와 거래를 통해서 생각보다 많은 이득을 챙겼다.

병력 지원.

물자 지원.

교역 확대.

요제프는 이상 세 가지 선물 꾸러미를 이자벨라에게 안겨주었다.

거기에 비해서 이자벨라는 요제프에게 내놓은 것이 별로 없었다. 심지어 이자벨라는 요제프에게 충성 맹세를 하지도 않았다.

'와아. 그런데도 이렇게 잘해준다고? 내가 굳이 매혹 스킬을 사용하지도 않았건만, 요제프 황자가 왜 이러지?'

이자벨라는 협상이 술술 잘 풀려서 오히려 더 이상했다.

Chapter 7

얼마 후.

루아 영지의 배후에 제국의 황자가 버티고 있다는 소문
이 파다하게 퍼졌다.

증거도 뚜렷했다. 요제프 황자는 근위병 가운데 일부를
이자벨라의 영주성에 남겨두었다. 요제프의 개인 영지와
루아 영지 사이에 본격적인 물물교역도 시작되었다.

[오호라, 역시 그랬구나!]

소식을 듣자마자 푸시킨은 무릎부터 쳤다.

[루아 고년이 엉큼하게도 황자를 등 뒤에 업고 있었네.
하긴, 뒷배가 그렇게 튼튼하니까 고년이 배짱 좋게 날뛰었
겠지.]

푸시킨은 그동안 루아(이자벨라)가 벌였던 막무가내 행동
들이 이제야 납득이 갔다.

사실 이것은 푸시킨의 오해였다. 하지만 주변 정황이 너
무나도 그럴듯하여 푸시킨의 오해가 풀릴 가능성은 없었
다.

[뭐, 어쨌건 간에 내가 손해날 일은 없네. 루아 영지에
빼앗긴 남쪽 성들을 되찾기는 힘들어졌을지 몰라도, 북쪽
에서 그 이상의 이득을 올리면 그만이지.]

푸시킨이 히죽거렸다.

루아 영지와 라이너 영지 사이의 다툼에 황자가 끼어 있었다는 것은, 이 싸움이 결코 라이너 영지의 일방적인 승리로 끝나지는 않을 것이라는 이야기였다. 그리고 라이너 일족이 요제프 황자와 치열하게 싸울수록 푸시킨 영지에는 이득이었다.

푸시킨은 낄낄거리며 웃었다.

[크후후. 루아, 고 어린 여우년이 솜씨가 이토록 기가 막힐 줄이야. 장차 라이너 놈들도 골치 좀 아프겠는걸. 크후후후.]

푸시킨이 예상이 딱 맞았다.

[우와아아악! 빌어먹을.]

라이너 영주는 루아 영지의 뒤에 요제프 황자가 있다는 소문을 듣자마자 책상 위의 집기들을 와장창 쓸어버렸다.

그러고도 분이 풀리지 않아 라이너는 한동안 씩씩거렸다.

같은 시각.

아득히 먼 곳에서는 비린내 풍기는 피바다가 용암처럼 부글부글 끓어올랐다. 피거품이 둥글게 일어났다가 펑펑 터졌다.

시뻘건 피바다 속에서 조그만 눈동자가 떠오르더니 눈꺼풀을 번쩍 떴다. 붉은 실핏줄이 가득한 눈동자는 무언가를 찾는 것처럼 동공을 위아래로 까딱거리다가 다시 눈꺼풀을 내리감았다.

[육눈이 녀석이 시간을 움직여서 과거로 거슬러 올라갔군……. 흐으음. 무슨 일이 벌어지기라도 했나? 녀석이 아무리 시간과 공간과 필연의 지배자라고 할지라도 과거로 거슬러 올라가는 행위는 녀석에게 아무런 도움이 되지 않을 텐데?]

조그맣고 새빨간 눈동자는 고민스럽게 뇌까렸다.

온통 피로 점철된 이곳은 혈해(血海).

부정 차원의 가장 깊숙한 곳에 형성된 피의 바다였다.

까마득한 과거, 태초의 마신이자 모든 악마종들의 모태라 불리는 피사노가 부정 차원을 처음 창조했을 때부터 혈해는 존재해왔다.

혈해는 그렇게 유서가 깊은 장소이지만, 부정 차원의 악마종들 가운데 이곳에 대해서 알고 있는 자는 극소수에 불과했다. 7개의 제국을 지배하는 7명의 군주들, 그 밖에 일부 황족들만이 혈해에 대해서 귀동냥을 했을 뿐이다.

혈해의 주인에 대해서 알고 있는 악마종들은 더더욱 그 수가 적었다. 아마도 7명의 군주들만이 혈해의 주인에 대해서 어느 정도 짐작하고 있을 것이다.

　— 하나뿐인 눈으로 부정 차원 전체를 꿰뚫어보는 자.
　— 부정 차원에서 벌어지는 모든 사건과 사물의 과거와
현재, 미래를 한눈에 통찰하는 자.
　— 운명의 주사위를 굴려서 타인의 미래를 바꾸는 자.
　— 모든 생명체의 뇌를 컨트롤할 수 있는 오버 스피릿
(Over—spirit: 군림하는 영혼).

　이러한 표현들이 혈해의 주인을 수식하는 설명문들이었
다.
　하지만 7명의 군주들을 제외하면 이런 내용을 알고 있는
악마종은 없었다.
　그 혈해의 주인이 고민스럽게 눈알을 굴리다가 다시 뇌
까렸다.
　[읽히지가 않아……. 육눈이 녀석이 왜 과거로 거슬러
올라갔는지 도통 보이지가 않는다고……. 그놈이 뭔가 술
수라도 부렸나?]
　혈해의 주인은 못마땅한 듯 눈을 찌푸렸다.
　혈해의 주인이 '육눈이'라고 폄하한 대상은 여섯 눈의
존재였다. 노랗게 빛나는 눈 6개를 번들거리는 그자는 혈

해의 주인과 능히 어깨를 견줄 만한 신격 존재였다.

만약에 그 신격 존재가 권능을 잔뜩 써서 무언가를 감추려 한다면, 제아무리 통찰력이 강한 혈해의 주인이라 할지라도 상대의 비밀을 엿보기는 힘들었다. 혈해의 주인은 부정 차원에서 벌어지는 모든 사건들을 다 읽을 수 있지만, 신격 존재가 저지른 사건까지 들여다보지는 못했다.

[그 육눈이 녀석이 무슨 짓을 벌이려는지 모르겠네……. 하지만 무슨 상관이람……. 내가 피사노의 유산을 소화시키기만 한다면 다른 신들은 내 적수가 아니야…….]

눈알의 뇌파가 퍼지기 무섭게 혈해의 시뻘건 수면이 부글부글 끓어올랐다. 그 핏물 속에서 회색 빛깔의 거대한 비석이 촤아아악 떠올랐다.

회색 비석은 크기가 어마어마했다. 회색 비석의 둘레엔 시뻘건 사슬이 칭칭 감긴 모습이었다.

크기를 가늠할 수 없는 거대한 비석이 혈해를 뚫고 상승하는 장면은, 마치 태초에 대륙이 바닷속에서 융기하여 올라오는 듯한 광경을 연상시켰다.

회색 비석이 부상하면서 비석에 매인 붉은 사슬이 철컹철컹 소리를 내었다. 붉은 사슬은 마치 혈액을 응고시켜 만들어진 듯 비린 악취를 풍겼다. 수면 위로 완전히 떠오른 회색 비석 속에는 꽈배기 모양의 문자들이 박제라도 된 것처럼 박혀 있었다.

혈해의 주인은 회색 비석을 무섭게 노려보았다. 하나뿐인 붉은 눈동자 속에 탐욕이 진득하게 맺혔다.

[오래 전 일곱 신 중 6명이 힘을 모아서 태초의 마신 피사노를 잠재웠었지……. 그리곤 남은 다섯 신들이 다시 뭉쳐서 가장 많이 지쳐 있었던 모레툼을 소멸시켰어…….]

제2화
말테 황태자

Chapter 1

혈해의 주인은 현존하는 생명체들은 알지 못하는 태곳적의 비사를 읊었다.

[비록 과거의 우리가 현재의 우리보다 미숙했다손 치더라도, 피사노는 태초의 마신이라는 수식어에 걸맞을 만큼 막강했다고……. 우리 여섯 신을 상대로 홀로 버텨낼 만큼 강력했던 게야…….]

혈해의 주인이 내뱉은 독백에 감정이 담겼다. 피사노를 떠올리는 것만으로도 그의 붉은 눈동자가 바르르 흔들렸다. 피사노에 대한 두려움이 커지면 커질수록 혈해의 주인이 느끼는 탐욕도 더 증폭되었다.

[비록 피사노는 소멸하였으나 그가 남긴 힘의 절반은 이 회색 비석 속에 박혀 있도다……. 그리하여 내가 이 비석을 소화하는 날, 나는 다른 신들보다 윗자리에 군림하리라…….]

회색 비석을 노려보는 붉은 눈동자가 섬뜩한 빛을 내뿜었다.

철컹, 철컹, 철컹, 철컹.

붉은 쇠사슬이 회색 비석을 피바다 속으로 강하게 잡아당겼다. 바다에서는 핏물이 거창하게 일어나 회색 비석을 뒤덮었다.

쇠사슬과 혈해가 힘을 합쳐서 동시에 잡아당기자 회색 비석은 다시 바닷속으로 침수했다. 대륙이 붕괴하여 해수면 속으로 가라앉는 것처럼 비석 주변에는 시뻘건 포말이 부글부글 들끓었다.

6개월 뒤 어느 날.

[모처럼 사냥을 나오니 좋구나.]

말테가 수십 미터 크기의 드래곤의 뿔 사이에 앉아서 기분 좋게 웃었다. 말테는 털이 북슬북슬한 가죽옷을 입고 등에 활과 활통을 맨 차림이었다.

말테의 옆에선 요제프 황자가 드래곤의 머리를 나란히

하고 저공비행했다.

말테가 타고 있는 드래곤은 눈처럼 새하얀 화이트였다.

요제프의 드래곤은 흰 바탕에 회색 점들이 뿌려진 반점이였다.

부정 차원의 드래곤들은 그 크기가 제각기 다양했는데, 태고의 악룡족처럼 행성 하나를 거뜬히 휘감을 만한 초대형 드래곤부터 시작하여, 머리부터 꼬리까지 길이가 1 미터밖에 되지 않는 초소형 드래곤에 이르기까지 종류가 많았다.

이처럼 다양한 드래곤들 가운데 제국의 황족들이 가장 선호하는 종은 크기가 수십 미터에 달하는 미니 드래곤들이었다.

황족들은 미니 드래곤을 마력으로 길들여서 타고 다니곤 했다. 높으신 분들이 드래곤을 고를 때는 기준이 있었다. 그들은 비늘의 색깔과 문양이 아름답고 눈동자가 세로로 갸름하면서 발톱이 억세고 엉덩이 근육이 힘 있게 꽉 찬 드래곤을 어릴 때부터 선별해서 특별한 방법으로 키워내었다.

지금 말테와 요제프가 타고 있는 두 마리 드래곤들도 그렇게 선별되어 키워낸 탈것들이었다.

요제프가 고개를 돌려 말테와 시선을 맞췄다.

[형님, 몰이꾼들이 저 산등성이 너머로 사냥감들을 몰아 놓았을 것입니다. 오랜만에 형님의 활솜씨를 보여주시지요.]

[크하하하. 그래. 갑갑한 수도에서 갇혀 지내다가 이렇게 시원하게 바람을 쐬니 더할 나위 없이 좋구나. 오늘은 사냥도 실컷 하고, 잔뜩 취해야겠구나. 끼럇!]

말테가 박차를 가하자 새하얀 드래곤이 세차게 날개를 펄럭였다. 드래곤의 긴 꼬리는 돌고래가 헤엄을 치는 것처럼 위아래로 펄럭이면서 바람을 탔다.

[앗! 형님, 같이 가시지요.]

요제프가 말테를 향해 손을 뻗었다.

말테는 요제프의 말을 듣지 않았다.

[흥. 같이 가긴 뭘 같이 가? 이건 엄연히 시합이라고. 크하하.]

말테는 마치 아우와 경주라도 하는 것처럼 박차에 박차를 가해서 점점 더 빠르게 드래곤을 몰았다.

슈와아아악―.

말테의 발밑으로 아름드리 숲이 휙휙 지나갔다. 멀리 보이던 산등성이가 말테의 눈앞으로 확 다가왔다.

말테와 요제프 사이의 거리는 어느새 3킬로미터도 넘게 벌어졌다.

말테를 호위 중이던 근위대원들은 그보다 거리가 더 벌어질 수밖에 없었다. 근위대원들이 타고 있는 와이번으로는 도저히 드래곤을 따라잡을 수가 없었다. 아무리 근위대원들이 전력을 다해서 쫓아와도 말테와의 거리는 좁혀지지 않았다.

말테는 근위대가 이탈을 하건 말건 신경 쓰지 않았다.

'복잡한 수도에서는 나의 목숨을 노리는 정적들이 많기에 늘 조심해야 했으나, 이곳은 다르지.'

탁 트인 사냥터에 오자 말테의 갑갑하던 마음이 뻥 뚫린 기분이었다.

[이랴!]

말테가 좀 더 속도를 내었다.

말테의 드래곤은 상승기류를 타고 우아한 곡선을 그리면서 산등성이를 타넘었다.

다음 순간, 어마어마한 광경이 말테의 눈앞에 펼쳐졌다.

산으로 둘러싸인 드넓은 분지 안, 수만 마리가 넘는 대형 몬스터들이 우두두두 흙먼지를 일으키며 뛰어다닌다.

몬스터뿐만이 아니었다. 분지에는 일부 악마종들도 섞여서 돌아다녔다.

대표적으로 악룡족의 후예들, 즉 드래곤 일족도 보였다. 그것도 그냥 드래곤이 아니었다. 황족 사이에서 인기가 좋은 미니 드래곤들이었다.

[크하하하하!]

날개를 펄럭이며 저공비행을 하는 야생 드래곤 무리를 보자 말테의 입이 귀에 걸렸다. 말테의 눈알 속에 박힌 4개의 눈동자 테두리를 따라서 황금색 원이 화르륵 타올랐다.

[이거 요제프 아우가 이만큼이나 신경을 썼을 줄은 몰랐는데? 사냥감으로 미니 드래곤들을 넣어놓다니, 정말 최고야.]

말테는 저 멀리에서 따라오고 있는 요제프를 힐끗 돌아본 다음, 등 뒤에서 화살을 뽑았다.

[요제프, 우리 내기를 하자. 누가 더 훌륭한 사냥감을 많이 잡는지 내기다.]

[아앗, 형님, 저는 아직 사냥터에 들어가지도 못했습니다.]

수 킬로미터 뒤에서 요제프가 발을 동동 굴렀다.

동생을 놀리는 것이 즐거운지 말테는 더 크게 웃었다.

[크하하하, 그러게 누가 늦으래? 크하하하.]

말테의 웃음이 끝나기도 전에 그의 활 옆면에 붉은 게이지가 쭉 올라갔다. 그 게이지가 최고치에 오르자 말테는 활시위를 놓았다.

Chapter 2

퉁!

질풍처럼 쏘아져나간 화살이 허공에서 금빛 뱀으로 변했다. 네 갈래로 갈라진 금빛 뱀은 저공비행 중인 드래곤을 노리고 벼락처럼 달려들었다. 매끈한 푸른 비늘이 인상적인 야생 드래곤이었다.

꾸어어엉―.

깜짝 놀란 블루 드래곤이 고도를 확 높였다.

금빛 뱀 네 마리는 유도기능이라도 가진 것처럼 목표물을 쫓았다.

블루 드래곤은 순식간에 허공으로 솟구친 다음, 몸을 홱 틀어서 아가리를 벌렸다. 드래곤의 아가리 속에서 푸른 번개가 튀어나와 네 마리 금빛 뱀을 요격했다.

그 순간 금빛 뱀들이 좌라라락 분열했다. 눈 깜짝할 사이에 열여섯 마리로 늘어난 금빛 뱀들이 블루 드래곤을 향해서 다시 달려들었다.

열여섯 마리 가운데 네 마리는 블루 드래곤이 쏘아낸 푸른 번개와 맞부딪쳐서 재로 변했다. 나머지 열두 마리가 어느새 블루 드래곤에게 달려들어 칭칭 휘감았다.

꾸어어엉!

블루 드래곤이 사납게 몸부림을 쳤다.

열두 마리의 금빛 뱀이 눈부신 광채를 내뿜더니, 하나의 기다린 포승줄로 합쳐졌다.

꾸엉! 꾸엉! 꾸어엉!

금빛 포승줄에 묶인 블루 드래곤이 허공에서 마구 퍼덕거렸다.

동료 드래곤들이 블루 드래곤의 위기를 목격했다. 그들이 블루 드래곤을 돕기 위해서 일제히 날아올랐다.

온 사방에서 야생 드래곤들이 솟구치는 모습을 보면서 마테는 통쾌하게 웃었다.

[음홧홧홧! 이거 네가 미끼 역할까지 해주는구나.]

말테의 뇌파가 맞았다. 블루 드래곤은 지금 괴성을 꽥꽥 지르면서 다른 드래곤들을 불러 모으는 미끼 역할을 했다.

말테는 침을 한 번 꼴깍 삼킨 뒤, 활시위를 힘껏 잡아당겼다. 활대 옆면에 새겨진 게이지가 쭈우―웅, 끝까지 차올랐다.

퉁! 퉁! 퉁! 퉁! 퉁!

말테는 우르르 날아오르는 미니 드래곤들을 향해서 화살 세례를 날렸다.

연사된 화살들이 금빛 뱀으로 분열되어 말테의 전면을 휩쓸었다.

꾸어엉! 꾸어어엉!

미니 드래곤들이 화가 잔뜩 났다. 그들 가운데 일부는 아가리를 쩍 벌려서 번개를 내쏘거나 불을 뿜었다. 또 일부는 방향을 홱 틀어서 말테에게 직접 달려들었다.

하찮은 악마종들은 드래곤이 이렇게 무리를 지어서 달려들면 기겁부터 하겠지. 하지만 말테는 미니 드래곤들을 보고도 코웃음만 칠뿐이었다.

전투에 특화된 악룡족이라면 또 모를까, 이런 미니 드래곤들은 수천 수만 마리가 한꺼번에 달려들어도 말테의 손가락 하나 건드릴 수 없었다. 미니 드래곤들은 말테에게 유흥거리, 그 이상도 이하도 아니었다.

[크흥! 어서 오너라. 그렇게 원한다면 네놈들부터 먼저 깡그리 잡아주마.]

말테는 여유롭게 활시위를 잡아당긴 다음, 다시 한번 화살을 날렸다.

퍼엉!

금빛을 폭발적으로 내뿜으면서 날아간 화살이 허공에서 거대한 그물로 변했다. 온 하늘을 다 뒤덮을 듯이 확대된 황금빛 그물이 드래곤들을 확 감싸버렸다.

꾸엉?

꾸어어엉!

깜짝 놀란 미니 드래곤들이 황급히 흩어지려고 들었다.

이미 늦었다. 황금빛 그물은 온 하늘을 뒤덮은 뒤 빠르게 포위망을 좁혀오는 중이었다. 앞에도, 위에도, 뒤에도, 사방 그 어디에도 미니 드래곤들이 도망칠 구멍은 보이지 않았다.

당황한 드래곤들이 사방으로 브레스를 내쏘았다.

황금빛 그물은 이 정도 공격에는 끄떡도 하지 않았다.

그렇게 드래곤 여러 마리가 한꺼번에 나포된 순간이었다. 그물 아래쪽으로 빠르게 저공비행 해온 드래곤 세 마리가 갑자기 수직으로 솟구치면서 말테를 노렸다.

[휘유~. 제법이구나. 이렇게 머리도 쓸 줄 알고. 후후훗.]

말테는 여전히 여유를 잃지 않았다. 말테의 활시위는 어느새 팽팽히 당겨졌다.

투웅! 소리와 함께 날아간 세 발의 화살이 금빛 뱀으로 변하여 세 마리 드래곤을 요격했다.

꾸어어엉—.

세 마리 드래곤이 구슬피 울면서 황금빛 포승줄에 묶였다.

그때 이변이 일어났다. 포승줄에 묶인 드래곤의 날개 아래쪽에서 벼락처럼 한 사내가 나타난 것이다.

사내는 눈 깜짝할 사이에 드래곤의 머리를 박차고 점프하더니 순식간에 말테의 앞을 가로막았다.

[웬놈이냐?]

말테가 빠르게 마력을 끌어올렸다. 말테의 두개골 안에 형성된 보울로부터 음차원의 마나가 폭발적으로 쏟아졌다.

말테는 자신의 마나를 손끝에 모아서 전방을 부욱— 그어버렸다.

순간적으로 허공에 거대한 손이 나타났다. 보라색 손의 끝에는 6개의 손톱이 수십 미터 길이로 달려 있었다. 손톱이 풍기는 기세가 범상치 않았다.

말테는 대범해 보이는 외모와 달리 무척 신중한 성격이었다. 그는 반사적으로 공격을 퍼붓는 것과 동시에 뒤로 한 발 물러섰다.

그것도 그냥 물러선 것이 아니었다. 말테는 자신의 드래곤을 고기방패로 삼고는, 그 뒤로 몸을 피했다.

몸을 피신한 것과 동시에 말테는 마나를 한 번 더 끌어모아 2차 공격도 준비했다. 말테의 두 손 주변에 보라색 구체가 환상처럼 나타났다.

후오오옹! 후옹!

2개의 구체가 강렬한 보랏빛을 터뜨렸다.

쐐액—.

순간 말테의 귀에 공기 폭발하는 소리가 터졌다. 말테가 타고 다니던 화이트 드래곤이 멍하게 허공에 떠 있는 사이, 적은 화이트 드래곤의 옆구리를 우회하여 말테를 덮쳤다. 적은 정말 폭발적으로 튀어나왔다.

말테가 황급히 상대를 살폈다.

적의 몸에는 아무런 상처도 없었다. 조금 전 말테가 휘두른 손톱에 전혀 상처를 입지 않았다는 뜻이었다.

[이런!]

말테가 당황했다.

그때 이미 사내는 벼락보다 더 빠른 속도로 달려들어서 말테의 목줄기를 움켜잡았다.

말테도 그냥 당하지 않았다.

[죽어랏!]

말테는 양손에 모은 보라색 구체를 사내의 가슴에 때려 박았다.

이 보라색 구체는 말테가 군주 세불로부터 직접 전수받은 흑마법의 정수였다. 그만큼 위력도 강했다. 특히 구체가 가진 파괴력은 막강하기 이를 데 없을 뿐 아니라 구체의 주변에는 아주 희미하나마 꽈배기 모양의 문자들이 떠다녔다.

Chapter 3

말테는 이번 공격으로 적을 거꾸러뜨릴 수 있을 거라고 믿었다.

곧 흑마법의 위력이 느러났다. 요란한 굉음과 함께 사내의 가슴이 폭발을 일으켰다. 말테가 통쾌하게 웃었다.

[크크큭. 멍청한 놈. 이제 너는 꼼짝없이 죽은 목숨이……, 헉!]

말테는 상대를 비웃다가 말고 헛바람을 들이켰다.

말테의 예상이 깨졌다. 상대는 보라색 구체에 가슴팍을 얻어맞고도 미동조차 하지 않았다. 오히려 말테의 양손이 으스러지면서 피떡이 되었다.

[크악!]

말테는 손이 으스러진 고통에 얼굴을 잔뜩 일그러뜨렸다.

그 순간 상대의 손이 말테의 목을 낚아채었다. 펑! 소리와 함께 사내와 말테가 동시에 그 자리에서 사라졌다.

사내가 말테의 목을 움켜쥐고 다시 나타난 곳은 저 아래 풀숲이었다.

말이 풀숲이지, 사실 이곳 분지의 풀들은 높이가 10 미터가 넘었다. 너비도 1 미터에서 2 미터 사이였다.

그러니 이것은 풀이 아니라 나무라 불려야 마땅했다.

[우웁. 우우웁. 우우우웁.]

짙게 우거진 거대 풀 사이에서 말테가 발버둥을 쳤다. 말테가 가진 4개의 동공이 와르르 흔들렸다.

그 위로 사내의 그림자가 짙게 드리웠다.

사내의 정체는 이탄.

지난 6개월 동안 이자벨라의 영주성 지하에서 웅크리고 있었던 괴물이 드디어 세상에 다시 나타났다.

이탄이 다시 세상에 나왔다는 것은, 그가 몸을 온전히 회복했다는 의미였다.

이탄은 무서운 힘으로 말테를 찍어 누른 뒤, 회색 숨결을 하아아— 내뱉었다. 사이한 숨결이 꽈배기처럼 배배 꼬여서 회색의 문자를 이루었다.

〈잠식하는〉

지금 이탄이 발동한 회색 문자는 이러한 의미를 지녔다.

그리하여 이 문자의 주인은 상대의 몸을 잠식할 수 있었다.

그리하여 이 문자의 주인은 상대의 영혼을 잠식할 수 있었다.

상대를 잠식하고 동화하며 마침내 온전히 먹어치울 수 있는 권능자가 바로 이 문자의 주인이었다.

예전에 이탄은 분혼기생의 권능으로 간철호와 밍니아를 차지했었다.

이탄은 정상세계의 언령들 가운데 '숙주'와 '기생'을 발휘하여 상대를 장악할 수도 있었다.

이탄은 이자벨라의 도움을 받아서 인형을 만드는 것도 가능했다.

이탄은 다크 샌드를 이용해서 꼭두각시를 만들 수도 있었는데, 라이너 일족의 사냥개와 요제프 황자가 그 좋은 사례였다.

이상 네 가지 방법은 이탄이 모두 다 써먹어 보았다.

거기에 더해서 이탄은 새로운 방법을 하나 더 익혔다. 최근 몇 개월 사이에 이탄은 천주부동 술법서와 광목 시리즈의 악보, 그리고 귀장갑을 유심히 연구했다.

그 가운데 이탄은 귀장갑 속에서 새로운 술법을 찾아내었다.

〈몸 갈아타기〉

독특한 이름의 이 술법은 용도가 명확했다.

술법자가 몸이 망가져서 죽게 생겼을 때 자신의 영혼을 다른 사람의 몸에 옮겨서 새 생명을 얻는 것.

이것이 바로 몸 갈아타기의 목적이었다.

"이건 마치 여분의 생명을 하나 더 가지고 다니는 것과 마찬가지잖아."

이탄은 이 술법의 대단함을 한눈에 알아보았다.

그렇다고 해서 이탄이 당장 몸 갈아타기 술법을 사용할 생각은 없었다.

그래서 이탄은 앞의 다섯 가지 권능이 아닌, 여섯 번째 방법을 시도해 보기로 마음먹었다. 이번에 이탄이 선택한 것은 만자비문 가운데 '잠식하는' 이라는 문자였다. 이탄은 이 비문을 사용하여 말테의 신체와 영혼을 차지할 요량이었다.

이탄이 마음의 결정을 내린 즉시 꽈배기 모양의 문자가 선명하게 드러났다.

말테가 제아무리 제국의 2인자라고 할지라도, 그리고 그가 이미 진마 최상급에 올라선 강자라고 할지라도, 만자비문의 권능에 대항하지는 못하였다.

[으으윽.]

회색빛 문자가 힘을 발휘한 순간, 이탄을 노려보던 말테의 눈동자가 스르륵 풀렸다. 4개의 황금빛 테두리가 뿌옇게 흐려지는가 싶더니 말테는 까무룩 기절했다.

상대를 기절시키는 것이 잠식의 1단계였다.

사실 이탄의 권능들 가운데 분혼기생과 기생 언령은 비슷한 점이 많았다. 두 가지 권능 모두 상대방의 신체에 혼을 불어넣어 상대의 몸을 빼앗는 것이 특징이었다.

예를 들어서 간철호와 밍니야의 경우는 이탄의 분혼이 그들의 몸에 기생한 뒤, 그들의 본래 영혼을 말살시키고 몸뚱어리를 빼앗은 케이스였다.

반면 '잠식하는'은 이와 확연한 차이가 있었다. 회색의 문자가 말테를 완전히 잠식한 순간, 말테의 몸은 세포 단위로 분열했다.

상대를 와해시키는 것은 잠식의 2단계였다.

말테의 얼굴이 먼지 흩어지는 것처럼 와르르 와해되었다. 말테의 몸뚱어리도 입자 단위로 우르르 흩어졌다.

이어서 잠식의 3단계가 시작되었다.

잘게 와해되었던 말테의 체세포들이 푸스스스 날아와 이탄의 얼굴과 몸에 달라붙었다. 수많은 체세포들은 단 한 점의 낭비도 없이 몽땅 이탄에게 흡수되었다.

이게 끝이 아니었다.

바로 뒤이어서 말테의 기억이, 말테의 영혼이, 말테의 신념과 사상이 모두 파도에 휩쓸린 모래성처럼 흩어졌다가 이탄의 뇌로 유입되었다.

이제 잠식의 3단계까지 모두 완료되었다. 이탄 밑에 깔려 있던 말테는 어느새 사라지고 없었다.

대신 말테를 흡수한 이탄의 얼굴이 말테처럼 변했다. 이탄의 신체도 살아생전 말테와 똑같이 변모했다.

심지어 이탄의 머리카락도 스르륵 줄어들었다. 이탄은 말테처럼 대머리가 된 것이다.

"쳇. 이건 좀 마음에 안 드네."

이탄은 손바닥으로 자신의 반질반질한 머리를 쓰다듬었다.

마음에 들지 않더라도 어쩌겠는가. 이탄이 말테가 되기로 결심한 이상, 머리카락이 없는 것쯤은 참을 수밖에.

Chapter 4

"이제 옷을 갈아입을 차례지."

이탄은 풀숲에 옷을 훌훌 벗어던졌다. 그런 다음 허물처럼 바닥에 널려 있는 말테의 옷으로 싹 갈아입었다.

이탄은 말테가 등에 메고 있던 활과 활통도 챙겼다. 말테의 소유였던 아공간 주머니도 당연히 이탄의 것이 되었다.

말테의 모든 것을 살뜰하게 챙긴 뒤, 이탄이 허공을 향해서 손을 뻗었다.

[이리 오너라.]

지금 이탄이 내뱉은 뇌파는 이탄의 평소 음성과 달랐다. 오히려 말테의 뇌파와 완벽하게 똑같았다.

허공에서 멍하게 선회 비행을 하던 화이트 드래곤이 말테의 뇌파를 들었다.

꾸어엉~.

화이트 드래곤은 반갑게 울음을 토한 다음, 날개를 휙 접고는 말테를 향해서 쏜살같이 내리꽂혔다.

이탄이 수직으로 풀쩍 뛰어올라 화이트 드래곤의 목 위에 올라탔다.

이탄을 태운 직후, 화이트 드래곤은 머리를 앞으로 쭉 내밀고 긴 울음을 토했다.

꾸어어어엉—.

이탄은 화이트 드래곤을 달래기라도 하는 것처럼 손바닥으로 상대의 목 부위를 탁탁 두드려주었다.

때마침 요제프가 나타났다.

[형님, 형님.]

요제프는 반점이 박힌 드래곤을 몰아 말테, 아니 이탄을 따라잡았다. 요제프의 뒤쪽으로는 황금갑주로 중무장한 근위대원들의 모습이 보였다.

'후훗!'

이탄이 속으로 웃었다.

[형님, 저만 남겨놓고 그렇게 먼저 가시면 어떻게 합니까?]

요제프가 이탄에게 투정을 부렸다. 그러면서 요제프는 이탄의 눈동자 속을 유심히 살폈다.

이탄의 입꼬리가 살짝 씰룩거렸다.

그 즉시 요제프가 반색을 했다.

[주인님.]

요제프가 은밀하게 내뱉은 뇌파가 이탄의 뇌로 파고들었다.

[그래. 나다.]

말테가 대답했다.

엄밀하게 말해서 말테가 아닌 이탄의 대답이었다. 겉모습만 말테일 뿐 그 속에 든 알맹이는 이탄이었다.

사실 따지고 보면 요제프도 요제프가 아니라 다크 샌드 알갱이였다. 요제프가 이탄을 향해서 충성스럽게 고개를 푹 숙였다.

[계획을 성공하신 점, 진심으로 경하드립니다.]

[되었다. 이 정도 간단한 일을 가지고서 경하는 무슨.]

이탄이 손을 내저었다.

잠시 후, 근위대원들이 와이번을 타고 사냥터로 날아들었다. 어찌나 속력을 내었던지 와이번들이 긴 목을 휘청거리고 숨도 거칠게 몰아쉬었다.

이탄과 요제프는 아무 일도 없었던 것처럼 시치미를 뗐다.

이탄과 요제프가 경쟁이라도 하듯이 미니 드래곤을 사냥하는 동안 근위대원들은 주변을 철통처럼 경계했다. 근위대원들 가운데 이탄을 의심하는 자는 아무도 없었다.

사냥을 마친 뒤, 이탄과 요제프는 모닥불을 피워놓고 몬스터 고기를 구워먹었다. 이탄이 손에 피를 묻혀 가면서 사냥감을 손질하면, 요제프가 능숙하게 요리를 했다.

고기가 노릇하게 구워지자 두 황족은 술잔을 기울이며 이야기꽃을 피웠다. 근위대원들은 멀리 떨어진 곳에서 철통경비에 여념이 없었다.

이탄은 음식과 술을 먹는 시늉만 할 뿐 실제로 음식을 입에 넣지는 않았다.

지금 이탄은 말테의 몸을 차지한 게 아니었다. 이탄은 만자비문의 권능으로 말테와 동화하여 그의 외모와 마나, 지식과 기억을 흡수했을 뿐, 몸뚱어리는 이탄의 것 그대로였다. 당연히 목이 잘린 점도 변함이 없었다.

야외에서 캠핑을 하면서 하룻밤을 보낸 뒤, 이탄과 요제프는 다시 수도로 복귀했다. 근위대원들이 땅바닥에 이송 마법진을 그리자 하늘에서 빛의 기둥이 쏟아졌다. 이탄은 그 빛기둥을 타고 단숨에 사냥터를 떠나서 제국의 수도로 공간이동하였다.

제국의 수도는 광활하기 이를 데 없었다.

언노운 월드의 대도시들도 간씨 세가 세상에 비해서 인구수가 수십 배 이상, 거의 100배는 더 많았다.

그런데 이곳 부정 차원의 제국 수도는 언노원 월드의 대도시보다도 몇 배는 더 큰 것 같았다.

수도의 상공에는 시커먼 관처럼 생긴 마도전함들이 바쁘게 떠다녔다. 수도의 거리에는 몬스터들이 끄는 마차가 빠르게 지나다녔다. 와이번, 혹은 유령마를 타고 다니는 악마종들도 다수였다.

[끼요옵! 내가 이런 광경을 다 보게 될 줄이야! 끼요오옵, 오래 살기를 정말 잘했어. 나 스스로를 칭찬해주고 싶구나. 끼요오옵.]

아나테마는 부정 차원의 대도시를 방문한 것이 감격스러운 듯 연신 괴성을 질렀다. 이 고대의 리치 영감은 그동안 책을 통해서만 접했던 새로운 악마종들을 길거리에서 마주치는 것이 신기한 듯 입꼬리가 귀에 걸렸다.

[이 악마종은 무슨 종류고, 또 저 악마종은 특징이 뭐고…….]

　아나테마가 미주알고주알 떠드는 사이, 이탄을 태운 화이트 드래곤은 으리으리한 궁전으로 날아들었다.

　요제프와 근위내원들이 그 뒤를 바짝 쫓았다.

　궁전 안에는 둥그런 황금 지붕을 가진 건축물들이 즐비하게 늘어서 있었다.

　'저곳이 말테가 머물던 본궁이군.'

　이탄은 그 가운데 가장 크고 화려한 건축물로 들어갔다. 이탄의 뇌리에는 말테의 기억과 경험이 실시간으로 생생하게 떠올랐다.

　꾸어어어엉—.

　화이트 드래곤이 건물 옥상에 착륙하여 길게 울었다. 화이트 드래곤이 날갯짓을 하자 건물 위에 돌풍이 불었다.

　그 뒤를 이어서 요제프의 드래곤도 안정감 있게 착륙했다.

　근위대원들을 태운 와이번은 드래곤을 무서워하는 듯 건물 옥상 가까이에 접근하지 못했다. 따라서 근위대원들은 와이번의 등에서 풀쩍 점프하여 옥상 위에 직접 착륙해야만 했다.

　화이트 드래곤이 날갯짓을 멈추자 이탄이 드래곤의 등에

서 뛰어내렸다.

[태자 저하를 뵙습니다.]

[저하, 사냥은 잘 마치셨습니까?]

단정한 복장의 시종들이 우르르 달려와 이탄 앞에 두 무릎을 꿇었다.

이탄은 아무런 대답도 없이 시종들을 지나쳤다.

요제프도 재빨리 드래곤에서 내려 이탄의 옆에 따라붙었다.

근위대원들은 척척 발을 맞춰서 이탄을 뒤따랐다.

이탄이 건물 옥상을 벗어나 아래층으로 내려가는 동안, 시종들은 두 마리 드래곤의 고삐를 붙잡아 다독였다.

Chapter 5

이탄이 이자벨라와 함께 처음 부정 차원에 들어왔을 때 그의 나이는 23세였다.

그 후 이탄은 4개월간 부정 차원을 떠돌다가 외진 산골 마을에 정착했다.

이탄이 마을의 촌장이 되어 정보를 모을 즈음, 루건이 이탄의 마을로 쳐들어왔다. 이탄은 단숨에 루건을 굴복시킨

것으로도 모자라 앙리망 영지를 통째로 빼앗아버렸다. 이것이 24세 여름의 일이었다.

이후 이탄과 이자벨라는 2년에 걸쳐서 북부의 대형 영지들과 분쟁을 벌였다.

이탄이 여섯 눈의 존재와 맞부딪친 시점도 바로 이때였다. 이탄은 듀라한이 된 이후로 첫 패배─엄밀하게 말해서 이탄이 패배한 것은 아니지만 이탄은 패배로 알고 있음─의 아픔을 겪게 되었고, 그 후 수 개월 동안이나 몸을 추슬러야만 했다.

겨우 회복을 마친 뒤, 이탄이 처음 벌인 사건이 바로 말테 황태자의 자리를 빼앗는 것이었다.

이탄은 우선 요제프 황자를 꼭두각시로 만들었다. 그런 다음 요제프를 이용하여 말테를 덫으로 끌어들였다.

이상의 역적 행위가 성공리에 끝났다. 이탄은 불과 3년 만에 산골마을 촌장에서 제국의 황태자로 거듭난 셈이었다.

3년 전 이탄이 다스리던 산골마을은 악마종 기준으로 인구수가 1,051명에 불과한 초초초소형 마을 공동체였다.

지금 이탄은 부정 차원을 통틀어서 오직 7개밖에 되지 않는 대제국의 서열 2위로 올라섰다.

그런데도 이탄은 여기서 만족하지 않았다.

"나는 단순히 권력 욕심 때문에 말테가 된 게 아니라고."

이탄이 언노운 월드의 언어로 중얼거렸다.

언령의 벽.

피사노의 비석.

이 두 가지가 이탄의 궁극적인 목표였다.

'다소 무리를 하는 한이 있더라도 이 두 가지를 하루 빨리 찾아야 해. 최소한 둘 중 하나라도 빨리 확보해야 된다고.'

이탄이 입술을 꾹 깨물었다.

지금 상황은 녹록지 않았다. 여섯 눈의 존재가 언제 또다시 나타나 이탄을 공격할지 모르는 상황이었다.

이런 위급한 상황에서 자잘한 일들까지 모두 챙기면서 갈 수는 없었다. 이탄은 최대한 과감하고 빠르게 일을 밀어붙일 생각이었다.

이탄이 마음을 굳게 다잡는 동안, 이탄의 눈앞에서는 고래를 닮은 몬스터가 등에 악마종들 수십 명을 태우고는 유유히 허공을 가로지르고 있었다.

우어어어엉.

고래형 몬스터의 울음이 유리창을 진동시켰다. 이탄은 커다란 유리창 앞에 뒷짐을 지고 서서 고래형 몬스터가 유영하는 모습을 물끄러미 지켜보았다.

고래형 몬스터가 헤엄치는 아래에는 둥그런 지붕의 건축물들이 삐쭉삐쭉 솟아 있었다. 이탄의 눈동자에 황금색 지붕들이 영롱하게 맺혔다.

유리창에 비친 이탄의 얼굴은 더 이상 이탄의 것이 아니었다. 제국의 2인자인 말테의 얼굴이었다.

말테의 권력은 군주로부터 나오는 것이 아니었다. 대부분의 악마종들이 그러하듯이 군주 세불도 굳이 후계자를 키울 마음이 없었다.

세불은 헤아릴 수 없이 많은 자식과 손자, 증손자를 두었으며, 그 후손들이 다시 자식을 나아서 제국의 황실을 두텁게 만들었다. 세불의 최측근들조차도 세불의 혈육들이 얼마나 많은지 알지 못했다.

이 많은 혈육들 가운데 말테가 가장 강했다.

말테가 제국의 2인자 자리에 앉은 이유는 바로 이것 때문이었다.

사실 세불은 후계자를 정할 마음이 눈곱만큼도 없었다. 그 후계자에게 군주의 자리를 물려줄 마음은 더더욱 전무했다.

심지어 말테는 세불의 맏아들도 아니었다.

그런데도 불구하고 세불이 말테에게 황태자 지위를 부여

한 것은, 만일의 사태에 대비하기 위함이었다.

군주인 세불에게 갑작스럽게 일이 닥쳤다고 가정해 보자. 이를 테면 세불이 타국 군주들의 집중공격을 받아서 크게 다칠 경우도 있으리라. 혹은 세불이 더 이상 새로운 만자비문을 깨우치지 못하여 갑작스럽게 소멸의 길을 걷게 될지도 몰랐다. 부정 차원에서 군주에게 갑작스러운 변고가 닥치는 일은 비일비재했다.

이때 만약 그 군주에게 후계자가 없다면?

그럼 제국의 존립 자체가 위협을 받을 수밖에 없었다. 세불은 이 점을 염려하여 말테를 황태자로 지정했다.

대신 세불은 말테에게 아무런 실권도 주지 않았다.

세력이 강한 귀족들이나 대영지의 영주들이 말테에게 충성을 바치지 않는 이유가 바로 여기에 있었다.

'폐하의 후손들 가운데 누군가가 말테 저하보다 더 강해진다면? 그럼 폐하께선 당장 황태자를 바꿔버리실 게야.'

'지금 굳이 서둘러서 말테 저하께 충성할 필요는 없지. 아직 폐하께서 건재하신 이상 후계자 자리는 좀 더 상황을 지켜보는 게 나아.'

수도의 귀족들은 이렇게 생각했다.

대영주들도 이와 같은 생각이었다.

그 결과 말테의 지위는 뾰족한 첨탑 위에 세워진 달걀처럼 위태로웠다. 평소 말테가 경쟁자들에게 신경을 곤두세우는 이유도 바로 이 때문이었다.

이탄은 달랐다.

이탄은 말테처럼 경쟁자들을 견제할 이유가 없었다. 세불의 눈치를 볼 이유노 선무했다. 이탄은 세불의 뒤를 이어서 군주가 되는 것이 목적이 아니었다. 그는 그저 고급 정보에 목마를 뿐이었다.

[제국 각지에서 올라오는 지리나 지형 정보를 모두 내게 보내라. 우리 제국뿐이 아니다. 타 제국의 정보도 수집하는 즉시 내게 올리도록 하라.]

이탄의 명이 떨어졌다.

말테의 시종들은 영문도 모르면서 명을 받들었다.

Chapter 6

제국 안팎에서 수집된 지리와 지형 정보가 황태자전으로 쉴 새 없이 올라왔다. 24시간 동안 쌓이는 정보의 양이 어마어마했다.

이탄은 이 방대한 정보를 직접 살폈다.

물론 이탄이 원하는 정보는 쉽게 찾아지지 않았다. 그 어

디에서도 언령의 벽이나 피사노의 비석과 관련된 단서는
없었다.

대신 이탄의 머릿속에는 부정 차원에 대한 대략적인 윤
곽이 잡혔다.

모드레우스 제국.

디아볼 제국.

세불 제국.

아몬 제국.

클루티 제국.

올드 릭 제국.

올드 로니 제국.

이상이 부정 차원의 근간을 이루는 7개의 제국이었다.

이 밖에도 부정 차원에는 36개의 공국과 21개의 왕국이
존재했다. 제국, 왕국, 그리고 공국에 속하지 않는 지역도
상당히 많았다.

이 가운데 세불 제국만 해도 영토의 크기가 언노운 월드
대륙 전체와 비슷했다. 다른 제국들과 왕국, 공국, 무법지
대를 합치면 부정 차원의 규모는 상상을 초월할 정도였다.

부정 차원이 어마어마하게 크다는 점은 이탄도 이미 예
상했던 바였다. 다만, 이탄이 예상하지 못했던 점도 몇 가
지가 발견되었다.

"제국과 왕국을 나누는 기준이 꼭 땅의 크기가 아니란 말이지."

이탄이 가만히 뇌까렸다.

물론 세불 제국을 포함한 대부분의 제국들은 어마어마한 영토를 사랑했다.

하지만 디아볼 제국만은 예외여서, 그곳의 영토는 왕국보다도 더 작을 뿐 아니라 몇몇 공국들보다도 더 협소했다.

그래도 디아볼 제국을 무시하는 악마종은 아무도 없었다. 디아볼은 부정 차원의 칠제국 가운데 모드레우스 제국과 어깨를 견주는 유일한 라이벌이었다.

7개의 제국 가운데 모드레우스와 디아볼은 단둘이 2강 구도를 형성 중이었다. 비록 디아볼의 영토는 작고 인구도 상대적으로 왜소하지만 그곳의 악마종들은 개개인이 모두 강자 중의 강자들이었다.

"디아볼 제국이라……. 기회가 되면 꼭 한번 방문해보고 싶네."

이탄은 작지만 강한 제국에 흥미를 느꼈다.

그 밖에도 이탄은 또 한 가지 특이한 점에 주목했다.

부정 차원의 일곱 제국들은 하나의 행성에 모여 있는 구조가 아니었다. 7개의 제국 모두 다른 행성에 자리를 잡고 있었다.

이탄은 문득 그릇된 차원을 떠올렸다.

"그릇된 차원에서 행성 간 여행을 할 때 플래닛 게이트를 사용했었지. 여기서도 비슷하겠구나. 장거리 이동을 위한 특별한 수단이 필요하겠어."

그 특별한 수단이란 다름 아닌 웜 트레인(Worm Train: 벌레 열차)이었다.

이탄은 이 특별한 이송 방법에 대해서 알게 되고는 깜짝 놀랐다. 그만큼 웜 트레인은 충격적이었다.

이탄이 방대한 정보를 살펴본 후에 깨닫게 된 세 번째 사실은, 부정 차원 중에서도 이곳 세불 제국이 유난히 인간족과 가깝다는 점이었다.

"그러고 보면 세불의 악마종들은 외모도 인간족과 비슷한 편이고, 문화도 언노운 월드와 완전히 다르지는 않구나."

이탄은 고개를 주억거렸다.

부정 차원에 진입하기 전, 이탄은 부정 차원이 아주 이질적일 것이라고 예상했었다.

그런데 실제로 이탄이 겪어본 세불 제국은 그렇게까지 이질적이지는 않았고, 오히려 몇몇 문화들은 친숙한 느낌도 들었다.

"그게 다 이유가 있었던 거야. 세불 제국만 유독 인간족과 분위기가 비슷했던 거라고."

이탄은 나직한 독백과 함께 손으로 턱을 쓰다듬었다.

이탄은 이제 부정 차원에 대한 굵직한 뼈대는 파악한 느낌이었다. 부정 차원에 대한 이탄의 지식도 나날이 늘어만 갔다.

역시 황태자라는 자리가 좋긴 좋았다.

이탄이 부정 차원에 들어온 지 벌써 3년 4개월째인데, 이 기간 동안 이탄이 모았던 모든 정보들을 다 합쳐도 최근 일주일 사이에 확보한 정보보다 분량이 적었다. 게다가 정보의 질도 확연하게 차이가 났다.

이탄은 매일 매일 정보를 확인하고, 또 정리했다.

그러던 어느 날이었다. 이탄은 눈에 띄는 정보 하나를 포착했다.

"어프로칭 데이? 세상에 이런 게 다 있단 말인가?"

이탄이 눈을 번쩍 떴다.

어프로칭 데이(Approaching Day: 근접일)란, 세불 제국이 위치한 행성과 다른 행성이 손에 닿을 듯이 아주 근접하는 시기를 의미했다.

명칭에는 '데이'라고 붙었지만, 사실 어프로칭 데이는 하루가 아니라 거의 4, 5개월에 걸쳐서 벌어지는 사건이었다.

어마어마한 크기의 행성들이 이렇게 가까이 접근하면 당연히 잡아당기는 힘, 즉 인력이 발생하여 행성 사이에 대규모 충돌이 일어나야 마땅했다. 건물들이 우수수 붕괴하여 그 잔해가 우주로 마구 빨려 올라가고, 도시가 허물어져야 정상이었다.

그런데 희한하게도 어프로칭 데이 중에는 이러한 충돌이 발생하지 않았다. 그저 2개의 행성이 부딪칠 것처럼 가까이 접근만 할 따름이었다.

물론 어프로칭 현상이 자주 벌어지는 것은 또 아니었다. 세불 제국이 겪은 가장 최근의 어프로칭 데이는 약 1,000년 전에 일어났었다. 당시에는 세불 행성과 올드 로니 행성 사이에 어프로칭 현상이 일어났다.

본성이 포악하고 음흉한 것이 악마종들의 특성이었다. 그 악마종들이 어프로칭 데이가 주는 기회를 그냥 놓칠 리 없었다.

1,000여 년 전, 세불 제국의 악마종들은 어프로칭 현상이 벌어지기 무섭게 그대로 하늘로 뛰어올라 올드 로니 행성으로 쳐들어갔다.

올드 로니 제국도 마찬가지였다. 그곳의 악마종들도 분분히 날아올라 세불 제국으로 쳐들어왔다.

그렇게 양 제국은 심각한 충돌을 일으켰다.

결과는 세불 제국의 근소한 승리.

하지만 지역에 따라서는 승패가 뒤바뀌기도 하였다. 당시 세불의 영지 수백 곳이 올드 로니의 악마종들에게 패배하여 크게 약탈을 당했다. 다만 그보다 약간 더 많은 지역에서 세불 제국이 승리했을 뿐이었다.

"그 어프로칭 데이가 불과 50일 뒤에 찾아온단 말이지? 이번에 접근하는 곳은 7개의 제국 가운데 클루티 행성이고?"

부정 차원에서 벌어지는 이 어프로칭 현상은 실로 해괴하여, 천체의 변화를 아무리 세심하게 살펴도 미리 짐작할수가 없었다. 이것은 먼 곳에 있던 별이 갑자기 순간이동이라도 한 듯이 가까워지는 현상이기 때문이었다.

Chapter 7

"그렇게 갑자기 괴현상이 나타난다면 세불 제국은 어떻게 이 정보를 미리 알아냈을까?"

이탄은 정보의 출처를 궁금히 여겼다.

지금으로부터 50일 뒤에 어프로칭 데이가 찾아올 것이라 예언한 곳은 다름 아닌 제국 황실 직할의 비밀단체였다.

이 단체는 신탁을 통해서 미래를 예견하는 것으로 유명했다.

다만 비밀단체의 예언은 널리 공표되지 않았다. 이 단체가 내놓은 예언은 오로지 황실의 고위층과 일부 최고위 귀족들 사이에서만 공유되었다.

다행히 이탄은 황실의 고위층에 속했다.

"역사서를 보니까 그동안 세불 제국은 어프로칭 데이를 맞을 때마다 반드시 침략 전쟁을 일으켰었네. 1,000년 전에도 올드 로니 제국과 치열하게 싸웠고 말이야. 그렇다면 50일 뒤에 클루티 제국과도 반드시 전쟁이 벌어지겠구먼."

이탄은 전쟁을 꺼리지 않았다. 오히려 이탄은 두 손을 활짝 벌려서 어프로칭 데이를 반기는 입장이었다.

이탄이 손바닥을 슥슥 비볐다.

"클루티 제국과 대전쟁이 벌어지면 클루티 제국에 대한 정보를 그만큼 더 많이 모을 수 있겠지. 또한 세불 제국 내에서 걸림돌이 되던 자들도 이번에 제거할 수 있을 거야. 그러니까 이건 내게 정말 좋은 기회라고."

이탄은 기분 좋게 뇌까렸다.

어쩐지 좋은 예감이 드는 날이었다.

어프로칭 데이에 대한 긴급정보는 이탄을 거쳐서 요제프

황자, 그리고 이자벨라에게 전달되었다.

요제프는 즉각 전쟁 준비에 돌입했다. 이자벨라도 루건, 수투루, 북토를 모아놓고 어프로칭 데이에 대한 사실을 알렸다.

그러는 사이 이탄은 태자궁 직속의 군단을 바짝 다잡았다. 금고도 활짝 개방하여 용병들을 새로 충원했다.

다른 한편으로 이탄은 이자벨라를 닦달하여 인형들을 더 많이 공급하게끔 시켰다. 이자벨라는 매일 밤 코피를 쏟아가면서 인형의 눈알을 꿰맨 다음, 그 인형들을 요제프를 통해서 이탄에게 보내주었다.

이탄은 이자벨라의 인형에 고대 악마사원의 특수한 마법을 새겨 넣어 인형 군단을 보강했다.

다른 한편으로 이탄은 코후엠에게도 특명을 내렸다.

코후엠은 이탄의 협박에 못 이겨서 명을 따랐다. 그날 이후 코후엠의 모습은 더 이상 이자벨라 영주성에서 보이지 않았다.

이탄이 차곡차곡 병력을 확충하고 전쟁 준비를 해나갈 즈음, 수도에 위치한 유력 귀족 가문들도 심상치 않은 움직임을 보였다.

대영지의 영주들도 예외는 아니었다. 푸시킨 영주나 라이너 영주 등도 발 빠르게 병력을 늘렸다.

제국의 대영주들은 나름 황실과 인맥이 닿아 있었다. 그래서 그들은 [어프로칭 현상이 곧 벌어질 것]이라는 정보를 미리 귀띔받았다.

목에 힘깨나 준다는 대영주들이 본격적으로 병력을 끌어모으기 시작하자 제국 전체에 긴장감이 돌았다.

중소규모 영지의 영주들은 비록 어프로칭 데이에 대해서 직접적으로 귀동냥을 하지는 못했지만, 지금 돌아가는 분위기가 심상치 않다는 사실은 눈치챘다.

각지의 영주들은 경쟁이라도 하듯이 군사력을 보강했다. 그러면서 군수품의 가격도 자연스럽게 폭등했다.

20일이 훌쩍 지났다.

이제 어프로칭 데이까지 불과 한 달이라는 시간만 남았을 뿐이다. 전쟁이 발발하기까지 딱 30일을 남겨 놓은 시점에서 군주 세불이 황족들을 소집했다. 황태자인 말테도 당연히 소집 명단 첫 줄에 이름을 올렸다.

이번 소집의 목적은 듣지 않아도 뻔했다.

[클루티 녀석들과 어떻게 싸울 것인지 너희들의 의견을 들어보자꾸나.]

세불은 이런 말과 함께 제국의 주요 황족들을 황궁으로 불러들였다.

소집 당일인 2월 20일.

이탄은 잡티 하나 없는 화이트 드래곤을 타고 황궁에 입궐했다.

황금갑옷으로 중무장한 태자궁의 근위대가 질서정연하게 이탄을 호위했다. 1,000명이나 되는 근위대원들은 난폭한 와이번의 아가리에 가죽으로 만든 재갈을 물리고 고삐를 바짝 틀어쥔 채 이탄을 뒤따랐다.

오늘 황궁에 입궐한 악마종은 이탄뿐만이 아니었다. 제국 각지에 흩어져 있던 황족들이 각자의 드래곤을 타고 속속들이 황궁으로 집결했다.

[태자 저하께서 입궐하신다.]

[제7 황자께서 입궐하신다.]

[제12공주님께서 오셨다.]

[뭣들 하느냐? 어서 보호막을 개방하라.]

황궁의 외각 경비 초소에서는 연신 고함 소리가 터져 나왔다. 까마득히 높으신 분들의 연이은 등장에 경비병들은 정신없이 뛰어다녔다. 세불 황궁을 튼튼하게 지키고 있는 마법의 보호막은 문을 여닫기를 반복했다.

이탄이 황궁 안으로 들어갔을 때, 그곳에는 12개의 자리가 이탄을 기다리고 있었다.

"흐으음."

이탄은 둥그렇게 호를 그리며 배치된 12개의 의자를 빤히 바라보았다.

이 12개의 의자는 모양이 동일할 뿐 아니라 높낮이의 차이도 없었다.

소박해 보이는 12개의 의자 앞에는 철로 만들어진 기괴한 모양의 의자가 하나 더 놓여 있었다.

이 13번째 철의자만큼은 특별했다. 이 의자는 드래곤이 엎드려 있는 듯한 모양이었으며, 무척이나 크고 화려했다. 또한 이 의자는 다른 12개의 의자보다 50 센티미터는 더 높은 곳에 자리했다.

'12개의 소박한 의자는 황족들을 위한 것이겠지. 그리고 중앙의 저 화려한 철의자가 세불 군주의 것일 테고.'

좌석 배치만 보아도 말테의 현재 위치가 짐작이 갔다.

만약 세불이 말테를 황태자로 인정했더라면, 최소한 말테의 좌석만큼은 다른 11명의 황족들과는 구별이 되어야만 했다.

한데 말테의 의자와 다른 황족들의 의자는 전혀 구별이 되지 않았다.

이것이 의미하는 바는, 말테는 진짜 황태자로 인정받지 못한다는 뜻이었다.

Chapter 8

'훗! 그따위 형식이 뭐가 중요하겠어?'

이탄은 입꼬리를 묘하게 한 번 비튼 다음, 12개의 의자 중 중앙 좌석에 앉았다.

뒤를 이어서 7황자와 12공주 등이 차례로 나타나 빈 자리를 하나씩 차지했다. 7황자는 무감정하게 이탄을 한 번 보고는 인사도 생략했다. 12공주도 이탄에게 아는 척을 하지는 않았다.

이어서 입장한 황족들도 비슷한 태도를 보였다.

다만 마지막에 들어온 2황손만이 겸손했다.

[숙부님들을 뵙습니다. 고모님들을 뵙습니다. 태자마마를 뵙습니다.]

2황손은 11명의 황족들에게 일일이 고개를 숙여 인사한 다음, 맨 끝 자리에 얌전히 앉았다.

다들 자리에 착석하자 북소리가 둥! 울렸다.

[폐하께서 오시나 보구나.]

이탄을 비롯한 황족들은 일제히 일어나 부동자세를 취했다.

두둥!

잠시 후, 북소리가 한 번 더 울렸다.

모두가 지켜보는 가운데 세불이 등장했다.

세불은 바닥에 질질 끌리는 기다란 망토를 어깨에 둘렀다. 세불은 키가 무척 컸다. 세불의 피부는 시체를 보는 듯 창백했는데, 회백색의 안색과 달리 그의 두 눈은 보랏빛으로 진하게 일렁거렸다.

세불의 입꼬리 양쪽에는 턱관절까지 길게 꿰맨 흔적이 역력히 드러났다.

세불은 착 달라붙은 검은 머리카락을 바닥까지 길게 늘어뜨린 모습이었으며, 눈 밑에는 낫 모양의 푸른 문신이 아로새겨져 있었다. 이 문신 때문에 세불은 마치 눈에서 파란 피를 흘리는 것처럼 보였다.

세불의 등장과 동시에 실내에는 항거할 수 없는 위압감이 휘몰아쳤다.

이 위압감은 하찮은 인간이 대자연의 장엄한 풍경을 볼 때나 느낄 수 있는 그러한 종류의 위압감이었다.

[폐하를 뵙습니다.]

이탄이 먼저 선창을 했다.

[폐하를 뵙습니다.]

11명의 황족들이 한 목소리로 외치면서 세불 앞에 무릎을 꿇었다.

이탄도 세불 앞에 두 무릎을 꿇고 허리를 깊이 숙였다.

세불이 손을 수평으로 쓸었다.

[불필요한 예의는 생략하라.]

[예, 폐하.]

이탄을 포함한 12명의 황족들은 그제야 일어나 각자의 의자에 앉았다.

세불도 어느새 화려한 철의자에 기대앉아 보라색 눈으로 황족들을 훑어보았다.

'어디 보자.'

이탄은 눈을 살짝 내리깔고는 감각으로 세불을 관찰했다.

지금 세불의 등 뒤에는 오로라처럼 후광이 어려 있었다. 그 후광 속에서 꽈배기 모양의 문자들이 자유롭게 유영하는 중이었다.

이탄은 언노운 월드에서 이와 같은 광경을 여러 차례 목격했다. 피사노교의 신인들은 몸 주변에 저렇게 꽈배기 모양의 문자들을 띄워놓고 다녔다.

다만 피사노교의 신인들과 세불은 확연하게 차이가 났다. 세불의 등 뒤에 떠 있는 문자가 피사노교의 신인들 것보다 훨씬 더 또렷할 뿐 아니라 개수도 훨씬 더 많았다.

'만자비문에 대한 이해도가 차이가 날 테지. 이 격차는 세불이 피사노교의 신인들보다 만자비문을 더 깊이 있게

깨우쳤다는 뜻일 거야.'

이탄은 이렇게 유추했다.

이탄의 짐작이 맞았다. 세불은 피사노 쌀라싸 등과는 비교도 되지 않을 정도로 만자비문에 대한 이해도가 높았다.

또한 피사노교의 신인들이 겨우 한두 개의 비문을 깨우친 데 불과하다면, 세불의 등 뒤에 떠돌아다니는 문자는 무려 29개나 되었다.

이탄은 문득 그릇된 차원에서 발굴했던 라우딘스의 유적을 회상했다.

'부정 차원을 벗어나 그릇된 차원으로 도망쳤던 악마종이 있었지…….'

오래 전 부정 차원의 군주들 가운데 한 명이었던 라우딘스는 무려 31개의 비문을 깨우쳤던 강자였다.

그 강자도 10,000년 동안 새로운 비문, 즉 32번째 비문을 깨닫지 못하여 소멸할 위기에 처했다.

라우딘스는 소멸을 두려워한 끝에 결국 부정 차원을 떠나서 그릇된 차원으로 도망쳤고, 그곳에 자신의 유적을 남기게 되었다.

오랜 시간이 지난 후, 이탄이 라우딘스의 유적을 발굴하여 그 힘을 흡수했다.

'세불은 라우딘스보다 만자비문의 개수가 2개 부족하네.

물론 만자비문의 개수가 많다고 해서 꼭 강한 것은 아니겠지만 말이야.'

이탄이 보기에 만자비문을 몇 개 깨우쳤느냐가 중요한 것이 아니었다. 부정 차원의 근간을 이루는 비문을 얼마나 깊이 있게 습득했느냐가 더 중요했다. 그러니 오래 전의 라우딘스와 현재의 세불을 직접적으로 비교할 수는 없었다.

그래도 한 가지는 확실했다.

'세불은 피사노교의 신인들보다 훨씬 강해. 피사노 쌀라싸를 포함해서 넷째인 아르비아, 다섯째인 캄사, 여섯째인 싯다, 일곱째인 사브아, 여덟째인 싸마니야, 아홉째인 티스아가 힘을 합친다고 하더라도 감히 세불과 겨루지는 못할 거야.'

이탄은 이렇게 판단했다.

아니, 솔직히 말해서 그 정도를 넘어섰다. 그동안 이탄이 만나본 피사노교의 신인들이 부정 차원으로 넘어온다면, 그들은 세불은커녕 진마 최상급의 악마종들과 어깨를 견주는 것도 버거울 듯했다.

'쌀라싸와 싸마니야는 진마 최상급과 겨뤄도 충분히 버틸지 몰라. 아르비아나 캄사도 나름 버틸 것 같고. 하지만 아홉 번째 신인인 티스아는 이곳에 모인 황족들과 겨루기엔 좀 부족할 것 같구나.'

오늘 세불이 소집한 황족들은 모두 진마 최상급이었다.
이탄에게 잠식을 당한 말테 황태자도 진마 최상급이었다.

한때 루아 영지와 툭탁거렸던 푸시킨 영주도 진마 최상급.

이탄에게 용아목을 빼앗긴 라이너 영주도 진마 최상급.

'흐으음. 그리고 보면 부정 차원의 전력이 참 어마어마하네. 7개 제국에는 진마 최상급의 황족이나 귀족, 대영주들이 와글와글하잖아? 그런데 이 한 명 한 명이 피사노교의 신인과 비슷한 수준이라니. 만약 부정 차원과 언노운 월드 사이에 길이 뚫려서 왕래가 자유로워진다면 이 병력을 무슨 수로 감당할 거야? 설령 언노운 월드의 백 진영과 동차원이 힘을 합친다고 하더라도 도저히 부정 차원의 악마 종들을 막을 수 없겠는걸.'

이탄의 추측이 맞았다. 부정 차원의 7제국 중 한 곳만 나서더라도 언노운 월드와 동차원이 통째로 초토화될 판이었다.

아니, 이것도 언노운 월드를 높게 쳐준 편이었다. 솔직히 7제국이 움직일 필요도 없었다. 부정 차원의 21개 왕국 중 한 곳, 아니, 36개 공국 중 단 하나만 쳐들어가도 언노운 월드는 크게 위태로웠다.

Chapter 9

이탄이 부정 차원과 언노운 월드 사이의 전력을 머릿속으로 비교하는 동안, 세불과 황족들은 어프로칭 데이에 대한 논의를 시작했다.

황자와 공주들이 각자 준비해온 전략을 세불 앞에서 발표했다. 그들은 어떻게든 군주의 눈에 들기 위해서 밤을 새우면서 전략을 짜왔다.

안타깝게도 세불은 칭찬에 인색했다. 황자와 공주들이 짜온 전략 가운데는 나름 괜찮은 것들도 있었으나, 그 누구도 군주의 칭찬을 듣지는 못했다.

그나마 2황손이 내놓은 전략이 세불의 마음에 들었다.

[폐하, 어프로칭 데이가 시작되기 전에 아군 전력 가운데 일부를 클루티 제국에 미리 침투시키면 어떻겠습니까? 그런 다음 어프로칭 데이가 시작되자마자 안팎에서 동시에 클루티 놈들을 공략하는 것입니다.]

2황손은 세불을 향해서 이렇게 제안했다.

[적진 속에 미리 아군을 심어놓자?]

세불이 2황손에게 되물었다.

오늘 11명의 황족들이 발표를 하는 동안 세불이 질문을 한 것은 이번이 처음이었다. 황족들은 부러움 반, 시샘 반인 눈빛으로 2황손을 바라보았다.

2황손이 겸손하게 대답했다.

[그렇습니다, 폐하. 물론 웜 트레인을 통해서 투입할 수 있는 전력은 아무리 많아봤자 수만 명 이하일 것입니다. 그것도 여러 번 우회를 해야 투입이 가능할 것입니다.]

2황손이 언급한 웜 트레인이란 부정 차원에서 행성과 행성을 오가는 대표적인 방법이었다.

[좀 더 자세히 말해보라.]

세불이 손가락을 까딱거렸다.

2황손은 공손히 아뢰었다.

[폐하, 지금 우리가 클루티 제국으로 직접 병력을 보내봤자 웜 트레인 입구에서 모두 검문검색을 당할 것 아니겠습니까? 그러니까 아군 병력을 용병으로 위장시켜서 모드레우스 제국으로 우선 보내고, 거기서 다시 아몬 제국과 올드릭 제국을 경유하여 클루티 제국으로 침투시키는 것이 현명할 것입니다.]

2황손의 전략은 그럴듯하게 들렸다. 세불은 좀 더 깐깐하게 따졌다.

[그렇게 여러 곳을 경유하려면 시간이 꽤 걸릴 텐데? 웜 트레인을 한 번 통과할 때마다 허가증을 받아야 할 테고, 그 기간만 일주일 이상 걸리지 않느냐? 그런데 어프로칭

데이까지는 고작 한 달이 남았을 뿐이다. 지금 용병으로 포장하여 적진으로 보낸들 제대로 써먹을 수나 있을까?]

세불의 지적은 날카로웠다.

그러나 2황손은 당황하지 않고 침착하게 대답했다.

[폐하, 그 점을 예상하여 이미 파병을 끝내놓았습니다.]

[허! 벌써 용병들을 보내놓았다고?]

세불은 기특하다는 듯이 2황손을 굽어보았다.

2황손이 자랑스럽게 가슴을 폈다.

[그러하옵니다. 폐하. 제가 특별히 선발한 부하들이 이미 모드레우스와 아몬 제국을 거쳐서 올드 릭 제국에 들어간 상태입니다. 그들은 현재 용병의 신분으로 클루티 제국에 입국 신청을 해놓았습니다. 만약에 제가 보낸 자들이 계획대로 클루티 제국의 군단에 편성된다면, 충분히 후방교란이나 정보 획득이 가능할 것입니다. 당연히 어프로칭 데이 때 큰 도움이 될 것이고요.]

2황손의 대답에는 막힘이 없었다.

[흐으음.]

세불이 가볍게 고개를 끄덕였다.

'크윽, 2황손 녀석이 앞서나가는구나.'

'제길. 나는 왜 저 생각을 못 했지?'

'내 밑의 참모들은 다 뭘 한 거야? 돈만 처먹는 돼지새

끼들 같으니.'

다른 황족들은 질투에 가득한 눈빛으로 2황손을 응시했
다.

이번에는 세불이 이탄에게 관심을 돌렸다.

[11명의 이야기는 모두 들었다. 그 가운데 괜찮은 것도
있고, 형편없는 전략도 있더구나. 이제 태자의 말을 듣고자
한다.]

세불이 언급한 괜찮은 전략이란 2황손이 내놓은 계획을
의미했다.

2황손은 최대한 겸손하게 표정을 관리했다.

반면 나머지 황족들은 대부분 똥 씹은 표정이었다.

[태자는 준비해온 전략이 있으면 말해 보라.]

세불이 한 번 더 이탄을 재촉했다.

모두가 지켜보는 가운데 이탄은 천천히 말문을 열었다.

[폐하, 소자가 준비한 전략도 2황손의 것과 비슷합니다.]

[흠.]

이탄의 말을 듣자마자 세불이 이맛살부터 찌푸렸다.

세불만 얼굴을 구긴 것이 아니었다. 다른 황족들도 모두
입매를 비스듬히 비틀었다.

'쯧쯧쯧. 태자가 또 무리수를 두네. 2황손이 폐하의 칭
찬을 받으니까 얹혀가려고 하나?'

'저런 짓을 했다가는 폐하께 더 큰 꾸중을 들을 뿐인데. 멍청하기는.'

'차라리 준비해온 전략이 없다고 솔직하게 대답하지. 쯧 쯧쯧.'

황족들이 이렇게 비웃을 만도 했다. 말테 황태자는 황족들 가운데 무력은 가장 강할지 몰라도 머리를 쓰는 일에는 취약했다. 말테의 곁에 뛰어난 전략가나 참모도 없었다. 평소 말테는 고집이 세서 참모들의 말을 무시하는 편이었다. 그러니 그의 곁에 제대로 된 참모가 붙어 있을 턱이 없었다.

세불은 차가운 눈빛으로 이탄을 노려보았다.

[2황손이 내놓은 전략과 태자가 내놓을 전략이 서로 비슷하다고 했나? 태자, 우연히 2황손과 비슷한 전략을 짜왔다는 뜻이더냐? 아니면 숙부가 되어서 비겁하게 조카의 전략에 얹혀가겠다는 속셈이냐?]

세불의 질문은 송곳처럼 예리했다. 과거의 진짜 말테가 군주로부터 날카로운 질문을 받았다면 당황하여 진땀부터 흘렸을 것이다.

지금은 달랐다. 그는 말테가 아니라 이탄이었다.

이탄이 덤덤하게 뇌파를 이었다.

[소자가 어찌 조카에게 얹혀가겠습니까? 소자의 전략과

2황손의 전략이 얼핏 보기에는 비슷해 보일지 몰라도 핵심은 다릅니다.]

[달라? 어떤 점이 다르다는 게냐?]

세불은 비스듬히 옆으로 기댔던 상체를 바로 일으키고 정색을 했다. 군주가 표정을 굳히자 실내의 분위기가 무겁게 가라앉았다.

[으윽.]

황족들은 자신도 모르게 목을 움츠렸다.

반면 이탄만큼은 여전히 표정의 변화가 없었다.

[소자는 어프로칭 데이가 시작되자마자 적의 정보체계부터 박살 내야 한다고 판단했습니다. 그래야 전쟁을 아군에게 유리하게 이끌어갈 수 있기 때문입니다. 하여 소자는 심복을 웜 트레인으로 보내놓았습니다. 소자의 심복이 모드레우스 제국과 공국 두 곳, 올드 릭 제국, 아몬 제국, 그리고 왕국 한 곳을 경유하여 지금 클루티 제국에 이미 침투한 상태입니다.]

Chapter 10

이탄의 이야기에 다들 흠칫했다.

[말테가 벌써 적진에 심복을 침투를 시켰다고?]

[말도 안 돼.]

황족들은 이탄의 이야기를 부정했다. 그들은 이탄을 태자라고 칭하지도 않았다. 그냥 말테라고 불렀다.

세불이 눈을 가늘게 좁혔다.

[태자가 이미 적진에 심복을 침투시켰다고? 몇 명이나? 어디에?]

세불은 3개의 질문을 연달아 던졌다.

이탄이 빠르게 대답했다.

[적들의 의심을 피하기 위해서 단 한 명만 보냈습니다. 소자가 1,000년 전의 사례를 살펴보니 그 당시 우리 제국뿐 아니라 올드 로니 제국도 어프로칭 현상이 벌어질 것을 미리 알고 공격을 준비했더군요. 그래서 소자는 클루티 제국도 어프로칭 현상을 미리 예측했을 것이라 봅니다. 하면 당연히 클루티 놈들도 경계를 바짝 하겠지요.]

[호오, 그래서?]

세불이 상체를 살짝 앞으로 숙였다. 이러한 몸짓은 세불이 이탄의 이야기에 흥미를 느꼈다는 뜻이었다.

이탄은 물 흐르듯이 뇌파를 이었다.

[이 민감한 시기에 다른 행성에서 다수의 용병이 들어온다? 클루티 제국이 바보가 아닌 이상 분명히 경각심을 가

질 것입니다. 설령 제가 여러 제국을 경유하여 병력을 침투
시킨다고 하더라도 적들은 제가 용병으로 위장시켜서 보낸
병력을 의심하여 따로 격리하거나 또 다른 조치를 취할 것
같았습니다. 그래서 소자는 믿을 만한 심복 한 명만을 클루
티 제국의 핵심부에 들여보냈습니다.]

이탄은 이런 말로 2황손의 전략을 깔아뭉갰다.

2황손의 눈가가 파르르 떨렸다.

[흥! 태자의 말따마나 고작 한 명이니까 들키지는 않겠
지. 하지만 대전쟁이 벌어지는 와중에 그 한 명이 뭘 할 수
있겠느냐?]

세불이 코웃음을 쳤다.

다른 황족들의 입에도 비웃음이 걸렸다.

이탄은 침착하게 대답했다.

[폐하, 제가 보낸 심복은 대규모 병력을 공간이동 시킬
수 있는 마보, 즉 마법아이템을 들고 갔습니다. 그 아이템
에는 은신마법이 걸려 있기에 클루티 놈들에게 발각될 가
능성도 적습니다. 어프로칭 데이가 시작될 때, 제 심복이
적의 정보가 집결되는 장소에서 공간이동 마보를 개방할
것입니다. 그 즉시 소자와 소자가 이끄는 군단이 적진으로
순간이동 하여 뛰어들 계획입니다.]

[허!]

세불이 눈을 크게 떴다.

7황자가 무례하게 끼어들었다.

[폐하, 말테의 계획에는 심각한 오류가 있습니다. 공간이동 마보는 대규모 병력을 순간이동 시킬 수는 있지만 행성과 행성 사이를 오갈 수는 없습니다. 행성 간의 이동은 오직 웜 트레인을 통해서만 가능합니다. 따라서 말테의 계획은 실현될 수 없는 얼토당토않은 헛소리입니다.]

7황자는 말테의 허점을 날카롭게 지적했다고 자평했다.

'내가 이렇게 날카롭게 허점을 파고들었으니 폐하께서 나를 칭찬하시고 말테를 꾸짖으실 거야.'

7황자가 나름 기대를 품었다.

한데 세불은 버럭 호통부터 치는 게 아닌가.

[이런 멍청한 놈!]

[폐, 폐하! 왜 그러시옵니까?]

7황자가 당황했다.

이탄은 혀를 찼다.

[쯧쯧쯧. 7황자가 참으로 머리가 나쁘구먼. 평상시라면 당연히 웜 트레인을 통해서만 다른 행성에 병력을 보낼 수 있겠지. 하지만 어프로칭 데이가 아닌가. 그때는 우리 행성과 클루티 행성이 손에 닿을 듯이 가까이 접근하는 날이라고. 당연히 공간이동 마보만 있어도 얼마든지 적의 핵심지

역에 대규모 병력을 급파할 수 있지. 쯧쯧쯧.]

그 말이 옳았다.

[크윽!]

7황자는 망치로 뒤통수를 맞은 듯 얼굴이 굳었다가 이내 새빨갛게 달아올랐다. 7황자의 눈동자 속에 분노와 수치심이 뒤섞였다.

[그만.]

세불이 손을 들었다.

7황자는 즉각 고개를 조아렸다.

[폐하, 송구하옵니다.]

[……]

이탄도 말없이 머리를 숙였다.

세불은 이탄을 묘한 눈으로 바라본 다음, 자리에서 일어섰다.

[오늘 이야기를 들어보니 너희들이 나름 대비를 하는 것 같구나. 한 달 뒤에 누가 얼마나 전공을 세우는지 지켜보겠다.]

세불은 이 말을 남기고는 유령처럼 스르륵 자리를 떴다.

이 자리에 모인 황족들은 모두 다 비슷한 상념에 빠졌다.

'폐하께서 흡족해 보이시는구나.'

'말테의 전략이 폐하를 흡족하게 만든 거야. 제기랄.'

'대체 말테가 어떻게 저런 머리를 썼지? 책략이라고는 쓸 줄도 모르고 오로지 무식하게 힘에만 의존하던 녀석이 어떻게?'

'요새 말테 오라버니의 곁에 누가 붙어 있더라? 요제프, 그놈의 머리에서 나온 계획인가? 치잇!'

'크으윽. 이러다 말테 숙부가 황태자의 자리를 굳히는 것 아냐? 그럼 안 되는데.'

황족들은 부쩍 경계심을 느꼈다.

적진 한복판에 마보를 집어넣은 뒤, 그 마보를 이용하여 대규모로 병력을 침투시키는 것은 예전에 피사노교가 써먹었던 전략이었다. 당시 피사노 쌀라싸와 피사노 감사는 이 전략으로 동차원의 남명 지역을 한바탕 흔들어 놓았다.

이탄은 그 점에 착안하여 이번 계획을 수립했다.

이탄이 언급한 '공간이동 마보를 들고 적진에 침투할 심복'이란 다름 아닌 코후엠을 가리켰다. 실제로 코후엠은 이탄의 명을 받아 클루티 제국으로 넘어간 상태였다.

문제는 코후엠이 클루티 제국의 핵심부에 침투할 능력이 되냐는 점이다.

"클루티 놈들도 바보가 아니겠지. 코후엠이 아무리 재주가 좋아도 적의 정보망 한복판에 침투하기란 어려울 거야."

이자벨라라면 또 모르겠지만, 코후엠의 능력으로는 한계가 있어 보였다. 이탄은 코후엠에 대한 기대치를 그리 높게 가져가지 않았다.

　"코후엠은 그저 툭툭 던져보는 잽에 불과할 뿐, 카운터 펀치는 아니야."

　이탄이 본심을 드러내었다.

제3화

어프로칭 데이 I

Chapter 1

사실 이탄이 염두에 둔 진짜 카운터펀치는 바로 본인이었다.

이탄은 어프로칭 데이가 시작되는 즉시 만자비문의 권능을 발휘하여 클루티 제국의 핵심부로 직접 넘어갈 요량이었다.

"그런 다음 그곳에서 대규모 병력 이송이 가능하도록 특별한 마보를 개방해야지. 그러면 코후엠의 침투가 성공하건 실패하건 내 계획에는 아무런 지장이 없다고."

이탄에게는 이미 계획이 다 있었다.

그런데 이탄은 왜 코후엠을 적진에 침투시켰을까? 코후

엠에게 별다른 기대도 없으면서?

이탄이 코후엠을 앞장세운 이유는 눈가림을 위해서였다. 이탄은 다른 악마종들, 특히 세불의 눈을 가리려고 코후엠을 내세운 것이다.

지금 이탄은 말테 황태자의 신분으로 위장 중이었다.

'문제는 말테에게 공간이동 능력이 없다는 점이지. 그러니까 내가 세운 군사작전이 그럴듯하게 보이려면 코후엠과 같이 눈속임을 대신 해줄 자가 필요해.'

이것이 이탄의 진짜 속셈이었다.

안타깝게도 코후엠은 이탄의 속셈을 전혀 몰랐다. 코후엠은 지금 한참 진땀을 흘려가며 어떻게든 클루티 제국의 핵심부에 파고들려고 노력하는 중이었다.

심지어 이자벨라와 루건, 수투루, 북토도 이탄의 진짜 계획에 대해서는 알지 못했다. 그들은 지금 클루티 제국과의 전쟁을 대비하여 몸의 컨디션을 최고조로 끌어올리고 부하들을 강하게 훈련시킬 뿐이었다.

그러는 사이 시간은 잘도 흘러 3월 20일이 되었다.

디 데이(D—Day) 아침.

보라색이던 하늘은 무서울 정도로 시커멓게 물들었다.

갑자기 태양이 사라진 탓이었다.

좀 더 정확히 말하자면, 태양이 사라진 것이 아니었다. 거대 행성이 세불 제국 상공에 떡하니 나타나서 태양을 가렸다.

아직까지 이 거대 행성은 또렷하지 않고 흐릿했다.

치지지지직!

유령처럼 등장한 거대 행성으로부터 시끄러운 잡음 소리가 들렸다.

그런데 시간이 갈수록 거대 행성은 점점 더 크고 또렷해지는 것이 아닌가!

이제는 거대 행성 속의 도시들이 세불 행성에서도 잘 보였다. 악마종들은 인간보다 시력이 좋기에 이 정도 거리라면 도시 속의 작은 샛길까지도 훤히 볼 수 있었다.

행성 속의 도시들은 마치 거꾸로 세워져 있는 듯했다.

세불 제국의 악마종들이 고개를 들어서 위를 올려다보면, 상대편 행성의 건축물 지붕들이 빽빽하게 보였다. 상대편 행성의 뾰족한 산봉우리는 세불 제국 상공 수백 미터 지점까지 가까이 근접했다.

세불 제국의 악마종들이 펄쩍 점프하면 저쪽 행성으로 쉽게 넘어갈 수 있을 듯했다.

이렇게 두 행성이 가까워지자 대기의 밀도가 두 배 이상으로 증가했다. 두 행성의 구름들은 서로 겹쳐지면서 한 덩어리로 뭉쳐지거나 혹은 서로 간섭하여 잘게 흩어졌다. 구름 주변에선 보라빛 전하가 번쩍번쩍 뛰놀았다.

[으어어, 저, 저것 좀 봐.]

[으아악, 이러다 충돌하겠어.]

세불 제국의 악마종들이 기겁했다. 그들의 눈에는 거대 행성이 금방이라도 그들의 머리 위로 떨어질 것처럼 비쳐 졌다.

일반 악마종들은 손으로 머리를 감싼 채 도망칠 곳부터 찾았다.

일부 지식이 많은 악마종들은 1,000년 전에 발생했던 어프로칭 현상을 떠올렸다.

[전쟁이다.]

[저 행성 놈들과 곧 전쟁이 벌어질 게야.]

악마종들은 어프로칭 현상이 곧 전쟁으로 이어질 것이라 예측했다.

일반 악마종들이 당황하여 우왕좌왕하는 것과 달리, 대영주들은 기대에 가득 차서 상공을 올려다보았다.

[으흐흐. 진짜로 어프로칭 현상이 벌어지는구나.]

[이제 때가 되었어.]

대영주들은 상대 행성으로 쳐들어가서 약탈을 할 생각에 군침을 꼴깍 삼켰다.

영주성의 연병장은 이미 악마종 병사들로 빼곡했다. 도열한 병사들의 옆에는 칠흑과도 같은 마도전함들이 줄지어 대기 중이었다. 마도전함의 옆면에서 은빛 문자들이 고풍스러운 빛을 토했다.

치지지지직!

그러는 와중에도 잡음 소리는 점점 더 커졌다. 머리 위의 거대 행성도 점점 더 또렷하게 그 모습을 드러내었다.

대신 번쩍번쩍 점멸하던 보랏빛 전하는 조금 전보다 확연하게 줄어들었다.

'저 전하가 사라지는 순간, 전쟁 시작이다.'

'이제 곧 전투가 벌어질 거야.'

악마종 병사들은 심장이 두근두근 뛰었다.

꽈광!

그때 하늘에서 새하얀 벼락이 떨어졌다.

이 벼락은 보통 벼락이 아니었다. 벼락의 굵기만 거의 수백 미터에 달했다. 그 큰 벼락이 두 행성을 하나로 연결했다.

굵은 벼락이 내리꽂히는 것과 동시에 보랏빛 전하는 씻은 듯이 자취를 감추었다. 치지지직 소리도 더는 들리지 않았다.

드디어 행성 간의 접근이 완료되었다. 어프로칭 데이가

본격적으로 시작된 것이다.

두 행성 사이의 거리는 가장 가까운 곳을 기준으로 불과 수 미터밖에 되지 않았다. 키가 큰 악마종이 세불 제국에서 가장 높은 산꼭대기에서 손을 쭉 뻗으면 클루티 제국의 땅바닥을 만질 수 있을 정도였다. 물론 손으로 상대 행성을 만지는 것은 가장 높은 산꼭대기에서만 가능하고, 대부분의 지역에서는 양 행성 간의 거리가 수십 미터에서 수 킬로미터 정도이지만 말이다.

어쨌거나 이 정도의 거리라면 역마 단계의 악마종들도 얼마든지 점프해서 상대 제국으로 건너갈 만했다.

[출격하라. 가서 클루티 제국을 약탈하라.]

푸시킨 영주가 별안간 목청을 높였다.

[크와아아아ー.]

[클루티 놈들을 탈탈 털어버리자!]

푸시킨 영지의 병력들이 하늘을 향해서 우르르 날아올랐다.

구구구궁!

푸시킨의 마도전함들도 함선 아래쪽에서 시퍼런 광채를 내뿜으면서 하늘로 부상했다.

진격의 북소리를 울린 곳은 비단 푸시킨 영지만이 아니었다. 이웃한 라이너 영지에서도 이와 같은 일이 벌어졌다.

이들 두 영지뿐 아니라 세불 제국 전체가 전쟁의 도가니로 빠져들었다.

Chapter 2

"드디어 시작인가?"

이탄이 고개를 들어 하늘을 올려다보았다.

대기 중에 자잘하게 퍼져 있던 보랏빛 전하가 눈에 띄게 흐릿해졌다. 꽈광! 소리와 함께 굵은 벼락이 내리쳐서 두 행성을 하나로 연결했다.

그 순간 이탄은 10,000개의 비문 가운데 공간을 왜곡시키는 권능을 발휘했다. 이탄의 머리 위에 회색 문자 하나가 또렷하게 떠올랐다.

〈공간을 구부려 접는〉

이것이 문자의 의미였다.

이탄이 문자의 권능을 발휘한 즉시 그의 몸은 세불 제국의 태자궁을 떠나 클루티 행성으로 넘어갔다.

당연한 말이지만, 이탄의 움직임은 다른 악마종들의 움

직임과는 근본부터 달랐다. 세불 제국의 악마종들이 하늘을 향해 힘차게 점프하여 클루티 행성으로 넘어갔다면, 이탄은 대기권을 통과하지 않고서 그냥 상대편 행성 한복판에 나타났다.

이탄의 이 경이로운 움직임을 설명하려면 실을 예로 드는 수밖에 없었다.

가느다란 실의 한쪽 끝에 세불 제국의 태자궁이 있고, 실의 반대쪽 끝에는 클루티 제국의 핵심 부처가 그려져 있다고 치자.

실 위를 기어 다니는 개미가 태자궁에서 출발하여 클루티 제국 핵심 부처에 도착하려면 실을 따라서 목적지까지 계속 기어가는 수밖에 없었다. 개미들의 능력 차이에 따라서 더 빨리 기어가거나 더 느리게 기어갈 수는 있어도, 어쨌거나 개미들이 실의 길이만큼을 기어가야 비로소 목적지에 도착한다는 사실은 분명했다.

세불 제국의 악마종들도 마찬가지였다. 그들이 세불 행성에서 점프하여 클루티 행성으로 넘어가려면, 두 행성 사이의 간격만큼 이동해야만 했다.

이탄은 달랐다.

이탄은 사기적인 권능으로 공간을 구부려 양쪽 공간을 가까이 붙였다. 마치 실 위를 기어가지 않고, 실을 구부려서 양쪽 끝을 가까이 붙인 것처럼 말이다. 그런 다음 이탄은 단 한 발만 옮겨서 목적지에 도착해버렸다.

이탄이 한 발을 옮기려고 발뒤꿈치를 든 순간, 또 다른 회색 문자가 이탄의 머리 위에 떠올랐다.

〈본질을 꿰뚫어 보는〉

이탄이 두 번째로 사용한 비문은 바로 이것이었다.

이 권능이 발현되는 순간, 이탄의 눈이 진한 회색으로 물들었다.

지이이잉—.

그 회색의 눈이 드넓은 클루티 행성을 빠르게 스캔했다. 이탄의 눈에서 뿜어진 안광은 단숨에 클루티 제국을 뒤덮더니 한 번에 훑어버렸다.

심지어 이탄의 안광은 막혀 있는 건물 지붕도 서슴없이 투시했다.

광역 스캔의 결과, 이탄은 클루티 제국의 정보가 집약되는 핵심 부처, 즉 쓰리 아이즈(Three Eyes: 3개의 눈) 탑을 발견하는 데 성공했다.

쓰리 아이즈는 탑 형태의 건축물로, 건물 상단부에는 직경 수십 미터 크기의 눈 3개가 온 사방을 감시 중이었다.

'옳거니! 저곳이로구나.'

이탄이 목적지를 확정했다. 이탄의 발이 어깨 넓이의 보폭으로 한 걸음 내디뎠다.

그렇게 이탄이 발을 놀려 도착한 곳은 쓰리 아이즈 탑의 3층에 위치한 워룸(War Room: 전시사령부)이었다.

상대편 행성으로 넘어가기 전, 이탄은 우주 저편을 힐끗 곁눈질했다.

얼마 전 이탄에게 첫 패배—결과에 상관없이 이탄은 자신이 패배했다고 알고 있으니까—를 안겨주었던 여섯 눈의 존재.

그 무시무시한 신은 이탄이 만자비문의 진실한 힘을 드러낸 순간 부정 차원 인과율의 움직임을 포착하고는 이탄 앞에 나타났었다.

'설마 그 여섯 눈깔이 또 나타나려나?'

이탄은 얼핏 이런 생각을 품었다.

난생 처음 겪어보는 강적을 떠올린 순간, 이탄의 근육에는 힘이 꽉 들어갔다. 심장도 쿵쿵 뛰었다.

바로 그 순간이었다.

[끄. 아. 아. 악, 안. 돼. 애—.]

이탄의 뇌리에 이와 같은 뇌파가 울렸다.

'이게 무슨 소리지? 갑자기 뭐가 안 된다는 거야?'

이탄은 영문을 몰라서 주변을 두리번거렸다.

아무리 둘러보아도 이탄의 주변에는 아무도 없었다. 조금 전의 그 괴성이 갑자기 어디서 터져 나온 것인지도 파악이 되지 않았다.

'내가 환청을 들었나?'

이탄은 고개를 갸웃했다.

'아니지. 내가 지금 이럴 때가 아니야.'

이탄은 머리를 좌우로 흔들어 잡념을 털어버렸다. 지금은 환청에 신경 쓸 때가 아니었다. 이탄은 눈앞에 벌어진 일에만 집중했다.

이탄이 쓰리 아이즈 탑의 3층에 나타난 즉시, 그곳에 있던 클루티 제국의 악마종들이 화들짝 놀랐다.

[뭐냐?]

[네놈은 누구냐?]

클루티 제국의 악마종들은 갑자기 등장한 이탄을 경계했다. 그 악마종들 가운데 한 명이 신속하게 상황을 판단했다.

[적이다. 저놈의 복장을 보아라. 세불 제국의 개새끼가 침투한 게야.]

이탄에게 욕을 퍼부은 악마종은 어마어마하게 몸이 비대하고 피부가 우툴두툴한 자였다. 그의 생김새는 흡사 민달팽이를 크게 뻥튀기해놓은 듯했다.

푸왕—.

민달팽이를 닮은 악마종은 자신의 몸을 밀가루 반죽처럼 크게 늘리더니 그대로 이탄을 덮쳤다. 그의 우툴두툴한 피부 주변에는 흐릿하게 문자가 떠다녔는데, 문자의 선명한 정도나 개수로 보건대 진마 최상급 수준인 듯했다.

Chapter 3

"덤벼."

이탄이 상대를 향해서 주먹을 마주 내질렀다.

[크흥!]

민달팽이처럼 생긴 악마종이 대번에 코웃음을 쳤다.

사실 민달팽이를 닮은 악마종의 피부는 아교보다 더 끈적끈적할 뿐 아니라 상상을 초월할 정도로 탄력이 좋았다.

덕분에 이 악마종은 물리적인 공격에 타격을 받지 않는 피지컬 이뮨(Physical Immune: 물리 내성) 특성을 지녔다. 적들이 아무리 그를 때려봤자 아교 같은 피부가 쭉쭉 늘어나면서 충격을 흡수해버린다는 뜻이었다.

그러니 이탄의 주먹질을 보고도 코웃음이 나올 수밖에.

민달팽이처럼 생긴 악마종은 이탄의 주먹질을 무시한 채

자신의 공격을 퍼부었다.

이탄도 상대의 공격을 무시한 채 주먹만 냅다 꽂아 넣었다.

이탄의 주먹이 상대의 몸통을 후려친 것과, 밀가루 반죽처럼 쭉 늘어난 적 악마종이 이탄을 위에서 덮쳐서 보자기 씌우듯이 감싸버린 것은 거의 동시였다.

'크흥. 네놈이 어떻게 워룸까지 쳐들어왔는지는 모르겠으나, 단숨에 네놈을 감싸서 숨통을 조여주마.'

민달팽이를 닮은 악마종이 비릿하게 웃었다.

그 웃음은 오래가지 못했다.

순간적으로 이탄이 휘두른 주먹이 18개로 늘어났다. 이 18개의 주먹 하나하나가 터널을 파는 굴착기처럼 무시무시한 회전력을 동반했다.

퍼퍼퍼펑!

잇단 폭음과 함께 민달팽이를 닮은 악마종의 몸에 18개의 구멍이 뚫렸다.

[크흡!]

민달팽이를 닮은 악마종은 황급히 마나를 끌어올렸다. 뭉텅이로 보급된 마나가 뻥뻥 뚫린 악마종의 몸뚱어리를 다시 메꿔주었다. 악마종의 몸 주변에는 회복을 돕는 문자의 힘이 미약하게나마 작동했다.

악마종의 신체에 뚫렸던 구멍이 다시 메꿔지려 할 때였다. 민달팽이 악마종을 보호하던 흐릿한 문자들이 갑자기 바르르 진동했다. 이어서 그 문자들이 갑자기 이탄의 손아귀 속으로 쫘아악— 빨려들어 갔다.

[허억? 이것은!]

민달팽이 악마종이 자지러지게 놀랐다.

그 와중에도 이탄의 손아귀에서는 점점 더 강력한 흡입력이 발생했다. 그 흡입력이 어찌나 거셌던지 문자뿐 아니라 민달팽이를 닮은 악마종 본인도 이탄의 손을 향해서 쭉쭉 딸려오기 시작했다.

악몽 같은 사태는 민달팽이를 닮은 악마종에게만 벌어지지 않았다. 워룸에 머물던 다른 악마종들도 이탄이 발현한 흡입력의 영향을 받았다.

[어억, 안 돼.]

[으으윽. 믿을 수 없어. 어떻게 깨달음을 빼앗아갈 수 있단 말인가!]

워룸에 모여 있는 악마종들은 대부분 진마 상급이었으며, 그 가운데 2명은 진마 최상급의 강자들이었다. 클루티 제국에서 제법 목에 힘을 주고 다녔던 이 강력한 상위 악마종들이 이탄이 보여주는 이적에 까무러칠 듯이 놀랐다.

부정 차원의 악마종들에게 만자비문은 깨달음, 혹은 깨

우침의 영역이었다.

그렇게 간신히 깨우친 문자의 힘을 다른 존재가 흡수해서 빼앗아갈 수 있다니! 클루티 제국의 악마종들은 이런 일이 가능할 것이라고는 상상해 본 적도 없었다.

그러나 실제로 그린 현상이 눈앞에서 벌어지고 있는데 어쩌겠는가.

쭈와아악—.

빨대로 물을 빨아들이는 듯한 소리가 들렸다. 그와 동시에 악마종들의 몸 주변에 흐르던 흐릿한 문자들은 모두 이탄의 손아귀로 빨려들어 왔다.

문자뿐만이 아니었다. 민달팽이를 닮은 악마종이 이탄의 손에 찰싹 달라붙더니 빠르게 쪼그라들었다.

민달팽이 악마종이 아무리 버티려고 해도 소용없었다.

[끄어어어—.]

마침내 민달팽이 악마종의 뇌에서 끔찍한 비명이 터졌다. 다음 순간, 진마 최상급의 악마종 한 명이 이 세상에서 완전히 사라졌다. 이탄은 숨 한 번을 들이쉬어서 진마 최상급의 악마종을 흡입해버린 것이다.

민달팽이 악마종이 사라진 이후에도 워룸 안에는 그가 남긴 극악한 비명이 웅웅웅 메아리쳤다.

"후훗."

이탄은 흐뭇한 시선으로 자신의 손바닥을 내려다보았다. 이탄의 손에는 민달팽이 악마종이 남긴 보울 2개가 살포시 자리했다.

그 보울들이 경쟁이라도 하듯이 영롱한 빛을 뿌렸다.

"짭짤하네."

이탄은 흡족한 듯 보울을 아공간 박스 속에 챙겨 넣었다.

[이노옴!]

이번에는 양손에 거대한 낫을 매달고 있는 악마종이 이탄을 덮쳤다. 이 악마종은 4개의 새빨간 눈알을 지녔다. 그의 두 손은 2 미터 크기의 대형 낫이었으며, 등에는 잠자리처럼 투명한 날개 넉 장을 매달고 있었다.

이탄을 덮친 사마귀형 악마종 또한 민달팽이 악마종처럼 진마 최상급의 강자였다.

[죽어랏.]

사마귀를 닮은 진마 최상급의 악마종은 양손을 교차하여 휘둘렀다. 대형 낫의 날 주변에는 흐릿하게 문자가 떠다녔다.

이는 절단과 관련된 비문이었는데, 이탄은 그 의미를 곧바로 알아보았다.

〈방어를 무시하는〉

만자비문 가운데 이 문자는 적의 어떤 방어를 하건 간에 무조건 베어버릴 수 있는 특성을 지녔다.

그리하여 이 문자의 주인은 방어가 불가능한 공격을 퍼부을 수 있는 존재였다.

그리하여 이 문자의 수인은 부정 차원에서도 선봉장에 딱 어울리는 악마종으로 손꼽혔다.

그래 봤자 이탄의 눈에는 우스워 보일 뿐이었다.

"뜻과 힘을 모두 갖춘 진정한 문자라면 또 모를까, 그렇게 미약한 깨달음만 가지고 어디에 써먹겠나. 쯧쯧쯧."

이탄은 언노운 월드의 언어로 중얼거렸다. 이탄의 손아귀에서는 또 한 번 흡입력이 발생했다.

쭈와아악―.

서슬 퍼렇게 공간을 베어버리면서 다가오던 상대의 낫이 이탄의 손아귀 속으로 좌악 흡수되어 사라졌다. 발갛게 달궈진 프라이팬 위에서 버터가 녹는 것처럼, 악마종의 팔꿈치 아래쪽이 그대로 자취를 감추었다.

Chapter 4

[커헉? 이게 어찌된 일이란 말인가!]

사마귀를 닮은 악마종이 기겁했다. 두 팔을 잃은 악마종은 어떻게든 이탄의 흡입력으로부터 벗어나려고 몸을 뒤틀었다.

[놔라. 놔.]

소용없었다. 이탄 앞에서 저항은 불가능했다.

이탄이 눈썹을 한 번 꿈틀하자, 진마 최상급의 악마종이 단숨에 이탄의 손아귀 속으로 흡수를 당했다.

쭈왁, 쭈와왁, 쪼르륵!

끔찍한 소리가 울리고 난 뒤, 이탄의 손바닥 위에는 영롱하게 빛나는 보울 2개가 남겨졌다.

"후우웁!"

이탄은 한 번 더 숨을 들이마셨다.

우둑, 우둑, 우두두둑.

이탄이 발휘한 흡입력에 의해서 워룸 전체가 통째로 우그러졌다. 쓰리 아이즈 탑이 우르르 흔들렸다.

탑 꼭대기에 매달린 커다란 눈 3개는 불안하게 눈꺼풀을 껌뻑거렸다.

[아아악, 안 돼.]

[살려줘.]

워룸 안의 악마종들은 진공청소기로 빨려드는 먼지처럼 거침없이 빨려들어 와 이탄에게 모든 것을 빼앗기고 죽었다.

이탄의 손바닥 위에는 보울 14개가 또 생겨났다.

이번 보울들은 이탄이 처음 얻은 4개의 보울보다는 광채가 약했다. 보울에서 풍기는 마나의 향기도 좀 약했다.

"역시 진마 최상급의 보울과 진마 상급의 보울은 차이가 나는구나."

이탄은 이해를 했다는 듯이 고개를 끄덕였다.

"이제 마보를 개방하여 대규모 병력을 이곳으로 끌어와야지."

이탄이 보석 모양의 마보를 품에서 꺼내어 쓰리 아이즈 탑의 워룸 바닥에 꽂았다.

파츠츠츳!

마보 주변에 눈부시게 스파크가 튀었다.

바로 그 타이밍이었다.

워룸 안의 시간이 뚝 멈춰버렸다. 워룸 안의 공기도, 천장에서 푸스스 떨어지던 부스러기도, 허공에 흩뿌려지던 핏방울도 모두 정지했다.

오직 이탄만이 멈춰진 시간의 영향을 받지 않았다.

이탄이 지켜보는 가운데 건물 위층이 퍽퍽 뜯겨나갔다.

마치 투명한 거인이 손을 뻗어서 쓰리 아이즈 건물의 지붕을 뜯어내는 듯한 광경이었다. 이탄이 서있는 곳을 중심으로 건물 위층들이 우두둑 뜯겨나가 우주로 빨려올라갔다.

이탄이 고개를 위로 들었다.

"어라? 이 현상은!"

이탄의 눈에 시커먼 우주가 보였다.

대기층은 이미 사라지고 없었다. 이탄이 서 있는 곳을 중심으로 하여, 반경 1 킬로미터 이내의 대기는 모두 사라졌다. 원통 모양으로 뻥 뚫린 구멍을 통해서 우주가 그대로 이탄의 눈에 틀어박혔다.

다만 이번 구멍은 수직 방향이 아니라 비스듬히 사선으로 뚫렸다. 쓰리 아이즈 탑에서 수직방향 상공에는 세볼 행성이 근접해 있는 까닭이었다. 따라서 우주로 나가려면 대기권에 사선으로 길을 내는 수밖에 없었다.

이탄은 그 우주를 향해서 빠르게 끌려올라 갔다.

지상을 떠나 우주로 올라가면서 이탄의 외모는 자연스럽게 바뀌었다. 말테의 껍데기는 홀연히 사라지고 이탄의 본래 모습으로 돌아온 것이다.

"또다시 나타났구나!"

이탄이 으드득 이빨을 갈았다.

여섯 눈의 존재.

그 가공할 신이 또다시 이탄의 눈앞에 등장했다.

여섯 눈의 존재는 이전에도 이탄이 만자비문의 오롯한 권능을 드러내자마자 그 앞에 나타났었다. 그리곤 이탄으로부터 만자비문의 힘을 빼앗아가려고 들었다.

이번에도 마찬가지.

이탄이 10,000개의 비문 가운데 '공간을 구부려 접는'과 '본질을 꿰뚫어 보는'을 발휘하자 기다렸다는 듯이 여섯 눈의 존재가 등장했다.

"흥! 아마도 저놈은 만자비문의 냄새를 맡는 능력이 있나 보네. 이렇게 냄새에 민감하다니, 완전히 개코야, 개코."

이탄은 시답잖은 농담으로 긴장을 풀었다.

근육의 꽉 들어갔던 힘이 이완되면서 이탄의 신체는 전투를 하기에 최적화된 상태로 변했다. 이탄의 등 뒤에는 악귀수라가 또렷하게 드러나 이탄과 한 몸이 되었다.

이 악귀수라는 그냥 악귀수라가 아니었다. 백팔수라 제6식, 수라천세로 만들어낸 이 악귀수라는 54개의 머리에 108개의 팔, 108개의 다리를 가진 끔찍한 존재였다.

"후욱, 훅."

악귀수라가 숨을 몰아쉬었다. 악귀수라의 108개 손은 투명한 계란을 하나씩 잡고 있기라도 한 것처럼 둥그런 자세를 취했다. 악귀수라의 108개 다리는 언제라도 적을 향해

돌격할 것처럼 뛰쳐나갈 태세를 갖추었다.

이윽고 우주 저 멀리에 적이 등장했다.

노랗고 거대한 눈 6개가 번쩍 떠올랐다.

위에 3개.

아래에 3개.

이 6개의 노란 눈은 항거할 수 없는 거력을 품고서 이탄을 노려보았다.

[또. 네.놈.이.로.구.나. 네.놈.이. 또. 다.시. 만.자.비.문.을. 사.용.한. 게.야.]

여섯 눈의 존재가 한 음절 한 음절 딱딱 끊어지는 뇌파를 내뱉었다. 여섯 눈의 존재는 얼핏 당황한 듯 보였다.

사실 여섯 눈의 존재는 이전 전투로 인한 상처를 아직 다 회복하지 못했다. 그 와중에 만자비문의 힘을 느끼고 나타났는데, 그 상대가 또 이탄이었다.

[흥! 그럼 나지 누구겠느냐? 잔말 말고 어서 덤벼라. 이번에는 지난번에 진 빚을 갚아 주리라.]

이탄이 마주 쏘아붙였다. 단호한 외침과 함께 이탄의 악귀수라는 108개나 되는 손을 크게 부풀렸다.

후오오오옹!

108개의 손 주변에 108개의 핏빛 구체가 큼지막하게 응집되었다. 그 구체는 눈 깜짝할 사이에 부피를 늘렸다.

[가랏!]

이탄이 전력을 다해서 수라천세를 떨쳐내었다. 108개의 손에 응집되었던 핏빛 구체들이 긴 꼬리를 매달면서 우주 저편으로 날아갔다.

그 모습이 마치 행성을 휘감을 만한 거대한 붉은 뱀 108마리가 떼를 지어서 적에게 달려드는 것 같았다.

Chapter 5

이게 끝이 아니었다.

후왕! 후왕! 후왕! 후왕! 후왕!

이탄의 몸에서 방출된 붉은 노을이 108마리의 거대 뱀들에게 한 겹 덧씌워지면서 뱀의 표면에 붉은 비늘을 만들어 주었다.

적양갑주의 힘이 깃든 이 붉은 비늘들은 거대 뱀의 방어력을 극대화시켰다.

이탄은 그 위에 만자비문의 힘을 더했다.

이탄의 몸속에서 5,000개의 꽈배기 문자들이 튀어나왔다. 진한 회색빛깔의 문자들은 점점 더 커지면서 5,000개의 회색 태양으로 돌변했다.

이 회색 태양들이 어느새 108마리의 거대 뱀을 따라잡아 거대 뱀의 입에 여의주처럼 매달렸다.

회색 태양들은 거대 뱀의 등에도 줄지어 올라탔다. 뱀의 꼬리에도 달라붙었다.

몸에 붉은 비늘을 장착하고, 5,000개나 되는 회색 태양의 지원을 받으며 날아가는 108마리의 거대 뱀들은, 그 존재 자체만으로도 부정 차원의 인과율을 뒤틀어버렸다.

구과과과과광!

차원 전체가 붕괴할 것처럼 와르르 흔들렸다. 이탄과 여섯 눈의 존재 사이에 존재하던 별들이 퍽퍽 터져나갔다.

여섯 눈의 존재도 노란 눈을 크게 치떴다.

[이.노.옴! 단.숨.에. 박.살.내.주.마.]

여섯 눈의 존재는 증오에 가득한 눈빛으로 이탄을 노려보면서 2개의 암흑 손을 만들어내었다.

이 암흑 손 가운데 하나는 성운을 그대로 바스러뜨리면서 날아와 이탄의 몸뚱어리를 후려쳤다.

또 다른 암흑 손은 108마리의 거대 뱀을 막았다.

쿠웅!

암흑 손과 거대 뱀이 충돌하면서 우주가 진동했다.

그 여파로 주변의 별들이 무수히 붕괴했다. 우주 저 끝에 채워진 가스들이 사방으로 흩어졌다.

5,000개의 회색 태양이 한꺼번에 폭발하면서 암흑 손을 무너뜨렸다. 108마리의 거대 뱀은 붉은 잔영을 만들면서 진격하여 여섯 눈의 존재를 직접 들이받았다.

쿠웅!

두 번째로 폭음이 울렸다.

[끄.억. 이.노.옴!]

여섯 눈의 존재가 악을 썼다.

여섯 눈의 존재는 지난번에 이탄과 부딪친 이후로 한동안 상처를 치료하느라 꼼짝도 못 했다. 그의 신적 권능으로도 이탄에게 받은 상처는 쉽게 아물지 않았다. 어찌나 타격이 컸던지 그의 6개 눈 가운데 상당수는 그동안 제대로 뜰 수조차 없었다.

그런데 오늘 여섯 눈의 존재는 상처 부위에 또다시 타격을 입은 것이다.

108마리의 거대 뱀에게 들이받힌 부위가 온통 찢어지고 뜯겨나가면서 암흑 물질들이 줄줄 새나갔다. 특히 거대 뱀이 두르고 있는 붉은 비늘들, 즉 적양갑주가 전달한 타격이 아주 매서웠다.

[끄.으.으.윽.]

여섯 눈의 존재는 곤혹스러운 듯 얼굴을 찌푸렸다. 동시에 참을 수 없는 분노가 여섯 눈의 존재를 사로잡았다.

[이.노.옴. 죽.여.버.린.다.]

여섯 눈의 존재는 자신의 모든 권능을 쥐어짜서 암흑 손을 2개나 더 만들었다. 여섯 눈의 존재는 이 암흑 손으로 방어를 하지 않았다. 그는 새로 만든 암흑 손 2개를 모두 이탄에게 보내서 이탄을 단숨에 부숴버리려고 들었다.

쿠쿵! 쿠쿵!

2개의 암흑 손은 시간을 왜곡하여 이탄 앞에 나타났다.

이 암흑 손들은 공간을 뒤틀면서 이탄을 붙잡았다.

이 암흑 손들은 필연적으로 이탄에게 명중하게 되어 있었다. 암흑 손의 공격은 때리면 반드시 맞을 수밖에 없는 특별한 권능을 갖추었기 때문이다.

108개의 거대 뱀이 여섯 눈의 존재를 강타하는 순간, 첫 번째 암흑 손이 이탄의 몸을 꽉 움켜잡았다.

"이이익."

이탄은 음차원의 마나를 통째로 쥐어짜서 마나의 벽을 세웠다.

암흑 손이 그 두터운 마나의 벽을 뚫고 들어와서 이탄을 직접 공격했다.

그러자 이탄은 만랑회진의 술법으로 유령늑대들을 소환했다. 이탄의 몸 주변에 헤아릴 수 없이 많은 유령늑대들이 펑! 펑! 나타나 이탄을 보호했다.

유령늑대들의 등에는 악령들이 하나씩 타고 있었는데, 이 악령들은 귀장갑에 들어 있던 존재들이었다.

여기에 북명의 술법인 포그 레코드(Fog Record: 안개 기록)가 발휘되면서 끈적끈적함이 곁들여졌다.

또한 실버 존 디파이닝(Siver Zone Defining: 은색 영역 설정)이 더해지면서 유령늑대들의 몸에 은빛 갑옷이 입혀졌다.

이렇게 강화된 만랑회진으로도 적의 공격을 막기엔 역부족이었다. 여섯 눈의 존재가 휘두른 암흑 손은 만랑회진과 포그 레코드, 그리고 귀장갑의 악령들까지 단숨에 허물어뜨리며 이탄의 몸 위에 떨어졌다.

"이야아아압!"

이탄이 괴성을 질렀다.

츠츠츠츳!

악귀수라의 주변에 붉은 노을이 고색창연하게 일어났다. 이탄이 적양갑주의 방어력을 최대한으로 끌어올린 것이다.

콰콰쾅!

드디어 폭음이 터졌다. 암흑 손도 적양갑주의 방어를 단숨에 뚫지는 못했다.

암흑 손이 주춤한 순간, 악귀수라는 108개의 손과 108개의 다리를 동시에 휘둘렀다.

백팔수라 제1식 수라초현(修羅初現) 발현!

백팔수라 제2식 수라군림(修羅君臨) 풀 가동!

이탄은 수라초현으로 암흑 손을 후려쳤다. 동시에 수라군림을 도주용으로 써먹었다.

적양갑주에 막혀서 주춤했던 암흑 손이 수라초현 때문에 한 번 더 멈칫했다. 그 사이 이탄은 수라군림으로 저 멀리 도망쳐버렸다.

전에 싸울 때 이탄은 적양갑주의 방어력을 믿고서 암흑 손과 정면으로 부딪쳤다.

한데 결과는 그리 좋지 못했다. 적양갑주의 어마어마한 방어력으로도 암흑 손을 온전히 막아내기는 힘들었다.

그래서 이탄이 생각해낸 방법이 회피였다.

Chapter 6

어차피 암흑 손은 시간과 공간의 권능을 가지고 있는 데다 필연의 힘까지 내포한 터라 회피가 불가능했다.

'어차피 놈의 공격을 피할 수 없다면 적양갑주를 비롯한 내 방어력을 믿어볼 수밖에. 그런 다음 암흑 손의 타격이 완료될 즈음에 수라군림으로 도망치면 어떨까?'

이탄은 나름 머리를 굴렸다.

결과는 이탄의 예상보다 더 괜찮았다.

이전 싸움에서 이탄은 암흑 손과 정면으로 맞서 싸우다가 적양갑주가 깨졌다.

이번에는 석양갑주가 깨지기 전에 미리 도망쳤다. 덕분에 이탄은 아직까지 견딜 만했다.

물론 이탄도 아주 무사한 것은 아니었다. 적양갑주는 아직 건재하였으나, 그 안에 숨어 있던 이탄의 몸뚱어리는 오히려 심각한 타격을 받은 상태였다. 금강체가 깨지면서 이탄의 갈비뼈 두 곳에 금이 쩍 갔다. 이탄의 골반도 뒤틀렸다. 심장은 금방이라도 터질 것처럼 잔뜩 짓눌렸다. 이탄의 눈알도 얼굴 밖으로 튀어나올 것 같았다.

"허억, 헉, 헉."

이탄이 거칠게 숨을 몰아쉬었다. 이탄의 입가에는 핏물이 한 가닥 흘러내렸다. 이탄의 코에서도 핏기가 내비쳤다.

바로 그 때였다. 이탄 주변에 2개의 암흑 손이 더 나타났다. 여섯 눈의 존재는 작정이라도 한 듯 방어를 포기하고 공격일변도로 나갔다.

이탄도 물러서지 않았다.

"으드득! 어디 한번 끝까지 가보자."

이탄은 어금니를 꽉 문 다음, 전력을 다해서 백팔수라의 마지막 수법, 즉 수라천세를 끌어올렸다.

이탄의 뇌에서 어둠의 법력이 뭉텅이로 쏟아졌다. 악귀 수라의 108개의 손에 붉은 광채가 으스스하게 뭉쳤다.

후웅! 후웅! 후웅! 후웅! 후웅! 후웅! 후웅!

이탄이 최후의 한 방울까지 어둠의 법력을 쥐어짠 덕분에 이번 광채는 조금 전보다 더 컸다. 그 광채가 이내 108마리의 거대 뱀이 되어 우주 저편으로 휘몰아쳐 나갔다.

구과과과과광—.

108마리 거대 뱀의 진격에 우주가 뒤흔들렸다.

이 108마리 거대 뱀은 몸에 적양갑주의 권능으로 만들어진 붉은 비늘을 둘렀으며, 5,000개나 되는 회색 태양의 지원을 받았다.

5,000개의 회색 태양이 부정 차원의 인과를 끌어모아 온 우주를 장악했다.

[이. 런!]

여섯 눈의 존재는 108마리 거대 뱀들의 공격을 막을 여력이 없었다. 조금 전 여섯 눈의 존재는 모든 에너지를 다 끌어모아서 암흑 손 2개를 추가로 만들었다. 그런 다음, 그 암흑 손으로 이탄을 공격했다.

여섯 눈의 존재가 가지고 있던 모든 에너지가 고갈되면

서 당분간 새로운 암흑 손을 생성하는 일은 불가능했다.

쿠쿵!

108마리의 거대 뱀이 여섯 눈의 존재를 정통으로 들이받았다.

5,000개의 회색 태양이 폭발하면서 파멸적인 파괴력을 발휘했다. 108마리 거대 뱀을 감싸고 있던 붉은 비늘들은 그 하나하나가 날카로운 무기가 되어 여섯 눈의 존재를 난도질해버렸다.

[끄.아.아.아.악. ―.]

여섯 눈의 존재가 괴성을 터뜨렸다.

여섯 눈의 존재는 또다시 권능을 발휘하여 시간을 되감을 수밖에 없었다. 여기서 더 버텼다가는 그를 구성하고 있는 암흑물질이 다 소멸될 것 같았다.

여섯 눈의 존재가 과거로 도망치는 그 순간, 이탄이 그 모습을 똑똑히 지켜보았다.

전에는 이탄이 이 모습을 제대로 목격하지 못했다. 그 전에 이미 이탄이 정신을 잃은 까닭이었다.

이번에는 달랐다. 이탄은 여섯 눈의 존재가 머물던 지역의 시간이 거꾸로 감기는 모습을 똑똑히 목격했다.

이탄이 가진 만자비문 가운데는 시간과 관련된 것들도 다수였다. 따라서 이탄은 시간의 흐름에 구애받지 않았으며, 동시에 시간의 흐름을 관찰하는 일도 가능했다.

여섯 눈의 존재가 시간을 되감아서 과거로 도망치는 순간, 이탄은 상대가 하려는 바를 곧바로 이해했다.

"그냥 도망치게 내버려둘 줄 알았더냐?"

이탄이 악을 썼다.

사실 이탄도 안전한 상황은 아니었다. 지금 거대한 암흑 손 2개가 이탄을 향해서 날아오는 중이었다. 이 한 쌍의 암흑 손은 마치 사람이 손뼉을 쳐서 모기를 때려잡는 것처럼 이탄을 양쪽에서 동시에 후려쳐서 압살하려 들었다. 그러니 이탄은 전력을 다해서 적의 공격부터 막아내야 했다.

한데 그 순간 이탄이 망설였다.

'공격이냐? 방어냐?'

'과거로 도망치는 여섯 눈의 존재를 쫓아가서 일격을 날릴 것이냐? 아니면 나 자신부터 무사하고 볼 일이냐?'

이 갈림길에서 이탄은 짧게 고민했다.

이성적으로 판단하면 방어가 우선이었다.

설령 본능적으로 판단한다 치더라도 이탄은 우선 암흑 손부터 막고 봐야 했다.

하지만 이 긴박한 상황에서 이탄은 거꾸로 된 선택을 하였다.

이탄이 깊이 생각하고 저지른 일은 아니었다. 이탄은 그저 무의식중에 울컥하여 방어 대신 공격을 선택해버렸다.

이탄의 권능 가운데 방어력 최강인 적양갑주의 힘이 108마리 거대 뱀에게 집중되었다. 108마리 거대 뱀은 한 차례 더 붉은 비늘을 곤두세운 다음, 그 비늘들을 도망치는 적에게 일제히 빌사했다.

간씨 세가가 개발한 신무기 가운데는 유도미사일 속에 뾰족한 칼날을 무수히 봉인해 놓은 다음, 미사일이 터질 때 그 칼날들이 튀어나와 적을 난자해버리는 것 존재했다.

지금 108마리 거대 뱀이 자행한 공격도 이와 같았다.

적양갑주의 권능으로 만들어진 붉은 비늘은 공간뿐 아니라 시간까지 찢어발기면서 여섯 눈의 존재를 뒤쫓았다.

마침 여섯 눈의 존재는 시간을 되감아서 현우주로부터 도망치는 중이었다.

그런데 붉은 비늘 수만 개, 아니 수십만 개가 그 시간을 찢고 쫓아가더니 여섯 눈의 존재를 그대로 난자해버렸다.

[끄.아.아.악, 안. 돼.애—.]

여섯 눈의 존재가 비명을 질렀다.

그 비명은 이탄의 뇌에는 들리지 않았다. 이것은 이미 과거에 터져 나온 뇌파였기 때문이었다.

"아하!"

이탄이 무릎을 쳤다.

지금으로부터 1시간쯤 전, 그러니까 이탄이 만자비문의 권능을 발휘하여 클루티 행성으로 건너올 무렵이었다.

그 무렵 이탄의 뇌에는 영문 모를 뇌파가 들렸었다. 뇌파의 내용은 [끄.아.아.악, 안. 돼.애—.]였다.

이탄은 이제야 깨달았다.

'여섯 눈의 존재는 분명히 시곗바늘을 거꾸로 돌려서 과거로 도망쳤어. 그리고 조금 전 나는 도망치는 놈을 향해서 최후의 일격을 퍼부었지. 내 공격이 녀석에게 적중한 거야. 그러니까 녀석이 비명을 질렀고, 그 비명이 과거의 나에게 전달된 거지.'

Chapter 7

이탄이 이런 분석을 하는 동안, 이탄에게도 치명적인 위기가 닥쳤다. 2개의 암흑 손이 어느새 가까이 다가와 이탄을 후려쳤다.

2개의 암흑 손은 시간과 공간을 꽉 장악했을 뿐 아니라, 때리면 반드시 맞아야 하는 필연의 권능까지 함유했다.

"아차! 내가 이럴 때가 아니지."

이탄은 그제야 정신을 차렸다.

적에게 최후의 일격을 날린 것까지는 좋았다. 그 강적이 이탄의 일격에 적중당해서 비명을 터뜨린 것도 통쾌했다.

문제는 이탄 본인이었다.

적을 물리치면 뭘 하겠는가? 그가 소멸해버리면 모든 게 끝이다.

이탄은 충동적으로 적을 공격한 것을 후회했다. 적양갑주의 권능을 몽땅 적에게 퍼부은 탓에 이탄은 가장 강력한 방어 수단을 잃었다. 물론 시간이 지나면 적양갑주의 힘이 회복되겠지만, 지금 당장이 문제였다.

이 순간에도 2개의 암흑 손은 점점 더 가까이 다가와 이탄을 압살하려 들었다.

"이런 제기랄."

이탄이 욕지거리를 내뱉었다.

이탄은 전력을 다해서 음차원의 마나를 동원했다. 이탄의 가슴 속에 뭉쳐 있는 음차원 덩어리를 통째로 끄집어낼 것처럼 에너지를 밖으로 발산했다.

후오오옹!

압축되고 또 압축되어 있던 음차원의 마나가 활화산이 터지는 것처럼 한꺼번에 솟구쳤다. 하나의 차원을 통째로 우그러뜨렸던 그 거창한 에너지가 폭발적으로 솟구쳐 나와 이탄의 주변을 보호했다.

2개의 암흑 손이 음차원의 에너지와 충돌했다.

소리는 들리지 않았다. 대신 달걀 껍데기가 깨지는 것처럼 부정 차원 전체에 와그작 금이 갔다.

만약 지금 이 순간 시간이 정상적으로 흐르고 있다면 세불 행성과 클루티 행성 모두 으깨졌을 것이다. 조금 전의 충돌 에너지는 그만큼 엄청났다.

다행히 시간이 멈춰진 탓에 우주가 살짝 분리되었다.

본래의 우주 .VS. 이탄과 여섯 눈의 존재가 한 바탕 싸우던 우주

이 둘은 살짝 다른 세계였다. 이렇게 우주가 분리되면서 세불 행성과 클루티 행성은 조금 전 에너지의 충돌로부터 그리 큰 피해를 받지는 않았다.

물론 아주 무사할 수는 없었다. 에너지 충돌의 여파로 인하여 두 행성 모두 지축이 몇십 도가량 돌아갔다.

이 영향 때문에 장차 세불 행성에서는 더웠던 영지가 추워지고, 추웠던 영지에서는 열대 과일이 자라게 되는 등 큰 기후변화를 겪게 된다.

물론 이것은 미래에서나 벌어질 현상일 뿐.

지금 이탄에게는 지축의 회전이 중요한 게 아니었다. 이

탄이 음차원의 마나를 통째로 뽑아다 썼음에도 불구하고 암흑 손의 공격은 완전히 해소되지 않았다.

이탄의 가슴 속 음차원 덩어리에 실금이 쩍쩍 갔다. 그 균열로부터 음차원의 마나가 새어나오면서 이탄의 신체에 부정적인 영향을 끼쳤다. 심지어 이탄의 피부에 그려진 (진)마력순환로도 뚝뚝 끊겼다.

"크왁."

이탄이 검붉은 핏덩이를 토했다.

하지만 이탄은 몸을 돌볼 새도 없었다. 이 순간에도 암흑 손은 이탄을 향해서 무섭게 떨어지는 중이었다.

"끄아아악!"

이탄은 쥐어짜듯이 어둠의 법력을 끌어올렸다.

음차원의 마나를 총동원하여 1차 저지선을 만들었으니, 이제 법력으로 2차 저지선을 만들 차례였다.

이탄의 뇌에서 뭉텅이로 쏟아져 나온 어둠의 법력이 만랑회진으로 유입되었다.

어둠의 속성 덕분에 만랑회진의 유령늑대는 송곳니가 기괴할 정도로 길게 자라났다. 눈에서는 핏빛 안광이 줄기줄기 뿜어졌다. 유령늑대의 콧잔등에는 외뿔이 기괴할 정도로 길게 자랐다.

이히히히히―.

우후후후후ㅡ.

유령늑대에 올라탄 악령들이 사악한 웃음을 터뜨리며 이탄의 주변을 빠르게 맴돌았다. 만랑회진이 펼쳐진 곳에는 뿌연 안개가 넘실거렸다.

이탄은 여기서 만족하지 않았다.

거신강림대진.

남명 음양종이 자랑하는 이 강력한 진법이 이탄을 통해서 구현되었다.

악귀수라의 분신이 눈 깜짝할 사이에 1,000명으로 늘어났다. 이 1,000명의 악귀수라가 거신강림대진을 통해서 고대의 거신을 부정 차원에 불러왔다.

이번에 소환된 거신은 악귀수라의 모습과 비슷했다.

54개의 머리와 108개의 팔, 108개의 다리.

온몸에 삐쭉삐쭉 튀어나온 뿔들.

뱀처럼 길게 늘어진 혓바닥.

행성 몇 개를 휘어 감을 듯한 기다란 꼬리.

등 뒤에 활짝 펼쳐진 박쥐 날개.

마치 마신을 연상시키는 모습의 거신이 온 사방을 향해 108개의 주먹을 휘둘렀다. 만랑회진의 유령늑대와 귀장갑의 악령들이 거신의 손짓에 호응하여 미친 듯이 날뛰었다. 끈적끈적한 안개가 우주로 쫙 퍼져나갔다.

2개의 암흑 손이 거신과 부딪쳤다.

이어서 만랑회진과도 충돌했다.

2개의 암흑 손은 조금 전 음차원의 마나와 부딪치면서 에너지의 태반을 잃은 상태였다.

그럼에도 불구하고 암흑 손의 위력은 여전히 무서웠다. 암흑 손과 부딪친 즉시 거신의 팔이 우두둑 부러졌다. 유령 늑대들은 불 속에 뛰어든 날파리들처럼 떼죽음을 당했다. 유령늑대를 타고 용맹하게 돌진했던 악령들도 와르르 소멸을 당했다. 희뿌연 안개는 암흑 손과 접촉한 즉시 자취를 감추었다.

Chapter 8

"크헉! 컥, 컥, 컥."

거신 속에서 이탄이 연달아 피를 토했다.

이탄이 불러들였던 거신이 강제로 소환취소를 당했다. 분신들이 펑펑 터져나가면서 이탄의 본신만 남았다.

이탄은 몸을 와들와들 떨었다.

거신이 강제로 소환을 취소당하고 악귀수라가 붕괴하자, 이탄의 법력도 함께 흩어졌다. 이탄은 뇌에 큰 타격을 받아 뒤로 넘어갔다.

"끄억!"

이탄이 쓰러지자 만랑회진도 더는 유지되지 못했다.

유령늑대들은 연기처럼 펑! 펑! 펑! 사라졌다. 악령들이 흩어지면서 이탄이 끼고 있던 귀장갑이 부우욱 찢겼다.

그래도 2차 저지선은 제 역할을 했다. 이제 암흑 손도 많이 약해진 상태였다. 2개의 암흑 손 가운데 하나는 완전히 흩어졌으며, 남은 하나의 암흑 손만이 겨우 형체를 유지했다.

만약 이탄이 적양갑주의 권능을 쏟아부어 공격에만 모든 것을 투자하지 않았더라면, 이탄은 이번 공격을 거뜬히 막아내었을 것이다.

하지만 "만약에~"라는 가정이 무슨 소용이 있겠는가. 지금 이탄은 적양갑주의 도움을 받을 수가 없었다. 이탄은 음차원의 마나도 사용할 수 없었다. 법력도 뒤틀렸다. 이제 이탄이 믿을 것은 단 세 가지뿐이었다.

첫째, 금강체로 단련된 단단한 몸뚱어리.

둘째, 5,000개만 남은 만자비문의 뜻.

셋째, 아공간에 보관 중인 법보들.

물론 이탄에게는 이 세 가지만 있는 것이 아니었다. 이탄은 정상세계의 언령도 깨우친 신격 존재였다.

하지만 부정 차원에서 정상세계의 언령을 사용하는 것은 불가능했다. 부정 차원 자체가 정상세계의 인과율을 배척하기 때문이었다.

그러니 지금 이탄이 동원할 수 있는 권능은 오로지 3개만 남은 셈.

이상 세 가지 권능 가운데 가장 강력한 것은 당연히 5,000개의 만자비문이었다.

이탄은 피사노교의 언리더블 바이블(Unreadable Bible: 읽을 수 없는 경전)을 통해서 10,000개의 비문의 뜻을 깨우친 각성자였다.

이탄이 깨우친 10,000개의 문자 가운데 5,000개는 뜻뿐만이 아니라 힘까지 온전히 모두 갖추었다. 이탄이 피사노교의 보고에서 비석 반쪽을 얻은 덕분이었다.

하지만 나머지 5,000개는 힘을 전승받지 못한 채 오로지 뜻만 깨우친 상황이었다.

이탄은 조금 전 여섯 눈의 존재와 싸우면서 뜻과 힘을 온전히 갖춘 5,000개의 비문만 사용했다. 힘을 얻지 못한 나머지 5,000개의 비문은 전투에 동원하지 않았다.

이 5,000개의 비문이야말로 이탄이 숨겨둔 비장의 한 수였다.

암흑 손이 이탄을 후려치는 순간, 이탄의 가슴속 깊은 곳에서 이 비장의 수단이 우르르 일어났다.

이 5,000개의 비문들은 비록 이탄이 뜻만 깨달았을 뿐 온전한 힘을 얻지는 못하였으나, 지금 이 위가 상황에서는 이것이라도 사용할 수밖에 없는 듯했다.

5,000개의 문자들이 이탄의 몸 밖으로 튀어나와 이탄을 보호하려 들 때였다. 이탄은 혼미한 정신을 간신히 다잡았다.

'아, 안 돼.'

이탄은 몸 밖으로 튀어나오려던 5,000개의 문자를 간신히 붙잡았다.

여섯 눈의 존재는 분명히 시간을 되감아 도망쳤다. 그 존재는 놀랍게도 과거로 거슬러 올라가면서 고통에 겨운 비명을 터뜨렸다.

그렇다고 해서 여섯 눈의 존재가 죽었느냐?

이탄은 확신할 수 없었다.

'만약 적이 살아 있다면? 그 적에게 내 밑천을 다 까발리는 것이 옳은가?'

이탄은 정신이 가물거리는 와중에도 이 생각을 했다.

지금까지 이탄은 여섯 눈의 존재와 두 번 부딪치면서 5,000개의 회색 태양을 상대에서 보여주었다. 만랑회진과 귀장갑, 그리고 백팔수라도 써먹었다. 심지어 이탄은 적양갑주의 권능까지 동원했다.

하지만 이탄은 상대에게 만자비문의 뜻을 보여준 적은 없었다.

어쩌면 이것이 이탄에게 숨겨진 한 수가 될지도 몰랐다. 지금 이 위기를 헤쳐 나가는 것도 물론 중요하지만, 이탄이 숨겨두었던 마지막 패를 까 보이냐, 마느냐도 이탄에게는 무척 중요한 문제였다.

이 상황에서 이탄의 생존본능과 촉이 서로 대립했다.

'이탄, 마지막 수단을 써서라도 이 위기를 벗어나고 보자.'

이탄은 생존본능은 이탄에게 이렇게 주장했다.

이탄의 촉은 또 달랐다.

'아니야, 이탄. 그 마지막 한 수는 끝까지 숨겨둬야 해. 어쩐지 그래야 한다는 예감이 든다고.'

이게 이탄의 촉이 속삭이는 소리였다.

시시각각 다가오는 위험부터 먼저 막을 것이냐?

아니면 내가 소멸하는 한이 있더라도 도망치는 적을 끝까지 쫓아가서 공격할 것이냐?

이탄은 서로 상반된 두 가지 의견 가운데 후자를 따랐다.

"에라, 모르겠다."

이탄은 5,000개의 비문을 가까스로 붙잡아 다시 거둬들였다. 대신 이탄은 아공간 속에서 토템을 꺼냈다.

아몬의 토템.

고대 악마사원의 삼대법보 가운데 하나.

이탄은 7개의 현이 걸려 있는 아몬의 토템을 꺼내자마자 손을 곧장 뻗었다.

좌라라랑―.

이탄의 손가락이 7개의 현을 동시에 뜯었다.

광목화음이 이탄 주변에 초고온의 화염을 만들었다.

광목수음은 화염층 내부에 거대한 물방울로 이루어진 보호막을 만들었다.

광목목음이 물방울 속에 빽빽한 숲을 소환했다.

광목금음은 숲 안쪽에 단단하게 금속 보호막을 둘렀다.

마지막으로 광목토음은 금속 보호막 내부를 치밀한 흙으로 가득 채웠다.

이상 다섯 가지의 힘이 서로를 북돋고 또 견제하면서 단단한 짜임새를 가진 하나의 세계를 구축했다.

그렇다! 이것은 차라리 하나의 세계였다.

음악으로 창조해낸 세계!

그 세계 위에 암흑 손이 떨어졌다.

쿵!

암흑 손이 초고온의 화염을 단숨에 꺼뜨렸다. 불길이 꺼지기 전에 초고온의 화염은 행성 여러 개를 휘감을 높이로 거창하게 일어나 암흑 손을 활활 태웠다.

그 바람에 암흑 손의 손가락 하나가 사라졌다.

Chapter 9

쿠쿵!

암흑 손이 물방울 보호막을 단숨에 터뜨렸다. 물이 끈적끈적하게 암흑 손의 내부로 침투하여 안에서부터 암흑 손을 허물어뜨렸다.

그 충격으로 인하여 암흑 손의 손가락 또 하나가 사라졌다.

쿠쿠쿵!

암흑 손이 빽빽한 숲을 단숨에 꺾어버렸다. 나무들이 거칠게 저항하며 암흑 손을 찌르고 또 칭칭 휘감았다.

그러자 암흑 손의 세 번째 손가락이 붕괴했다.

쿠쿠쿠쿵!

암흑 손이 단단한 금속 보호막을 단숨에 깨뜨렸다. 금속 파편이 날카롭게 터지면서 암흑 손에 상처를 입혔다.

그 충격 때문에 암흑 손의 네 번째 손가락이 붕괴했다.

쿠쿠쿠쿠쿵!

암흑 손이 조밀하게 뭉쳐 있는 흙을 헤치면서 이탄을 두 손가락으로 움켜쥐려 들었다. 단단히 뭉친 흙이 벽이 되어 암흑 손의 다섯 번째 손가락을 저지했다.

이제 암흑 손은 덩그러니 손바닥만 남았다.

대신 광목 시리즈를 연주했던 아몬의 토템에도 금이 쩍 갔다. 7개의 현 가운데 2개는 완전히 끊겼다. 크게 충격을 받은 아몬의 토템은 이탄의 아공간 속으로 빨려들 듯이 되돌아갔다.

손바닥만 남은 암흑 손이 모기를 잡듯이 이탄을 짓이기려 들었다.

"치잇! 정말 지독하구나."

이탄은 아공간 박스 속에서 또 하나의 무기를 꺼냈다. 이탄이 최후의 수단으로 동원한 것은 뿔이 2개 달린 여우 두개골이었다.

이탄은 그릇된 차원에서 알블—롭 일족이 흐나흐 일족과 거래를 할 때 그 거래를 돕다가 이 두개골을 손에 넣었다.

사실 이 여우 두개골은 흐나흐 일족의 선조들 가운데 유일하게 왕의 자리에 올랐던 자가 언데드가 되면서 만들어진 보물 중의 보물이었다. 그것도 왕 한 명이 아니라 왕의 재목 24명의 혼령이 함께 버무려져서 이 뿔 달린 두개골에 포함되었다.

이탄은 뿔이 2개인 여우 두개골을 꺼내자마자 곧장 암흑 손을 향해서 공격을 퍼부었나.

고대 흐나흐 족의 왕.

흐나흐 족의 왕의 재목 24명.

이 25명의 전성기 시절 힘을 합치고, 그것을 다시 200 퍼센트 증폭한 에너지가 여두 두개골로부터 뿜어져 나왔다.

쭈————왕!

여우 두개골로부터 강렬한 광채가 폭발하여 암흑 손의 손바닥과 부딪쳤다.

마침내 거대한 손바닥이 와르르 허물어졌다. 암흑 손은 거의 붕괴된 상태에서 이탄을 후려쳤다.

쿠궁!

이탄의 피부 위에서 100층의 겹코팅이 반발력을 일으켰다.

이번 충돌로 인해 암흑 손의 손바닥 내부까지 깊숙하게 균열이 전파했다. 드디어 암흑 손이 완전히 붕괴했다.

대신 이탄도 괴멸적인 충격을 받았다.

쩡! 쩡! 쩡! 쩡! 쩌엉!

금속 깨지는 듯한 소리와 함께 이탄의 피부에 쌓인 겹코팅층이 한꺼번에 터져나갔다. 이탄의 근육이 찢겼다. 뼈는 으스러져 가루가 되었다. 이탄의 신체 가운데 3분의 1이 단숨에 붕괴했다.

이탄의 머리통과 몸이 분리되는 바람에 듀라한의 모습이 고스란히 드러났다. 이탄의 목 부위에는 반쯤 찢어진 혈적이 아슬아슬하게 매달려 펄럭거렸다.

"끄억!"

이탄의 머리통이 답답한 비명을 내질렀다.

그즈음 암흑 손도 완전히 소멸했다. 거대한 신의 손이 소멸한 순간, 멈춰졌던 시간이 다시 흐르기 시작했다.

이탄과 여섯 눈의 존재가 치고받고 싸웠던 평행우주는 희미하게 사라져갔다. 대신 클루티 행성과 세불 행성이 다시 이탄의 몸뚱어리 아래에 나타났다.

행성의 중력이 이탄을 잡아당겼다. 이탄은 머리와 몸통이 둘로 나뉜 채로 낙하하기 시작했다.

'이건 안 돼! 이대로 머리와 몸이 분리된 채 지상으로 떨어지면 내가 듀라한인 사실이 들킨다고.'

이탄은 신체의 3분의 1을 잃어버린 와중에도 이 걱정부터 먼저 했다.

어찌 보면 어이가 없는 태도인데, 이는 본능에 가까운 행동이라 이탄 스스로도 어쩔 도리가 없었다.

이탄이 만자비문 가운데 시간과 관련된 권능을 꺼내들었다.

그러다 이탄이 삼시 멈칫했다. 아무래도 만자비문을 그냥 사용하면 안 될 것 같아서였다.

여섯 눈의 존재는 이탄이 만자비문의 힘을 사용하자마자 곧바로 나타났다. 그런 일이 또 일어나지 말라는 법은 없었다.

'만자비문의 권능은 함부로 사용하면 안 되겠어.'

이탄은 자신이 왜 만자비문을 자제해야 하는지 자세한 이유를 몰랐다. 그냥 그런 촉이 느껴졌을 따름이었다.

다행히 지금의 평행우주에는 시곗바늘이 거꾸로 돌아간 흔적이 희미하게나마 남아 있었다. 이탄은 그 희미한 흔적과 결을 맞춰서 만자비문의 권능을 발휘했다.

조심스럽게.

아주 조심스럽게.

비슷한 종류의 권능을 겹쳐서 사용한 덕분일까?

이탄이 발휘한 만자비문의 권능은 거의 티가 나지 않았다. 여섯 눈의 존재가 시간을 되감으면서 발생한 흔적 속에 그냥 파묻혔을 뿐이었다.

부정 차원의 시간을 통제하는 인과율이 아주 살짝 발휘되었다. 그 인과율은 이탄의 머리와 몸통을 살포시 감싸서 흐름에 태웠다.

좌라라라락!

시곗바늘이 미친 듯이 회전했다. 1초가 1분이 되고, 1분이 1시간이 되고, 1시간이 하루, 하루가 다시 한 달이 되었다.

이탄은 빨라진 시간의 흐름을 타고 미래로 흘러갔다.

이탄이 미래를 선택한 이유는 단순했다. 과거로 갔다가 여섯 눈의 존재와 또 마주치면 뒷감당이 어려운 까닭이었다.

여섯 눈의 존재가 이탄을 피해서 과거로 도망쳤듯이 이탄도 지금의 망가진 몸 상태로 여섯 눈의 존재와 또 부딪칠 엄두가 나지 않았다.

이탄의 몸뚱어리가 중력에 이끌려서 지상으로 추락하는 그 몇 분 동안, 시곗바늘은 1개월 뒤의 미래에 못 박혔다.

빠르게 추락 중이던 이탄의 머리와 몸통이 갑자기 현재의 세상에서 자취를 감추었다. 그리곤 한 달 뒤의 미래에 다시 나타났다.

Chapter 10

이탄이 시곗바늘을 빠르게 돌려서 미래로 점프한 그 시각, 아득히 먼 혈해 속에서 조그만 눈동자가 수면 위로 떠올랐다.

시뻘겋게 핏발이 곤두선 눈동자는 징그럽게 생긴 눈꺼풀을 들고는 동공을 위아래로 까딱거렸다.

[흐응……. 육눈이 녀석이 또 과거로 거슬러 올라갔네? 으으음……. 얼마 전에도 그러더니, 왜 또 과거로 이동했을까? 육눈이 녀석에게 무슨 심각한 문제라도 터졌나? 아니면 녀석이 무슨 꿍꿍이라도 품은 겐가? 분명히 시간을 거슬러 올라갈 때마다 육눈이 녀석에게도 안 좋은 영향이 갈 텐데 말이야…….]

이 조그만 눈동자는 피바다, 즉 혈해의 주인인 탈룩이었다.

[어디 보자…….]

혈해의 주인은 잠시 고민을 하다가 시간이 움직인 흔적을 세심하게 읽어보았다.

그런데 희한하게도 혈해의 주인은 육눈이의 흔적만 발견했을 뿐 이탄에 대해서는 전혀 알아내지 못하였다.

이것은 참으로 이상한 일이었다. 혈해의 주인인 탈룩은

하나뿐인 눈으로 부정 차원 전체를 꿰뚫어보는 신이자 부정 차원에서 벌어지는 모든 사건과 사물의 과거와 현재, 미래를 한눈에 통찰하는 권능자였다.

그런 혈해의 주인이 이탄에 대해서는 전혀 인지하지 못한다는 것은 말이 되지 않았다.

혈해의 주인 탈룩은 조그만 외눈을 데굴데굴 굴리다가 결국 한숨을 내쉬었다.

[후우우우……. 여전히 읽히지가 않는구나……. 육눈이 녀석이 왜 두 번이나 연거푸 과거로 이동했는지 도저히 읽을 수가 없어……. 후우우우…….]

혈해의 주인은 깊은 한숨과 함께 눈꺼풀을 다시 감았다.

혈해의 주인 앞, 부글부글 끓어오르는 피바다에는 회색 빛깔의 거대한 비석이 둥둥 떠 있는 중이었다.

회색 비석은 시뻘건 사슬로 칭칭 감겨서 꼼짝도 하지 못했다. 회색 비석 내부에는 꽈배기 모양의 문자들이 박제라도 된 것처럼 박힌 모습이었다.

혈해의 주인이 한참 만에 눈을 다시 떴다.

[육눈이 녀석이 무슨 짓을 저지를지 몰라……. 그러니 서둘러서 피사노의 유물을 소화해 내야해……. 이것만 성공하면 내가 무엇을 두려워하겠는가…….]

탈룩은 핏물에 잠긴 회색 비석을 노려보면서 느릿하게

중얼거렸다.

　그즈음 이탄은 시간의 강을 앞질러 가는 중이었다.

　시곗바늘이 빠르게 감기는 동안 이탄은 아찔한 현기증을 느꼈다. 뇌가 빙글빙글 돌았다. 이탄의 입에서는 헛구역질이 절로 나왔다.

　"으어어어—."

　이탄은 고통을 참지 못하고 가느다란 신음을 흘렸다.

　파앗!

　그러다 갑자기 세상이 암전되었다. 빛 한 점 없는 캄캄한 어둠 속에서 이탄은 천천히 온몸의 감각을 되살렸다.

　얼마나 시간이 지났을까?

　이제 이탄의 어지럼증도 좀 가셨다. 이탄은 슬그머니 왼쪽 눈꺼풀을 열었다.

　창백한 빛이 이탄에게 쏟아졌다. 세상은 여전히 어두컴컴했다. 하늘에는 거대한 행성이 떠서 빛을 꽉 막았다.

　거대 행성은 손에 잡힐 듯이 가까웠다. 그 아래로 철근과 돌덩이들이 겹겹이 쌓인 모습이었다.

　'여기가 어디지? 앗!'

　이탄은 이곳이 어디인지 생각하다가 갑자기 화들짝 놀랐다.

'내 몸. 내 몸뚱어리가 어디로 갔지?'

이탄이 정신을 차린 뒤 가장 먼저 떠올린 걱정은 바로 이 거였다. 이탄은 감각을 총동원하여 자신의 몸뚱어리부터 찾았다.

이탄의 머리가 처박힌 곳은 폐허로 변한 건물 잔해 아래 쪽이었다.

한 달 전만 하더라도 이곳에는 쓰리 아이즈 탑이 우뚝 서 있었다. 클루티 제국의 정보가 집결된다는 바로 그 탑 말이 다.

그런데 지금은 탑의 흔적을 찾기란 불가능했다. 3개의 눈알도 어디로 갔는지 보이지 않았다.

온통 폐허로 변한 탑의 잔해 속에서 이탄은 황급히 감각 을 곤두세웠다.

건물 잔해 사이로 조그맣게 바깥세상이 보였다. 뿌연 대 기 위로는 거대 행성의 일부가 언뜻언뜻 드러났다.

'추락하는 속도 때문에 건물 잔해 안쪽까지 내 머리통 이 처박혔나 보구나. 그렇다면 내 몸뚱어리는 어디쯤 있을 까?'

이탄은 다시 한번 감각을 총동원했다. 그러면서 이탄은 양손을 휙휙 휘둘러보았다.

이탄이 오른손 근처에서 딱딱한 벽이 만져졌다. 오른손

은 감각도 잘 느껴지고 괜찮아 보였다. 그런데 왼손은 잘 움직이지가 않았다.

'끄응!'

이탄이 속으로 한숨을 내쉬었다.

한 달 전, 이탄이 추락을 시작할 때만 하더라도 이탄의 왼쪽 상반신은 모두 날아가 버린 상태였다.

그런데 이탄이 30일 뒤의 미래로 건너오면서 듀라한의 가공할 만한 회복력이 발휘되었다. 완전히 붕괴되었던 신체 단면에서 세포가 꾸물꾸물 자라나더니 이탄의 상체를 다시 재구성했다. 이탄의 왼팔도 30일이라는 시간 동안 다시 재생되었다.

이탄의 뇌는 자신의 왼팔이 재생되었다는 사실을 곧바로 알아차렸다.

'하지만 아직까지 감각은 없네. 신경세포까지 재생되지는 못했나 봐.'

이어서 이탄은 붉은 금속, 즉 적양갑주를 점검해보았다.

다행히 적양갑주도 많이 회복되었다. 이탄이 적양갑주를 떠올리는 순간, 이탄의 머리와 몸통 주변에 붉은 노을이 번졌다.

스스스슥—.

그 붉은 노을에 노출된 순간, 이탄의 몸뚱어리를 뒤덮고 있던 건물 잔해들이 눈 녹듯이 녹기 시작했다.

이탄은 가슴 속의 음차원 덩어리도 점검해 보았다.

금이 쩍쩍 갔던 음차원 덩어리가 어느 정도 원상복구되었다. 음차원 덩어리 속에 박혀 있는 10,000개의 비문들도 차분하게 힘을 회복하는 중이었다.

다만 음차원 덩어리 표면에 양각되었던 문자들은 아직 회색빛을 되찾지 못하고 어둑어둑하였다.

'일단 목부터 다시 붙여야겠지.'

이탄이 의지를 일으킨 순간, 저 멀리 처박혀 있던 이탄의 몸뚱어리가 움직였다. 이탄의 몸뚱어리는 오른팔로 건물 잔해를 파헤친 다음, 머리를 향해서 천천히 기어왔다.

이럴 때 조금만 방향을 잘못 잡아도 큰 어려움이 생기게 마련이었다. 이탄은 모든 감각을 곤두세워서 몸이 기어가는 방향을 최대한 정확하게 잡았다.

제4화
어프로칭 데이 Ⅱ

Chapter 1

이탄의 몸뚱어리가 폐허 속에서 움직이기 시작하자 그동안 아슬아슬하게 엇갈려서 균형을 잡고 있었던 건물 잔해들이 연속해서 붕괴했다.

우르릉, 쿠쿵, 쿠쿠쿵.

둔탁한 소리와 함께 묵직한 돌덩이가 떨어져 이탄의 허리를 찍었다. 이탄의 발목에도 큰 바윗덩이가 내려앉았다.

'뭐, 이쯤이야.'

이탄에게 이 정도 충격쯤은 가렵지도 않았다. 오히려 붕괴한 건물 잔해가 반탄력에 의해서 튕겨나가면서 잘게 으스러졌다.

이탄은 연속된 붕괴에도 아랑곳 않고 계속해서 오른팔을 놀렸다. 머리와 몸이 가까워질수록 이탄의 감각도 점점 더 예리하게 살아났다.

마침내 이탄의 손이 더듬더듬 주변을 만지다가 머리통을 찾았다.

'옳거니! 여기 있었구나.'

이탄은 오른팔로 둥그런 머리를 감싼 다음, 목의 단면에 묻은 흙먼지를 손으로 툭툭 털었다.

이제 머리와 몸통을 결합할 차례였다.

찰칵!

경쾌한 소리와 함께 이탄의 머리가 몸에 다시 붙었다. 다만 혈적이 너덜너덜해서 목의 이음매가 감쪽같지는 않았다.

"일단 옷부터 찾아야겠네. 이왕이면 깃이 높아서 목의 상처를 감출 수 있는 옷으로 말이야. 끙차."

이탄은 오른손으로 건물 잔해를 헤치고 몸을 일으켰다.

이탄을 가로막고 있던 기둥이 이탄의 손짓 한 방에 멀리 날아갔다. 이탄은 잔해를 밟고 점프하여 단숨에 지상으로 올라왔다.

잔해 속에 처박혀 있을 때는 보이지 않던 장면들이 이탄의 눈에 들어왔다. 어두컴컴한 거대 행성 아래엔 수만 척이

넘는 마도전함들이 줄지어 떠 있었다.

쭈주중! 쭝! 쭝! 쭝!

두 종류의 서로 다른 마도전함들은 눈부신 광선을 난사하면서 치열하게 전투를 벌이는 중이었다.

선투는 하늘에서만 벌어지지 않았다. 건물 잔해 아래쪽부터 시작하여 지평선 저 멀리에 이르기까지 수천만, 아니 수억 명이 넘는 악마종들이 맞붙어서 미친 듯이 싸웠다.

악마종들의 크기는 제각각이었다.

어떤 악마종은 수 킬로미터가 넘는 지네를 연상시켰다. 그 지네형 악마종이 좌라라락 소리를 내면서 전장을 헤집었다.

지네형 악마종의 머리 위로 날개가 달린 불덩어리 악마종이 저공비행했다. 불덩어리 악마종으로부터 용암이 뚝뚝 떨어졌다.

이탄의 눈에 비친 또 다른 악마종은 조그만 난쟁이 같았다. 잠자리 날개가 달린 난쟁이 악마종들은 빠르게 전쟁터를 누비면서 입에서 독침을 쏘았다.

어떤 악마종은 상체만 있고 하체는 없었다. 상반신만 남은 악마종이 8개의 팔로 8개의 무기를 휘둘렀다. 악마종의 8개 손과 무기 주변에서 스파크가 쩌저적! 튀었다.

그 밖에도 뱀을 닮은 악마종, 드래곤을 연상시키는 악마종, 물소처럼 큰 뿔을 가진 악마종, 유령처럼 형체가 없는 악마종 등등등……

드넓은 평야가 온갖 종류의 악마종들로 가득 찼다.

펑! 펑! 퍼엉!

곳곳에서 화염이 치솟았다.

쩌저적! 쩌저저적!

번개를 동반한 뇌전폭풍이 악마종들을 휩쓸고 지나갔다. 갑자기 얼음벽이 솟구치기도 하고, 사악한 기운이 폭발하기도 하였다.

머리에 투구를 쓰고 몸에 번쩍거리는 갑옷을 입은 영주급의 악마종들은 미니 드래곤을 타고 전쟁터 위를 선회비행하면서 부하들을 독려했다.

클루티 제국의 군단장이 악을 썼다.

[죽여라. 죽이고 또 죽여라. 조금만 더 세불 놈들을 밀어붙어라. 그러면 세불 놈들이 박아놓은 마보를 깨뜨릴 수 있다.]

그에 맞서서 세불 제국의 귀족들도 뇌파를 높였다.

[버텨! 어떻게든 버티라고. 조금만 더 버티면 곧 지원군이 올 게다. 그때까지 어떻게든 클루티 놈들의 총공세를 막고 마보를 지켜야 한다.]

양측의 지휘관들은 악을 쓰면서 부하들을 지휘했다. 그

러다가 가끔씩은 상대방 지휘관을 향해서 마법 공격을 날렸다. 지휘관들이 드래곤을 몰아서 직접 육탄으로 부딪치는 경우도 있었다.

지휘관들이 싸울 때마다 악마종들의 머리 위로 불똥이 우수수 낙하했다.

"거 참, 이 동네가 왜 이렇게 난장판이 되었지?"

이탄은 고개를 갸웃했다.

이 질문에 대한 해답이 곧 이탄의 눈에 들어왔다.

세불 제국의 악마종들 사이에서 영롱하게 빛나는 마보.

그 마보 주변에 휘몰아치는 거친 소용돌이.

반경 수 킬로미터가 넘는 소용돌이 속에서는 세불 제국의 마도전함들이 끊임없이 새로 유입되었다. 함대 단위로 들어온 마도전함들은 주변으로 넓게 산개하더니 초대형 이송마법진을 구현했다.

쩌저정! 쩌정! 쩌저정!

마법진 주변에 벼락이 마구 떨어졌다. 빠지직, 빠지직, 전하가 날뛰었다. 전하의 향연 속에서 세불 제국의 악마종들이 군단 단위로 소환되었다.

[크와아아악, 우리가 왔다.]

새로 등장한 군단의 머리 위에서 악룡을 연상시키는 군단장이 거칠게 포효했다.

이탄이 눈을 반짝 빛냈다.

"어라? 저건 내가 가져온 마보인데?"

이탄의 말마따나 지금 세불 제국의 마도전함들을 불러오고 있는 보석은 바로 이탄이 설치한 마보였다.

"오호라. 저 마보가 제대로 작동을 했나 보구나."

이탄이 씨익 웃었다.

Chapter 2

시간을 앞당겨 미래로 넘어오기 전, 이탄은 쓰리 아이즈 탑 3층에 공간이동용 마보를 설치했다.

그 마보가 제대로 작동하여 세불 제국의 마도전함들을 불러들였다.

그 마도전함들이 다시 대규모 마법진을 구축하여 세불 제국의 악마종들을 군단 단위로 불러들이는 중이었다.

물론 클루티 제국의 저항도 만만치 않았다. 클루티의 악마종들은 대규모로 마도전함을 파견하여 세불 제국의 마도전함들을 추락시켰다. 병력도 해일처럼 보내서 세불 제국과 힘 싸움을 벌였다.

이에 맞서서 세불 제국도 새로운 마도전함들을 계속 파

병했다.

양측의 전력은 엇비슷했다.

양측 병사들이 입은 피해도 서로 비슷했다.

문제는 이곳이 클루티 영토라는 점이었다. 싸우면 싸울수록 클루티의 영토는 황폐화되었다. 지난 한 달 동안 계속된 전쟁으로 인하여 클루티 제국이 입은 피해는 이만저만 크지 않았다.

클루티 제국이 더 이상의 피해를 입지 않으려면 어서 세불의 악마종들을 밀어내고 저 마보를 깨뜨려야만 했다.

한데 그게 쉽지 않았다. 세불 제국이 기를 쓰고 마보를 지키는 탓이었다.

조금 전에도 클루티의 군단장은 부하들을 대거 희생시키면서까지 총공세를 퍼부어 마보를 깨뜨리려 했다.

그런데 또 실패했다. 세불 제국이 새로 급파한 마도전함 때문이었다. 세불 제국에서 소환한 악마종들이 군단 단위로 쏟아져 나오면서 클루티의 병력은 또다시 뒤로 밀려났다.

클루티 제국의 군단장이 주먹으로 자신의 무릎을 쾅! 내리쳤다.

[이런 빌어먹을! 일이 이 지경이 된 것은 모두 다 아군이 초기 대응에 실패했기 때문이다. 제기랄.]

클루티의 군단장은 분해서 어쩔 줄을 몰랐다.

전쟁 초반, 세불 제국의 마도전함이 고작 몇 기만 넘어왔을 때 클루티 제국은 적 전함들을 확실하게 진압했어야만 했다.

한데 쓰리 아이즈 탑이 붕괴되면서 클루티 제국의 정보 수집 능력에 심각한 구멍이 생겼다. 클루티 제국은 갑자기 눈먼 장님이 된 꼴이었다. 그 때문에 클루티 제국의 수뇌부들은 당황하여 우왕좌왕하다가 결국 이 지경을 맞았다.

사실 이 뼈아픈 일격은 결코 맞아서는 안 되는 일이었다. 세불 제국이 50일 전부터 어프로칭 데이를 예측했던 것처럼, 클루티 제국도 수십 일 전부터 어프로칭 데이를 맞을 준비를 해왔다.

클루티의 군주는 군단장들을 엄선하여 지휘권을 부여한 다음, 전쟁 초반부터 세불 제국을 확실하게 밀어붙이라고 명했다.

한데 무려 한 달이 지나가도록 클루티 병력은 단 한 걸음도 앞으로 나아가지 못했다. 세불 행성으로 쳐들어가기는 커녕 클루티 행성의 핵심 시설들을 지키기에도 급급했다.

[그게 다 저놈의 마보 때문이다.]

클루티의 악마종들은 적 병력을 끊임없이 쏟아놓는 마보를 원수 보듯이 노려보았다.

솔직히 저 마보 때문에 클루티 제국이 입은 피해는 이만 저만이 아니었다. 마보 주변에서 피 튀기는 전투가 계속되는 동안, 세불 제국은 병력 가운데 20분의 1 정도를 나눠서 클루티의 영토를 약탈했다.

이러한 약탈이 가능한 이유는 이곳 전쟁터가 클루티 제국의 도심 한복판이기 때문이었다.

지금도 한 무리의 악마종들이 전쟁터를 벗어나 클루티의 영토를 한바탕 약탈하고 돌아왔다.

[쿠후얼, 적들을 털어먹는 재미가 쏠쏠하구나. 쿠헐헐헐.]

약탈에 앞장섰던 군단장이 통쾌하게 웃었다.

지저분하게 헝클어진 머리카락.

발가벗은 몸뚱어리.

어깨에 척 걸친 눈알 달린 몽둥이.

클루티 도시를 털어서 한 보따리를 챙겨온 악마종의 정체는 다름 아닌 루건이었다. 이자벨라 휘하의 네 군단장 가운데 한 명인 루건 말이다.

심지어 루건은 재화만 약탈한 것이 아니었다. 그는 뾰족한 이빨을 여과 없이 드러내 보이며 추저분하게 쩝쩝거렸다.

그 뾰족한 잇새에 고깃덩이가 덕지덕지 끼어 있었다. 아마도 루건은 클루티 제국의 악마종 여럿을 닥치는 대로 잡아먹은 모양이었다.

그렇게 기분 좋게 웃던 루건이 클루티 제국의 군단장과 눈이 마주쳤다.

'뭘 봐, 이 새끼야.'

루건이 입술 모양으로 이렇게 도발했다.

[크악, 저놈잇!]

클루티 제국의 군단장은 루건의 뻔뻔한 행동에 뒷목을 잡았다.

군단장이라고 해서 다 같은 군단장은 아니었다. 루건은 고작 중대형 영지의 군단장인 반면, 클루티 제국의 군단장은 군주로부터 직접 임명을 받은 대영주 출신이었다. 루건은 역마 최상급에 불과한 반면, 클루티의 군단장은 진마 최상급의 강자였다.

부정 차원에서 진마와 역마는 하늘과 땅 차이였다. 역마 최상급이 진마 최하급 앞에서 설설 길 수밖에 없었다.

그런데 클루티의 군단장은 진마 최하급이 아니라 최상급이었다. 그렇게 높으신 분이 하찮은 역마 따위에게 모욕을 받았다.

[크아악, 이건 절대 못 참는다. 내 무슨 일이 있더라도 네놈의 목을 따버리고야 말 테다. 끼랏!]

클루티의 군단장은 단숨에 미니 드래곤을 몰아서 루건을 덮쳤다.

[히끅?]

루건이 깜짝 놀랐다.

클루티 군단장과 루건 사이의 거리는 꽤 멀었다. 게다가 둘 사이에는 세불 제국군이 떡하니 버티고 있었다.

루건은 아군을 믿고서 상대를 도발한 것이었다. 그런데 상대가 진짜로 달려들 줄이야!

크롸라락—.

클루티 군단장을 태운 드래곤이 은빛 비늘을 곤두세우며 포효했다. 다음 순간, 은빛 드래곤은 한 줄기 번개로 변했다.

번쩍!

지상에 은빛 번개가 작렬했다.

클루티 군단장은 은빛 번개를 타고 세불 제국의 병사들의 머리 위를 타넘더니 단숨에 루건을 덮쳤다.

[으헉?]

루건이 기겁을 하여 몽둥이를 휘둘렀다.

루건의 몽둥이는 이탄에게 선물 받은 강화무기였다. 그 몽둥이로부터 주홍빛 광선과 노란 광선이 다발로 쏘아졌다.

역마치고는 나름 뛰어난 반격이었으되, 진마 최상급인 클루티 군단장의 눈에는 하찮게만 보였다.

클루티 제국의 군단장이 루건을 비웃었다.

[쿵! 고작 이따위 능력으로 나를 능멸한 것이냐?]

클루티 군단장은 은빛 번개 위에 올라탄 채로 지그재그 몸을 움직였다.

그 움직임이 어찌나 빨랐던지 루건의 동체시력으로는 쫓아갈 수조차 없었다. 클루티 군단장은 루건의 몽둥이에서 쏟아진 광선을 요리조리 가볍게 피해낸 다음, 어느새 루건의 머리 위까지 들이닥쳤다.

Chapter 3

루건의 안색이 새하얗게 질렸다.

[헙!]

루건이 헛바람을 집어삼킨 순간, 클루티 군단장이 뻗은 손이 루건의 머리카락을 움켜잡았다.

[요놈, 잡았다.]

클루티 군단장은 밭에서 무를 잡아 뽑듯이 루건의 머리카락을 위로 치켜들었다.

[끄아악.]

루건의 몸뚱어리가 단숨에 허공으로 치솟았다.

[이런, 제길.]

요제프 황자가 낭패한 표정을 지었다.

요제프는 이곳 전장을 지휘하는 총사령관이자 이탄의 꼭두각시였다. 요제프는 이탄의 체면을 생각해서라도 루건을 구할 수밖에 없었다.

크롸롸롸롸—.

요제프를 태운 드래곤이 질풍을 휘감아 클루티 군단장에게 달려들었다.

[루건을 당장 내려놓아라.]

요제프가 우렁차게 외쳤다.

[킁! 어림도 없는 소리 마라.]

클루티 군단장은 요제프의 요구를 단칼에 묵살한 다음, 은빛 번개를 타고 후퇴했다.

요제프가 재빨리 뒤쫓으려 했으나 상대가 너무 빨랐다.

아니, 엄밀하게 말해서 클루티 군단장이 빠른 게 아니라 그를 태운 은빛 드래곤이 빠른 것이었다.

한편 루건은 큰 후회에 휩싸였다.

반쯤 뽑혀나간 머리카락 때문에 루건은 머리가죽이 화끈거렸다. 하지만 루건은 고통도 느끼지 못할 만큼 얼이 빠졌다.

　루건의 발밑에서는 아군 병력의 투구들이 휙휙 지나갔
다. 루건은 지금 적 군단장의 손에 머리카락을 붙잡힌 채
하염없이 끌려가는 중이었다.

　이대로 적진에 끌려간 뒤 루건에게 벌어질 일은 뻔했다.
루건은 아마도 갖은 고문을 받다가 비참하게 죽게 될 것이
다. 혹은 적 악마종들에게 잡아먹힐지도 몰랐다.

　'으으으, 내가 괜히 뇌파를 잘못 놀려서 큰일을 치르는
구나.'

　루건은 주먹으로 자신의 뇌를 때려주고 싶은 심정이었
다. 루건의 눈 밑에 눈물이 그렁그렁 맺혔다.

　[이놈, 하찮은 역마 따위는 내려놓고 나와 싸워보자.]

　요제프가 뒤에서 쫓아오면서 악을 썼다.

　[큥! 너 같으면 그러겠냐?]

　클루티 군단장은 요제프가 뭐라고 하건 말건 신경 쓰지
않았다. 클루티 군단장의 입장에서 이곳은 전진 한복판이
었다.

　'그러니 여기서 저놈과 싸운다는 것은 미친 짓이지.'

　클루티 군단장은 바보가 아니었다.

　적장이 번개처럼 도망치자 요제프는 부하들에게 명을 내
렸다.

[적장을 요격하라. 어서 그놈을 막으라고.]

[넵, 황자님.]

[적장을 막아랏!]

세불 제국의 악마종들은 그들의 머리 위를 지나가는 클루티 군단장을 향해서 마법을 난사했다. 원거리 무기도 마구 발사했다.

[크흥, 그런다고 내가 잡힐 것 같으냐?]

클루티 군단장은 소낙비처럼 쏟아지는 공격들을 요리조리 피한 다음, 단숨에 수 킬로미터를 주파하여 아군의 품으로 복귀했다.

클루티 악마종들의 눈에는 자신들의 군단장이 단신으로 용감하게 적진을 휘젓고 돌아온 것처럼 보였다.

[우와아아아—.]

[군당장님, 천만세!]

클루티 제국의 악마종들이 우렁차게 환호했다.

이곳 부정 차원에서는 '만세' 라는 표현은 쓰지 않았다. 군단장급의 악마종들은 대부분 수만 년 이상 거뜬히 살기 때문이었다.

그런 군단장들에게 만세, 즉 '만년 동안 무사히 사십시오.' 라고 말하는 것은 아부가 아니라 욕이었다.

따라서 부정 차원의 악마종들은 만세 대신 1천만 년의

만수무강을 비는 '천만세'를 외치거나, 혹은 '억만세'를 부르짖곤 했다.

클루티 제국의 악마종들도 그런 의미로 [군단장님, 천만세]를 외쳤다.

바로 그 순간, 이탄이 뛰어들었다. 이탄은 처음부터 그 자리에 있었던 것처럼 갑자기 나타나더니 은빛 드래곤의 주행로를 가로막았다.

크락?

은빛 드래곤은 벼락처럼 허공을 가르다가 갑자기 이탄과 맞닥뜨렸다. 이탄과 충돌하기 직전, 은빛 드래곤은 급격히 방향을 틀어 피했다.

한데 이상하게도 회피가 되지 않았다.

뻐억!

충돌의 순간 이탄의 몸뚱어리로부터 100배의 반탄력이 일어나 은빛 드래곤을 어육으로 만들었다.

드래곤의 피와 뼛조각, 은색 비늘, 은색 뿔, 그리고 살점들이 하나로 뒤섞여서 벼락처럼 뒤로 튕겨나갔다.

수십 미터 크기의 드래곤이 산산이 터져버리는 장면은 공포, 그 자체였다.

은빛 드래곤이 폭발하는 순간, 클루티 제국의 군단장은 황급히 자리에서 이탈하여 옆으로 피신했다.

[흥, 어딜 가려고?]

이탄은 미리 예측이라도 한 것처럼 적장의 앞을 가로막았다.

불과 몇십 분 전까지만 하더라도 이탄은 얼떨떨한 상태에서 양 제국이 싸우는 장면만 지켜보았다. 한 달 뒤의 미래로 날아온 탓에 이탄의 정신은 몽롱했다. 누가 아군이고 누가 적군인지 판단도 잘 서지 않았다.

그러던 중 클루티 제국의 군단장이 갑자기 루건을 납치했다. 이탄은 그 장면을 목격하자마자 반사적으로 튀어나와 전투에 개입했다.

Chapter 4

이탄이 손을 뻗어 클루티 군단장의 머리카락을 낚아챘다.

[크악.]

클루티 군단장은 이탄의 손에 머리카락을 붙잡혀 허공에 대롱대롱 매달렸다. 그런 클루티 군단장의 손에는 루건의 긴 머리카락이 잡혀 있었다.

[누, 누구냐?]

클루티 군단장이 당황하여 말을 더듬었다.

지금 이탄은 말테 황태자의 모습을 하고 있지 않았다. 이탄 본인의 얼굴을 가감 없이 드러내었다.

[헉? 이탄 님!]

루건이 눈을 동그랗게 떴다.

클루티 군단장은 얼굴을 와락 구겼다.

[네놈도 세불 제국의 개새끼냣?]

적장이 욕을 퍼붓기 무섭게 이탄은 상대의 머리카락을 위로 치켜들었다.

클루티 군단장은 키가 4 미터나 되는 거구이건만, 이탄이 휙 잡아당기자 종이인형 딸려오듯이 가볍게 솟구쳤다.

[어억?]

클루티 군단장이 혼비백산했다.

뻥!

다음 순간 클루티 군단장의 머리가 그대로 폭발해버렸다. 두개골 파편과 부서진 뿔 조각, 하얀 뇌수와 시뻘건 피가 함께 섞여서 후두둑 떨어졌다.

[어디다 대고 욕질이야?]

이탄이 으스스하게 뇌까렸다.

주변의 악마종들 가운데 그 누구도 이탄이 어떻게 클루티 군단장의 머리통을 터뜨렸는지 보지 못했다.

조금 전 이탄은 주먹에 스냅을 주어 툭 끊어 쳤고, 그 결과 클루티 군단장의 머리통이 박살 났다.

하지만 이 장면을 제대로 본 악마종은 없었다.

머리를 잃은 클루티 군단장의 몸뚱어리가 지상으로 추락했다.

그 전에 이탄이 왼손을 뻗었다.

이탄의 왼손은 아직까지 정상적으로 움직이지 않았다. 팔꿈치까지는 어떻게 움직이겠는데, 손가락은 반응이 전혀 없었다. 그래서 이탄은 감각이 마비된 왼손을 통째로 적장의 복부에 꽂아 넣은 다음, 멀쩡한 오른손으로 상대의 가슴을 잡아 뜯었다.

이탄의 오른손 다섯 손가락이 클루티 군단장의 몸뚱어리 속으로 쑤욱 파고들었다.

클루티 군단장은 몸이 단단하기로 유명한 악마종이었으나, 이탄은 그 몸뚱어리를 진흙 주무르듯이 다루었다.

이탄의 다섯 손가락은 그렇게 상대의 몸 속으로 파고든 상태에서 꼼지락 꼼지락 움직였다. 이윽고 이탄의 손끝에 은빛을 뿌리는 보울 2개가 붙잡혀 나왔다.

'또 2개를 얻었구나. 이것들까지 합치면 진마 최상급의 보울이 6개야. 후후후.'

이탄은 피를 뚝뚝 흘리는 보울 한 쌍을 보면서 흐뭇하게 미소를 지었다.

전쟁터에 잠시 정적이 흘렀다.

세불 제국군이 그 정적을 깨뜨렸다.

[와아아아, 적장이 죽었다.]

[이때가 기회다. 냄새 나는 클루티 놈들을 밀어내자.]

세불 제국의 악마종들은 뾰족한 이빨을 드러내고는 신이
나서 무기를 휘둘렀다.

반면 클루티 제국의 악마종들은 사기가 꺾여서 연신 뒤
로 밀렸다.

그때 마보가 다시 한번 빛을 뿌렸다.

후오옹!

마보 주변에 형성된 커다란 소용돌이로부터 수백 척의
마도전함들이 또 나타났다. 추가로 파병된 마도전함들은
허공에 마법진을 만들더니 세불 제국군을 대규모로 소환했
다.

으스스하게 형체를 드러내는 세불 제국군의 머리 위로
거인족을 연상시키는 군단장의 모습이 보였다.

[쿠워어어어어—.]

신임 군단장은 아직 이송이 끝나지도 않은 상태에서 전
장을 쩌렁쩌렁 떨어울리는 포효부터 터뜨렸다.

그 모습을 본 클루티 제국의 지휘관들이 후퇴를 명했다.

[안 되겠다. 후퇴! 후퇴!]

[클루티의 악마들이여, 2선까지 물러나라. 그곳에서 세 불 놈들을 막을 저지선을 새로 구축한다.]

클루티 제국은 이미 군단장이 한 명 죽은 상태였다. 이 상황에서 적 병력이 새로 추가되었으니 여기서 계속 싸우는 것은 무리였다.

클루티의 지휘관들은 미니 드래곤의 머리를 돌려서 뒤로 물러났다.

클루티 제국의 악마종 병사들도 썰물처럼 빠져나갔다.

그러자 세불 제국군의 사기는 하늘을 찔렀다.

[우와아아—. 클루티 놈들이 물러난다.]

[끝까지 추격하여 클루티 놈들을 섬멸하라.]

세불 제국의 지휘관들은 앞다투어 진격 명령을 내렸다.

그때 지평선 저 멀리서 화려한 전차가 등장했다. 순백색 의 뿔 3개를 앞세운 거대 전차는 허공을 단숨에 가로질러 이탄의 앞으로 달려왔다.

[이탄 님, 여기 계셨군요. 대체 그동안 왜 안 보이셨던 거예용. 흐흑.]

전차 안에서 이자벨라가 울먹거렸다.

이자벨라는 어프로칭 데이가 시작되고 무려 한 달 동안 이나 이탄의 종적을 찾지 못해서 무척 초조하던 참이었다.

그러다 조금 전 그녀는 루건으로부터 보고를 받았다.

[영주님, 이탄 님이 나타나셨습니다. 이곳 마보가 설치된 곳 근처에 오셨다고요.]

루건은 멀리 떨어진 전장에서 전투 중이던 이자벨라에게 이러한 연락을 보냈다.

이자벨라는 그 즉시 전쟁터를 이탈하여 이탄에게 달려왔다. 이탄을 향해서 손을 흔드는 이자벨라의 눈가에 눈물이 그렁그렁했다.

이탄이 이자벨라, 루건, 북토 등과 회포를 푼 것은 잠시뿐이었다. 지금 클루티 행성 곳곳에서 동시다발적으로 전투가 벌어지는 중이라 정신없이 바빴다.

이탄은 서둘러 말테 황태자의 모습으로 돌아갔다.

말테와 동화를 시작하자 이탄의 키가 훌쩍 더 커졌다. 이탄의 몸에는 근육이 울룩불룩하게 붙었다. 머리카락이 수축하여 모공 속으로 들어오면서 이탄은 대머리가 되었다. 눈동자가 분열하여 4개의 눈동자로 늘어났으며, 그 눈동자의 테두리에는 황금빛이 선명하게 자리를 잡았다.

요제프 황자가 다가오더니 이탄에게 화려한 전투복을 걸쳐주었다. 말테가 타고 다니는 미니 드래곤과 색깔을 맞춘, 눈부시게 새하얀 털옷이었다.

[좋군.]

이탄은 다른 무엇보다 이 털옷이 목 주변을 가려주는 점이 마음에 들었다.

[형님, 가시지요. 지금 임시사령부에 아군 군단장들이 모여 있습니다.]

요제프는 이탄을 '형님'이라고 불렀다.

뒤쪽에 도열해 있는 근위병들과 부관들의 눈치가 보여서였다. 요제프는 주변에 아무도 없을 때면 이탄을 형님이 아니라 주인님이라고 칭했다.

Chapter 5

[내가 자리를 비워서 걱정들이 많았더냐?]

이탄이 요제프에게 물었다.

[당연히 걱정들이 많았습니다. 폐하께서도 여러 군단장들을 다그쳐서 형님의 행방을 찾으라고 명하셨습니다.]

요제프가 공손히 대답했다.

지난 한 달간 말테 황태자는 실종 상태였다. 이탄이 곧 말테이니 당연히 실종 상태일 수밖에 없었다.

이처럼 말테의 실종이 길어지자 세불 제국의 귀족들 사

이에서 소문이 돌았다.

[말테 황태자가 적의 요충지에 마보를 설치하여 큰 타격을 입힌 다음, 영웅적으로 전사했단다.]

이러한 소문이었다.

물론 적진 한복판에 마보를 설치한 공로자는 말테가 아니라 그 심복 가운데 한 명이라고 알려졌다.

하지만 그 뒤를 이어서 말테가 직접 클루티 제국으로 넘어가서 공간이동 마보를 개방하였고, 그 결과 세불 제국의 마도전함들이 클루티 제국 요충지를 점령할 수 있었다는 보고가 세불 군주의 귀에까지 올라갔다.

세불 군주는 말테의 전공을 제국의 귀족들과 공유했다. 덕분에 말테의 이미지는 크게 좋아졌다.

그동안 말테는 '머리는 쓸 줄 모르고 힘만 앞세운다.' 라는 평가를 받았다.

그런데 이번 기회를 통해서 말테에 대한 평가가 확 달라졌다. 만약에 이 전쟁에서 세불 제국이 클루티 제국을 상대로 대승을 거둔다면 전쟁의 1등 공신은 어디까지나 말테일 수밖에 없었다. 말테가 세운 공로는 그만큼 지대했다.

이탄이 전공을 세운 효과는 즉각 나타났다. 그가 말테의 모습으로 임시사령부에 들어서자 10명의 군단장들이 벌떡 일어났다.

이 10명의 군단장들 가운데는 오늘 오후에 급파된 악룡족 군단장과 거인족 군단장도 포함되었다.

[태자마마를 뵙습니다.]

군단장들은 뇌파를 하나로 모아서 소리쳤다. 그들의 뇌파가 어찌나 컸던지 이탄은 머릿속이 쩌렁쩌렁 울리는 기분이었다.

[음.]

이탄은 묵직하게 군단장들의 인사를 받은 다음, 오만하게 걸어가 중앙 의자에 착석했다.

요제프는 이탄의 바로 옆에 열중쉬어 자세로 시립했다.

세불 제국의 군단장들은 그때까지도 부동자세로 서 있었다.

이것은 전에는 볼 수 없는 태도들이었다. 이 자리에 모인 군단장들은 모두 다 대영주급의 높으신 귀족들이었다. 예전에 그들은 말테에게 깍듯이 대하지 않았을뿐더러, 더러는 말테를 무시하였다.

그러던 군단장들이 지금은 태도가 180도 달라졌다.

[자리에 앉지.]

말테가 위엄 있는 뇌파로 군단장들에게 자리를 권했다.

[예, 태자마마.]

10명의 군단장들은 말테의 허락이 떨어지고 나서야 비로소 자리에 착석했다. 다들 군기가 바짝 든 모습이었다.

　요제프도 말테의 허락이 떨어진 뒤에 자리에 앉았다.

　이탄은 4개의 눈동자를 슬쩍 들어 회의의 시작을 알렸다.

　[다 모였으면 작전회의를 시작하자.]

　[예, 태자마마.]

　군단장들 가운데 사람의 몸뚱어리에 뱀의 얼굴을 가진 악마종이 전황보고를 시작했다.

　한 달 전 세불 제국은 클루티 제국의 핵심 시설인 쓰리 아이즈 탑을 점령했다. 그 후 세불 제국군은 쓰리 아이즈 탑을 중심으로 점점 더 많은 병력을 공간이동 시켜서 클루티 제국을 괴롭혔다.

　클루티 제국은 말테(이탄)에게 치명적 일격을 허용한 이후로 무려 한 달이 지나도록 사태를 수습하지 못했다.

　세불 제국이 모처럼 잡은 기회를 놓치지 않으려고 기를 쓴 덕분이었다.

　뱀 얼굴의 군단장은 그 이야기를 요약해서 이탄에게 보고했다.

　[한 달 전, 태자마마께서 쓰리 아이즈 탑에 공간이동 통로를 개방하신 이후로 아군은 이 지역을 적에게 빼앗기지

않고 있습니다.]

[음.]

이탄이 가볍게 고개를 주억거렸다.

뱀 얼굴의 군단장이 보고를 계속했다.

[쓰리 아이즈 탑 주변에 적들의 핵심 군시설이 집중되어 있는 터라 이곳에서 치열하게 싸우면 싸울수록 적들은 큰 피해를 보는 구조입니다. 좀 더 자세한 전황은 지도를 보면서 설명 올리겠습니다.]

뱀 얼굴의 군단장이 물갈퀴가 달린 손가락 4개를 쫙 펼쳤다.

지—잉—.

허공에 홀로그램 지도가 입체적으로 생생하게 떠올랐다. 뱀 얼굴의 군단장은 지도 위에 세불 제국의 병력들을 보라색으로 표시했다. 적군은 흰색이었다.

보라색 점 12개는 쓰리 아이즈 탑을 중심으로 빙 둘러싼 모습이었다. 클루티 병력을 의미하는 하얀 점들은 보라색 점의 바깥쪽에 위치했다.

이탄이 대뜸 군단장의 말을 끊었다.

[이 일대에 아군 군단 12개가 배치되었나?]

[그렇습니다, 태자마마. 저희 10명이 10개 군단을 이끌고 있고, 여기에 태자마마의 직할군과 요제프 황자의 군단

이 더해졌다고 보시면 됩니다.]

군단장이 절도 있게 대답했다.

사실은 12개 군단이 아니라 13개였다. 이자벨라가 이끄는 병력이 13번째 전력이었으나, 이것은 셈에서 빠졌다. 이탄과 요제프를 제외한 10명의 군단장들은 이자벨라군을 말테의 직할군으로 생각했다.

이탄이 또 물었다.

[12개 군단이 적의 시선을 끌어주는 동안 다른 지역에서는 성과가 좀 있었나? 이 기회를 잘 활용하면 전황이 아군에게 유리하게 돌아갈 텐데?]

[그렇지 않아도 아군의 승전보가 곳곳에서 들려온다고 합니다. 태자마마께서 전쟁 초기에 적의 심장부를 노리신 작전이 대성공을 거두었습니다.]

뱀 얼굴의 군단장은 대놓고 이탄에게 아부를 했다.

Chapter 6

예전의 말테 같았으면 아부를 듣자마자 거만하게 굴었을 것이다. 하지만 지금의 이탄은 표정 변화가 전혀 없었다.

산악처럼 묵직한 이탄의 태도가 지배자의 위엄을 더해주

었다.

'휘유우, 태자마마께서는 보통 배포가 아니시네.'

'이 정도의 전공쯤은 아무것도 아니라는 의미인가?'

'그동안 돌았던 소문은 모두 거짓이었나 봐. 아니면 태자마마가 그동안 본색을 숨기고 계셨거나.'

10명의 군단장은 이탄이 소문과 달리 무척 어렵다고 느꼈다. 그들이 바라본 이탄은 넘볼 수 없는 철벽과도 같았다.

그날 이탄은 12개 군단의 재배치 및 병력 증원 계획 등을 군단장들과 논의했다. 그런 다음 이탄은 회의를 짧게 끝마쳤다.

이탄은 회의를 길게 하는 것은 시간 낭비라고 생각했다.

회의가 끝날 무렵, 10명의 군단장들 가운데 한 명이 조심스레 손을 들었다.

[하온데 태자마마, 질문이 하나 있습니다.]

[뭔가?]

이탄이 지배자의 눈빛으로 상대를 바라보았다.

질문을 던진 군단장은 코에 뿔이 높이 솟은 진마 최상급의 귀족이었다. 그는 이탄에게 고개를 살짝 조아리며 물었다.

[지난 한 달간 어디에 계셨습니까? 폐하께서 태자마마에

대한 걱정이 크셨습니다.]

다른 군단장들도 호기심 어린 눈빛으로 이탄을 주시했다.

이탄은 이 질문에 대한 답을 미리 준비해 놓았다.

[훗! 한 달 전 마보를 개방하자마자 클루티 놈들이 떼거지로 덤벼들지 뭔가. 얼굴을 가면으로 가린 자들이었는데, 아무래도 클루티 제국이 준비한 특수부대 같아 보였어. 놈들이 어찌나 지독했던지 도저히 연락을 취할 방법이 없었네. 그래도 결국엔 그놈들을 전부 다 죽여 버렸지만 말이야.]

이탄이 호탕하게 대답했다.

10명의 군단장들은 동시에 고개를 주억거렸다.

[아! 역시 그랬군요.]

[태자마마께서는 지난 한 달 동안 그놈들과 싸우셨던 거군요.]

이탄은 부연설명을 덧붙였다.

[클루티 제국의 특수부대가 마보를 파괴하지 못하도록 유인하다 보니 아군과 연락이 두절된 모양인데, 좀 더 자세한 이야기는 내가 따로 정리하여 폐하께 보고를 올리도록 하지.]

이탄은 이 정도 선에서 말을 끊었다.

'자세한 것은 폐하께 직접 보고할 테니 꼬치꼬치 묻지 마라.'

이것이 이탄의 말뜻이었다.

군단장들도 눈치가 빨랐다.

[예, 알겠습니다.]

[역시 태자마마십니다. 홀로 적 투수부대를 섬멸하셨다니요.]

군단장들은 아부로 대화를 마무리하려 들었다.

그러자 오히려 이탄이 고약하게 상대를 붙잡았다.

[왜? 내가 어디서 놀기라도 하다 온 줄 알았나? 아니면 내가 클루티 놈들에게 죽기라도 했을 것 같았나?]

이탄의 뼈 있는 소리에 군단장들이 펄쩍 뛰었다.

[아닙니다, 태자마마. 저희는 그런 불손한 생각을 품은 적이 없습니다.]

[그렇습니다. 태자마마께서 한낱 클루티 놈들에게 당하실 리 없지요.]

[암, 그렇고말고요.]

10명의 군단장들은 부리나케 손사래를 쳤다.

이탄이 한 마디를 덧붙였다.

[흐음, 그래? 연락이 두절된 동안 내가 클루티 놈들에게 죽었다는 소문이 났을 것만 같은데? 왜? 그러기를 바라는

녀석들도 꽤 있잖아?]

[어헉, 태자마마. 그게 무슨 황망한 말씀이십니까?]

[세상에나! 우리 제국에 그런 불손한 자들이 어디 있단 말씀이십니까? 그런 참담한 말씀은 거두어 주십시오.]

군단장들은 당황하여 어쩔 줄 몰랐다.

이탄이 눈짓으로 위쪽을 가리켰다.

[없긴 왜 없어? 저 위쪽 행성에서 편하게 뒹굴거리는 7황자 녀석도 그렇고, 불여시 같은 12공주년도 그렇고, 싸가지가 개차반인 2황손도 내가 뒈지기만을 손꼽아 기다릴 텐데? 내 말이 틀렸나? 크후훗. 나중에 보라지. 내가 먼저 뒈지는지, 아니면 그 연놈들의 머리통이 먼저 쪼개지는지 어디 한번 두고 보자고.]

이탄은 거침없이 막말을 뱉었다.

이 거친 표현들은 말테가 평소에 자주 쓰던 것들이었다. 이탄은 말테와 동화하면서 그의 기억과 지식뿐 아니라 감정과 속마음까지 모두 흡수했다.

그렇기에 지금 말테가 가짜일 것이라고 생각하는 군단장은 아무도 없었다. 오히려 군단장들은 말테가 너무나도 말테스러워서 오히려 더 심장이 철렁했다.

'이거 우리가 조심해야겠소이다.'

'태자마마가 아주 단단히 독기를 품은 것 같아요.'

'다른 황자들에게 줄을 잘못 대었다가 말테 태자마마가 권력이라도 쥐는 날에는 한바탕 피보라를 뒤집어쓰겠군요. 허어어어.'

10명의 군단장들은 눈짓으로 이런 대화를 주고받았다.

이처럼 고위 귀족들이 이탄을 어려워하고 눈치를 본다는 것은, 이탄이 이들 군단장들을 확 휘어잡았다는 반증이었다.

그 후로도 마보 주변에서 벌어지는 전투는 지루하게 계속되었다.

클루티 제국 입장에서는 어떻게든 마보를 깨뜨려야 했다. 그래야 전쟁이 벌어지는 장소를 두 행성의 중간지대, 혹은 세불 행성으로 이동시킬 수가 있었다. 군주인 클루티는 하루에도 몇 번씩 부하들을 닦달했다.

[이런 멍청한 것들. 지금처럼 아군의 핵심지역에서 전투가 계속되는 것은 용납할 수가 없느니라. 어떻게든 세불 놈들을 이 땅에서 몰아내. 아니면 네놈들의 쓸모없는 머리통을 모조리 참수해주마.]

군주의 명령은 늦가을 서릿발과 같이 매서웠다. 클루티 제국의 신하들은 점점 더 많은 병력을 쓰리 아이즈 지역에 투입해야만 했다.

그에 비례하여 세불 제국도 점점 더 많은 병력을 쓰리 아이즈 지역으로 증파했다.

사실 군주인 클루티가 직접 움직인다면 쓰리 아이즈 탑의 폐허에 설치된 공간이동 마보를 깨뜨리는 것쯤은 일도 아니었다.

성마 단계의 군주가 나서는 순간, 세불 제국에서 12개가 아니라 24개의 군단을 동시에 출격시킨다 하더라도 막을 수가 없었다.

문제는 클루티의 손발이 모두 묶여있다는 것.

클루티는 지금 만자비문의 힘을 총동원하고 음차원의 마나를 쥐어짜서 클루티 황궁을 보호하는 중이었다. 그러면서 클루티는 가끔씩 세불 황궁을 향해서 고차원적인 마법 공격을 날리기도 했다.

이것은 세불도 마찬가지였다. 군주 세불은 클루티가 날린 고차원 마법을 파훼하여 무산시키느라 정신이 없었다. 그러다가 세불도 가끔씩 기회를 엿보아 클루티 황궁으로 역습을 가했다.

결국 2명의 군주들은 팽팽하게 서로를 견제하는 중이었다. 그러느라 그들은 자리를 이탈할 수 없었다. 다른 전장에 한눈을 팔지도 못했다.

Chapter 7

전투가 길어지는 동안, 이탄은 전쟁터에 거의 나서지 않았다. 이탄은 요제프와 이자벨라, 그리고 아군 군단장들에게 전투를 맡겼다. 그런 다음 본인은 쓰리 아이즈 탑의 폐허를 뒤지면서 정보 수집에 열중했다.

비록 쓰리 아이즈 탑은 붕괴되었지만, 그 폐허 속에는 각종 기록들이 고스란히 남아 있었다.

이탄이 전쟁 시작과 동시에 쓰리 아이즈 탑을 노린 이유도 바로 이 정보 때문이었다.

지금 이탄은 언령의 벽과 피사노의 비석을 애타게 찾고 있었다. 그와 더불어서 이탄은 큐브 모양의 마법 아이템인 아조브를 찾는 데에도 신경을 썼다.

한 달도 더 전.

그러니까 어프로칭 데이가 시작되기 이전, 이탄은 태자궁의 권력을 총동원하여 세불 제국을 뒤졌다. 혹시라도 세불 제국 내에 언령의 벽이나 피사노의 비석, 혹은 아조브가 있는지 1차적으로 훑어본 것이다.

결과는 실패.

아무래도 세불 제국 내에는 이탄이 찾는 대상이 없는 듯했다.

"그렇다면 또 다른 제국을 뒤져볼 수밖에."

이탄은 어프로칭 데이가 시작되자마자 곧장 클루티 제국으로 넘어왔다. 그리곤 전황이 어느 정도 안정되자 쓰리 아이즈 탑의 폐허에 매일같이 드나들었다. 클루티 제국의 고급정보들을 훑어보기 위함이었다.

이탄이 그렇게 노력을 했건만 제대로 건지는 것은 없었다. 이탄의 표정은 나날이 딱딱하게 굳어갔다.

"하아아, 이곳도 허탕이란 말인가? 세불 제국도 아니고 클루티 제국도 아니라면, 또 다른 제국으로 넘어가 봐야 하나?"

이탄은 손바닥으로 자신의 얼굴을 쓸어내렸다. 갑자기 급피곤해졌다.

다른 한편으로 이탄은 쓰리 아이즈 탑의 정보망을 샅샅이 뒤져서 '여섯 눈의 존재'도 검색해 보았다.

이 또한 실패.

딱히 이탄이 원하는 정보는 나오지 않았다.

"하아아~, 이것마저 없다고?"

이탄은 거듭 한숨을 내쉬었다.

그러던 어느 날이었다.

이 날도 이탄은 쓰리 아이즈 탑의 폐허를 뒤져서 오래된 홀로그램 기록 등을 찾던 중이었다.

그러다 이탄은 반쯤 영상이 지워진 홀로그램을 하나 발견했다. 이 반쪽짜리 홀로그램 속에서 이탄이 애타게 찾던 단서가 드러났다.

[으험험. 후손들은 내가 누군지 모르겠지? 으험험험. 나로 말할 것 같으면…….]

이러한 뇌파가 홀로그램 속에서 흘러나왔다. 이 홀로그램을 남긴 악마종은 자신을 클루티의 방계 황족이라고 소개했다.

얼굴이 길쭉하고 눈이 3개인 이 방계 황족은 권력에는 큰 욕심을 부리지 않았다. 그는 황족인 동시에 부정 차원 곳곳을 여행하는 여행자였다. 또한 타 제국의 정보를 수집하는 첩보원 역할도 자임했다.

삼안의 황족이 한창 디아볼 제국을 탐험할 때였다.

디아볼의 깊은 계곡에는 사시사철 번개가 내리치는 연못이 존재한다는 전설이 전해졌다. 삼안의 황족은 그 전설을 엿듣게 되었다.

갑자기 호기심이 동했을까? 그때부터 클루티의 삼안 황족은 전설 속의 번개 연못을 찾아서 온 제국을 다 누볐다. 그것도 하루 이틀이 아니라 무려 130년 이상 번개 연못을 찾아 헤맸다.

[결국 130년의 노력이 헛되지 않았으이. 으험험. 남들이

들으면 나를 미쳤다고 하겠지. 하지만 나는 결국 번개의 연못을 찾아냈다네. 크후후후.]

수염이 덥수룩한 삼안의 방계 황족은 무지막지하게 번개가 쏟아지는 연못을 홀로그램 영상으로 기록해 놓았다.

이탄은 멀뚱멀뚱 그 영상을 지켜보다가 갑자기 두 눈을 번쩍 떴다.

"어라? 저것은!"

빠직! 빠직! 빠카카카캉!

쉴 새 없이 떨어지는 번개의 연못 아래, 직사각형의 석벽이 번개 속에 잠겨 있는 모습이 엿보였다.

비록 영상이 깨끗하지 않고, 기록 시간도 짧아서 1초 만에 휙 지나가기는 했지만, 그 석벽은 분명히 언령의 벽 같았다.

"아아아, 찾았구나. 드디어 찾았어."

이탄은 감격한 듯 두 손을 마주 잡았다.

"디아볼 제국이었어. 디아볼 제국에 언령의 벽이 있었다고."

이탄이 쥐어짜듯이 소리쳤다. 어찌나 기뻤던지 이탄은 제자리에서 펄쩍펄쩍 점프하면서 머리를 마구 흔들었다. 그것만으로도 부족하여 이탄은 입을 쩍 벌리고 미친 사람처럼 괴성을 질렀다.

"우와아아악, 휘유, 휘유우~."

이 광활한 부정 차원에서 언령의 벽을 또 찾아내다니!

이건 정말 운명의 여신이 이탄을 언령의 벽으로 인도했다고밖에 설명할 길이 없었다.

"아하하하, 아하하하하."

이탄은 정말로 속이 후련했다.

이러한 이탄의 반응은 예전과는 사뭇 달랐다.

예전에 이탄이 언노운 월드나 그릇된 차원에서 언령의 벽을 발견했을 때에는 이 정도로까지 기뻐서 날뛰지는 않았다.

"솔직히 그때는 지금보다 절실함이 덜했지."

지금 이탄은 각오부터가 달랐다. 이탄은 정말로 더 강해지고 싶었다. 이탄이 이렇게 간절해진 이유는 여섯 눈의 존재 때문이었다.

Chapter 8

최근 이탄은 여섯 눈의 존재와 두 번을 연거푸 싸웠다.

두 번의 전투 가운데 첫 번째 전투에서는 이탄이 패배(?)했다. 그리고 두 번째 전투는 승패가 애매했다.

이탄이 판단키에 두 번째 전투 결과는 무승부에 가까웠으며, 이탄과 여섯 눈의 존재가 각자 얼마나 피해를 입었는지는 정확히 비교할 수가 없었다.

이탄이 나직하게 독백했다.

"한때는 내 힘에 취하기도 했었지. 몇 개의 차원을 돌아다녀 봤지만 딱히 내가 전력을 다해서 싸워야 할 상대를 발견하지는 못했어. 피사노교의 와힛이나 이쓰낸 신인, 동차원의 선8급 레벨의 대선인들, 혹은 시시퍼 마탑주나 아울 검탑의 서열 1, 2, 3위 구도자들과 한번 겨뤄보고 싶다는 호기심은 있지만, 솔직히 그들에 대한 기대치가 그렇게까지 높지는 않거든. 차라리 그릇된 차원의 늙은 왕들이 더 기대가 된다고나 할까?"

처음에 조심스럽게 굴던 이탄도 시간이 갈수록 자신의 적수가 없다고 생각했다.

그렇게 무적을 자부하던 이탄이 이곳 부정 차원에서 전혀 생각지도 못했던 강적을 맞닥뜨렸다.

여섯 눈의 존재는 이탄이 진짜로 소멸을 각오해야 할 정도로 막강했다.

'하면 그와 같은 존재가 과연 하나뿐일까?'

이탄은 이런 질문을 스스로에게 던져보았다.

'나를 소멸시킬 만큼 강력한 적이 과연 여섯 눈의 존재

하나뿐일까 말이다.'

이 질문에 대한 답은 이탄도 알 수가 없었다.

그래서 더 불안했다.

"그동안 내가 너무 무르게 살았던 거야. 세상은 넓고 강자는 많건만, 나는 세상에 그런 강자가 있는 줄도 모르고 느슨하게 살아왔더랬지."

이탄은 초심으로 돌아가기로 결심했다.

어릴 적, 이탄이 간씨 세가의 탑으로 팔려와 하루하루 생존을 걱정해야 했던 그 치열했던 순간!

이탄은 그때 그 시절을 마음에 담았다.

당시 이탄의 눈에는 늘 독기가 흘렀다. 어린 이탄은 생존율을 조금이라도 더 높일 수만 있다면 무슨 짓이든 다 했다.

"그때의 정신 상태를 되찾아야 해. 나는 결코 이대로 소멸하거나 패배자로 남을 수 없다고."

이탄은 이빨을 뿌드득 갈았다.

사실 이탄이 이렇게까지 자책할 일은 아니었다.

그동안 이탄은 결코 허송세월하지 않았다. 망령목에 머리가 매달려 언노운 월드로 넘어온 이후로 이탄은 끊임없이 노력하고 발전해왔다.

그 결과 이탄은 정상 세계의 인과율과 부정 차원의 인과율을 동시에 깨달은 유일무이한 존재로 거듭났다.

단지 무력만 따지면 이탄은 간씨 세가의 탑에서 지낼 때보다 언노운 월드에 넘어온 이후로 더 많이 발전했다.

솔직히 말해서 이탄은 본인의 무력을 증가시키는 일에는 늘 최선을 다했다. 다만 세력을 키우는 데에는 그다지 관심을 두지 않았을 뿐이었다.

이탄이 마음만 먹었더라면 은화 반 닢 기사단도 진즉에 이탄의 손에 들어왔을 것이다. 하지만 이탄은 무리해서 세력을 불리려고 하지는 않았다.

그 생각이 바뀌었다. 지금 이탄이 각오를 다진 부분도 무력이 아니라 마음가짐이었다.

독기를 품은 치열한 마음가짐.

사소한 것 하나도 놓치지 않는 마음가짐.

"나는 나보다 더 강한 강자들과 맞서 싸울 준비가 늘 되어 있어야 해. 그러자면 나 스스로도 지금보다 더 강해져야 하고, 믿을 만한 세력도 탄탄하게 갖춰놓아야지. 이 두 가지를 동시에 이루어야 하는 거야."

이탄은 마음을 단단히 다잡았다.

전쟁이 계속되면서 이탄 휘하의 군단은 16개까지 늘었다.

이자벨라와 요제프를 제외한 14명의 군단장들은 최근 한 명 한 명 이탄과 단독 면담을 가졌다. 긴급작전회의라는 핑계로 시작된 이 면담은, 사실 포교 활동이나 다름없었다.

이탄은 군단장들과의 개별 면담 시간에 일종의 무력 진단을 실시했다.

[귀관이 얼마나 강한지 내가 정확히 알아야 해. 그래야 보다 정교하게 작전 지시를 내릴 것 아니겠나?]

이탄은 이런 말로 군단장들을 설득했다.

[네에? 태자마마, 그게 무슨 말씀이십니까?]

군단장들 가운데 일부는 대놓고 떨떠름한 표정을 지었다.

'태자마마가 한밤중에 작전회의를 하자며 불러들이더니 갑자기 내 무력을 점검한다고? 이건 뭔가 이상한데.'

군단장들은 어쩐지 속이 불편했다.

물론 모든 군단장들이 이탄의 제안을 떨떠름하게 여긴 것은 아니었다. 일부 호전적인 군단장들은 이탄의 제안을 오히려 기쁘게 여겼다. 그들은 태자가 얼마나 강한지 한번 겨뤄보고 싶은 마음이었다.

그렇게 '무력 진단'이라는 미명 아래 실시된 이탄의 대련은, 14명의 군단장들을 공포로 몰아넣었다.

대련이 끝난 뒤, 군단장들의 눈에 비친 이탄은 도저히 가늠할 수 없는 철벽, 혹은 무자비한 마신 그 자체였다.

진마 최상급의 군단장 14명은 이탄에 의해서 처참하게 구겨졌고, 땅바닥에 넘어졌다.

이탄은 쓰러진 자들의 손을 잡아 먼지를 툭툭 털어주고 일으켜 주었으며, 그들의 손에 악마종의 보울을 하나씩 들려주었다.

군단장들이 이탄으로부터 보울을 받은 대가는 명확했다.

— 튬 군단에 가입할 것.
— 튬의 신도가 되어 튬의 은혜로움을 영접할 것.

14명의 군단장들은 이상 두 가지 항목이 적힌 서류에 손도장을 찍어야 했다.

이탄은 군단장들의 코피를 터뜨린 다음, 상대의 손바닥에 그 피를 꼼꼼히 발라서 서류에 쾅! 찍었다.

서류 상단에는 〈일수장부〉라는 글귀가 선명하게 박혔다. 서류 뒤의 두툼한 철에는 매일매일 도장을 찍기 위한 달력이 첨부되었다.

이탄은 14명의 군단장 한 명 한 명마다 일수 장부를 하나씩 발부했다.

14명의 군단장들은 툼 군단이 도대체 무엇인지도 몰랐다. 툼의 신도가 되면 뭘 해야 하는지도 알지 못했다. 그들은 그저 이탄에게 기가 눌려서 반강제로 도장을 찍었고, 정체불명의 집단에 가입하게 된 것이다.

14명의 신입 노예(?)들이 툼 군단에 들어온 순간, 이탄의 영혼 속에서 아나테마가 불쑥 나타나더니 요사스러운 울음을 토했다.

[끼요오옵. 툼의 신도들이 점점 늘어나는구나. 이들도 모두 네 녀석과 일수도장을 찍는 것 아니냐? 끼요오오옵. 무섭구나, 무서워.]

아나테마는 무섭다는 말을 반복하면서 부르르 몸서리를 쳤다.

제5화
어프로칭 데이 III

Chapter 1

사실 아나테마야말로 툼 군단의 1호 신도였다.

2호는 이자벨라.

3호는 루건.

4호는 수투루.

5호는 북토.

6호는 코후엠.

이들 6명 이후로 한동안 툼 군단은 숫자가 늘지 않았다.

그러다 오늘 한꺼번에 14명의 신규 신도가 생겨났다.

6 더하기 14는 20.

오늘 이탄이 14명의 군단장을 신규 신도로 받아들였으

니 툼 군단의 신도 수는 다 합쳐서 20명인 셈이었다.

여기에 군단장이자 지부장인 이탄을 더해봤자 21명밖에 되지 않았다.

이렇게 보면 툼 군단은 무척 왜소해 보이는 것이 사실이었다.

하지만 20명이라는 것은 겉보기 숫자일 뿐.

당장 이탄은 요제프 황자를 꼭두각시로 두었다. 그런데 요제프 황자를 따르는 악마종은 그 규모가 군단 단위였다.

한편 이탄의 말 한 마디면 기계적으로 명을 따르는 인형 군대도 어느새 10,000명 단위로 늘어났다.

게다가 이자벨라가 보유한 인형 군대는 이탄보다도 더 많았다.

루건, 수투루, 북토 또한 수많은 악마종들을 거느린 역마 최상급의 장수들이었으며, 이탄이 새로 영입한 14명의 신규 신도들은 그 한 명 한 명이 어마어마한 대군을 지휘하는 진마 최상급의 대영주들이었다.

다시 말해서 툼 군단의 직접적인 신도는 20명에 불과하지만, 그 아래 가지를 치고 있는 세력의 규모는 결코 만만치 않았다.

또 한 가지.

지금까지의 이탄이 비교적 온건한(?) 방법으로 포교를

해왔다면, 오늘을 계기로 이탄의 포교 방식이 완전히 강압적으로 돌아섰다.

오래 전 이탄이 트루게이스 시에서 근미래 예지 특성을 가진 소녀 티케를 모레툼 지부의 신도로 영입할 때만 하더라도 그는 티케의 의사를 몇 번이나 확인한 다음에야 비로소 그녀를 신도로 받아들였다.

오늘은 달랐다.

'네가 툼 군단에 가입하지 않으면 그 자리에서 머리통이 으스러질 거야.'

14명의 군단장들의 뇌에는 이러한 악마의 속삭임이 들리는 듯했다. 실제로 이탄이 이런 언급을 한 것은 아니지만 조성된 분위기가 그러했다.

군단장들은 도저히 헤어 나올 수 없는 공포 속에서 일수장부에 손도장을 찍었고, 그 결과 영원히 벗어날 수 없는 굴레에 갇히게 되었다.

세불 제국과 클루티 제국 사이에는 한동안 소강상태가 지속되었다.

클루티 제국은 지금 숨을 고르는 중이었다. 그런 다음 그들은 한 방에 떨쳐 일어나서 세불 제국의 침략자들을 밀어내고 이탄이 설치한 마보를 파괴하려고 계획을 세웠다.

세불 제국도 클루티 제국이 조만간 총공세를 펼칠 것이라 예견했다. 세불의 제국군은 군단장들의 지휘 아래 마보를 지키기 위한 스크럼을 단단히 짜두었다.

5월 19일.

어프로칭 데이가 시작된 지도 벌써 두 달이 다 되어갔다. 이날은 새벽부터 공기 중에 역한 피비린내가 감돌았다. 세불 행성과 클루티 행성 사이에는 어젯밤부터 세찬 폭풍이 몰아쳤다. 뿌옇게 흙먼지가 피어오르면서 두 행성 사이의 공간은 커튼을 한 장 드리운 듯 불투명하게 변했다.

[이럴 때 꼭 일이 터지던데…….]

이자벨라는 뿌연 허공을 올려다보면서 입술을 지그시 깨물었다.

최근 이자벨라는 악마종들의 보울을 꽤 많이 흡수한 상태였다. 이 가운데는 그녀가 직접 적 악마종으로부터 뽑아낸 보울도 있지만, 이탄으로부터 하사받은 보울들도 꽤 많았다. 이자벨라는 보울을 손에 넣는 족족 흡수를 하였으며, 그 결과 온몸에 음차원의 마나가 넘칠 것처럼 빵빵하게 차올랐다.

[이번 전쟁만 무사히 넘기면 진마 상급으로 무난하게 도약할 수 있을 것 같구나. 이탄 님과 붙어 다니기를 잘 했지. 히힛. 그릇된 차원에서 그냥 퍼져 지냈으면 이렇게 빨리 강

해지지 못했을 거얌. 히히힛.]

이자벨라는 뇌파로 코맹맹이 소리를 낸 다음, 이탄이 묵고 있는 숙소를 힐끗 쳐다보았다.

같은 시각, 이탄은 넓은 유리창 앞에 뒷짐을 지고 서서 뿌옇게 휘몰아치는 폭풍을 지켜보는 중이었다.

그때 둔중하게 땅이 흔들렸다. 건물들도 덩달아 흔들리면서 건물의 모서리가 대여섯 겹으로 겹쳐 보였다.

마치 이 땅에 지진이라도 일어난 듯했다.

[뭐냣?]

[지진인가? 아니면 적의 습격?]

세불 제국군은 비상사태를 대비 중이었기에 반응도 신속했다. 함대 소속 악마종들은 후다닥 마도전함에 탑승하여 전함을 가동했다. 전함의 밑단에서 푸른빛이 휘황찬란하게 뿜어졌다. 수만 기가 넘는 마도전함들이 줄줄이 허공으로 떠올랐다.

지상군에 배속된 악마종들도 눈 깜짝할 사이에 중무장을 마치고 집결했다.

군단장들은 미니 드래곤을 몰아서 부하들의 머리 위를 한 바퀴 크게 선회했다.

그때 또 한 번 대지가 흔들렸다.

이건 그냥 한 번 흔들리는 정도를 넘어섰다. 땅 속 깊은 곳에서 두두두두두— 울림이 전달되더니 이윽고 땅거죽을 뚫고서 초대형 마수가 높이 솟구쳤다. 땅을 뚫고 튀어나온 초대형 마수는 간씨 세가 세상에서 터널을 뚫는 장비를 닮았다.

쿠르르— 쿠르르르—.

마수의 대가리 부위에서는 톱날처럼 생긴 이빨들이 나선형으로 무섭게 회전하였다. 마수는 몸통이 짧고 6개의 다리는 굵었다.

마수의 몸통이 짧다는 것은, 마수의 거대한 머리통에 비해서 상대적으로 몸 길이가 짧다는 의미일 뿐, 실제 마수의 크기는 어마어마했다. 마수 한 마리의 크기는 이자벨라가 즐겨 타고 다니는 전차의 뿔과 얼추 비슷했다.

이런 마수들이 한두 마리가 아니었다. 땅속 여기저기서 솟구친 마수들은 세불 제국군을 닥치는 대로 갈아버렸다.

아무리 튼튼한 갑옷을 입은 악마종들도 마수에게 걸리면 버티지 못하고 갑옷 째 통째로 갈렸다.

마수들은 6개의 굵직한 다리로 땅거죽을 꽉 움켜잡고는 세불 제국군을 헤집었다. 땅속에서 갑자기 뛰쳐나온 초거대 마수들 때문에 세불 제국군은 스크럼이 깨졌다.

Chapter 2

적들은 그 틈을 놓치지 않았다.

[이때가 기회다. 어서 병력을 투하하라.]

[세불 놈들이 주춤했을 때 놈들의 방어선을 깨뜨려야 한다.]

클루티 제국의 군단장들은 초거대 마수들의 머리 꼭대기를 밟고 서서 부하들을 독려했다.

그러자 아래쪽으로 축 늘어져 있던 마수의 촉수가 꿈틀 솟구쳤다. 그 촉수 구멍으로부터 클루티 제국의 악마종들이 줄줄이 뛰쳐나왔다.

세불 제국의 군단장들도 마주 소리를 질렀다.

[클루티 놈들이 쳐들어왔다.]

[놈들을 물리치고 마보를 지켜내야 한다.]

여러 군단장들이 전쟁터 곳곳에서 악을 썼다.

세불 제국의 군단장들은 단지 부하들만 다그치는 것이 아니었다. 그들이 직접 나서서 적들과 맞서 싸웠다.

악룡족 출신 군단장은 평소의 모습을 버리고 본체를 드러내었다. 거대한 목 3개가 기둥처럼 우뚝 솟았다.

그 목의 끝에는 각기 다른 색깔의 드래곤 머리가 하나씩 자리했다.

악룡족 군단장은 길고 굵은 목을 구불텅 움직이더니, 붉은 머리에서는 용암이 뚝뚝 떨어지는 브레스를, 까만 머리에서는 시커먼 쇳가루를, 마지막으로 녹색의 머리에서는 초록빛의 독연기를 내뱉었다.

화르르륵!

화염이 넓게 퍼지면서 클루티의 병사들을 불태웠다.

쿠콰콰콰!

쇳가루가 폭풍이 되어 몰아치면서 클루티 병사들을 퍽퍽 뚫었다.

쏴아아아—.

초록빛깔의 독연기는 더 넓게 퍼지면서 적병들을 중독시켰다.

이윽고 이 세 가지 브레스가 하나로 뭉쳐서 삼색의 소용돌이를 만들었다. 소용돌이기 빙글빙글 회전하면서 날아가 클루티 제국이 풀어놓은 초거대 마수를 강타했다.

초거대 마수도 물러서지 않았다. 마수는 톱니 모양의 이빨을 더욱 빠르게 회전하면서 악룡족 군단장이 쏘아낸 삼색의 브레스와 정면으로 충돌했다.

한편 악룡족 군단장에 이어서 거인족 군단장도 전쟁터에 직접 뛰어들었다. 거인족 군단장이 발을 쿵쿵 내딛자 그의 발밑에서 넝쿨처럼 생긴 마계식물이 쑥쑥 자라나더니 적들을 향해 줄기를 뻗었다.

[끄아악, 살려줘—.]

넝쿨에 휘감긴 적병들이 땅속으로 쭉 딸려 들어가면서 비명을 질렀다. 질긴 넝쿨은 눈 깜짝할 사이에 주변 수 킬로미터 영역을 뒤덮었다. 그런 다음 클루티 제국의 초거대 마수에게 달려가 마수의 몸뚱어리를 칭칭 휘감았다.

세불 제국의 또 다른 군단장은 8개의 굵직한 팔뚝으로 클루티 제국의 마수를 꽉 끌어안고는 빠르게 회전 중인 이빨을 손으로 짓눌러서 망가뜨리려고 들었다.

그에 맞서서 클루티 제국의 초거대 마수도 이빨을 마구 들이밀며 싸웠다. 살점 갈리는 소리와 괴성 소리가 시끄럽게 뒤섞였다.

양측이 치열하게 부딪치는 동안, 얼굴에 시커먼 가면을 쓴 악마종들이 전쟁터로 스며들었다.

요제프가 가면을 쓴 악마종들을 발견했다.

[저놈들이 마보를 폭파시키려 한다. 놈들의 침투를 막아랏.]

요제프의 명이 떨어지기 무섭게 마보 주변에 반투명한 보호막이 일어났다. 그 앞에는 중무장한 악마종들이 여러 겹으로 스크럼을 짰다.

이 대응이 어찌나 빨랐던지 클루티 제국의 가면 악마종

들의 작전은 실패한 듯 보였다.

사실은 그렇지 않았다. 가면 악마종들은 처음부터 마보를 노린 것이 아니었다. 클루티 제국이 세운 전략은 다음과 같았다.

첫째, 초거대 마수들을 대거 동원하여 땅굴을 판다.

둘째, 초거대 마수들과 일반 마병들이 최대한 거칠게 날뛰어서 세불 제국 군단장들의 시선을 끈다.

셋째, 그때 가면부대를 적진에 투입한다.

넷째, 세불 제국군이 마보를 보호하려고 병력을 집결시키는 동안, 가면부대는 적진 한복판에서 아군의 공간이송 마보를 개방한다.

이상의 전략이 제대로 먹혀들었다.

원래 세불 제국은 이탄이 설치한 마보를 중심으로 16개의 군단을 빙 둘러 배치해 놓았다.

한데 클루티 제국은 이 원형의 진영 안에 자신들의 마보를 설치해버린 것이다.

클루티 제국의 공간이송 마보가 빛을 번쩍 뿜은 순간, 세불 제국의 군단장들은 소스라치게 놀랐다.

[어억? 저게 뭐야?]

[클루티 놈들이 아군 진영 한복판에 공간이송 마보를 설치했잖아?]

[이런 빌어먹을, 우리의 작전을 따라하다니!]

세불의 군단장들은 초거대 마수들을 퇴치하다 말고 후다닥 방향을 안쪽으로 돌렸다.

지금까지 세불 제국은 원형진 안에 똘똘 뭉쳐서 바깥쪽의 적들만 신경을 썼다.

그런데 원형진의 안쪽에서 적의 공간이송 마보가 개방되었으니 이제 안팎에서 적을 맞은 셈이었다. 세불의 군단장들은 가슴이 철렁했다.

아니나 다를까, 클루티 제국의 마보가 휘황찬란한 빛기둥을 내뿜었다. 그 빛기둥 속에서 클루티 제국 특유의 밤색 마도전함들이 등장했다.

이 전함들은 이내 대규모 이송마법진을 구축하여 클루티 제국군을 군단 단위로 공간이동시키기 시작했다.

이탄이 써먹었던 전략 그대로를 적들도 써먹는 셈이었다.

[안 돼! 어서 놈들을 막아랏. 클루티의 군단이 우리의 진영 안쪽에 파고들도록 내버려둬서는 안 된다.]

요제프가 악을 썼다.

콰릉!

이자벨라는 순백색의 전차를 몰아서 클루티 제국의 마도전함들에게 달려들었다. 육중한 전차로 적 함대를 들이받아서 추락시키겠다는 것이 이자벨라의 의도였다.

그에 대응하여 적 전함들이 광선을 마구 쏘았다. 순백색의 전차 앞에서 불똥이 마구 튀었다. 전차를 보호하는 마법 보호막이 금방이라도 찢어질 것처럼 마구 흔들렸다.

그렇게 이자벨라의 전차가 집중사격을 받는 사이, 머리가 셋 달린 악룡족 군단장이 클루티 제국의 마도전함들을 향해서 삼색의 브레스를 날렸다. 빙글빙글 회전하면서 날아간 브레스가 마도전함 몇 기를 추락시켰다.

그때 이미 대규모 공간이동 마법진은 가동을 끝마친 상태였다. 클루티 제국에서 가장 사납기로 유명한 지옥견 군단이 세불 제국 진영 한복판에 나타났다.

Chapter 3

크왕!

무시무시한 포효와 함께 머리가 9개나 달린 거대한 지옥견이 등장했다. 시뻘건 눈알 18개를 번들거리면서 나타난 지옥견은 온몸에 화염을 휘감고 있었으며, 발바닥으로부터 어깨까지 높이는 구름을 뚫고 솟구칠 정도였다.

이 아홉 머리의 구두견이야말로 지옥견 군단을 지휘하는 군단장이었다.

구두견이 거대한 덩치를 풀쩍 날려서 이자벨라의 전차와 맞부딪쳤다. 구두견의 온몸에서 뿜어진 화염이 해일처럼 퍼져나가면서 주변을 휩쓸었다. 구두견의 9개 머리는 흉측한 이빨을 내밀어 순백의 전차를 물어뜯었다.

이자벨라의 전차가 제아무리 그릇된 차원에서 손꼽히는 병기라고 하나, 구두견의 공격을 받아낼 정도는 아니었다.

구두견은 클루티 제국의 귀족들 중에서도 세 손가락 안에 꼽힐 정도로 강한 악마종이었다. 진마 최상급의 군단장들도 구두견과 1대 1로 맞서 싸우는 것은 꺼렸다. 그러니 진마 중급에 불과한 이자벨라가 그 공격을 받아낼 리 없었다.

크르렁, 크와왕! 컹컹컹!

구두견의 아홉 머리가 제각기 으르렁거리며 이자벨라의 전차를 깨물었다.

[꺄악!]

전차 안에서 이자벨라가 비명을 질렀다.

그 순간 이탄이 유령처럼 나타났다.

[이게 어디서 날뛰어?]

이탄은 말테의 모습으로 등장하더니 구두견의 거대한 뒷다리를 붙잡아 뒤로 확 당겼다.

구두견은 온몸이 화염이라 손으로 붙잡는 것이 불가능해 보였다. 그런데 이탄은 그런 불덩어리를 맨손으로 붙잡아 끌어당겼다.

순간적으로 구두견의 뒷발이 뒤로 획 딸려왔다.

구두견의 어마어마한 크기에 비하면 이탄이 잡아당긴 거리는 불과 1, 2미터에 불과했다. 이 정도 거리 비율이면 구두견의 뒷발은 거의 움직이지도 않은 셈이었다. 외부에서 보기에는 그저 구두견의 뒷발에 나 있는 털이 조금 늘어난 것처럼만 보였다.

실제로는 이와 달랐다. 구두견의 뒷다리는 뼈째 뒤로 이동되었으며, 그 순간 이탄이 반대편 손날로 구두견의 뒷다리를 내리찍었다.

쩍!

소름 끼치는 소리와 함께 구두견의 뒷발톱이 쪼개졌다. 발톱에 이어서 구두견의 뒷다리 뼈가 세로로 쩌억 금이 갔다.

끼양!

엄청난 고통에 구두견이 18개의 눈을 부릅떴다.

[크아앙, 이런 미친놈잇!]

구두견은 불덩이 같은 눈알로 이탄을 노려보면서 으르렁거렸다. 구름 위에서 불쑥 하강한 9개의 머리가 이탄을 향해서 빠르게 달려들었다.

이탄은 피하지 않았다.

구두견이 내뱉은 숨결이 고온의 화염이 되어서 이탄을 불태웠다.

이탄은 그 숨결도 피하지 않았다.

지금 이탄이 입고 있는 의복은 태자의 전용 전투복으로 열기와 냉기에 모두 강했다. 구두견의 숨결쯤은 거뜬히 버텨주었다.

구두견의 9개 머리 가운데 우하단(오른쪽 아래 부분)에 위치한 머리가 가장 먼저 이탄에게 달려들었다.

구두견의 우하단 머리는 아가리를 크게 벌려서 이탄을 그대로 집어삼키려 들었다. 구두견의 머리통이 어찌나 컸던지 녀석은 이탄뿐 아니라 이탄 주변의 흙과 나무도 함께 아가리에 처넣었다.

그 순간 구두견의 우하단 머리의 입천장에서 폭발이 일었다.

뻥!

가죽 터지는 소리와 함께 구두견의 우하단 입천장을 뚫고서 이탄이 튀어나왔다. 이탄은 상대의 입천장을 뚫고 콧잔등 위로 뛰쳐나온 다음, 수백 미터 앞에서 이글거리는 상대의 눈알을 바라보았다.

구두견은 머리 하나의 길이가 1 킬로미터가 넘는지라 이탄이 뚫고 나온 곳으로부터 상대의 눈알이 위치한 곳까지는 수백 미터 이상이었다.

이 수백 미터는 그냥 수백 미터가 아니었다. 구두견의 콧잔등 털에서는 화염이 펑펑 솟구쳤다.

후—왕—.

이탄은 한 줄기 질풍이 되어 적의 눈알을 향해 몸을 날렸다. 이탄의 속도가 어찌나 빨랐던지 주변의 화염이 이탄에게 슈라락— 빨려들었다.

이탄은 그렇게 벼락처럼 날아서 구두견의 눈알로 뛰어들었다.

크헝!

눈알이 터지자 구두견이 괴성을 질렀다.

이탄은 시뻘건 용암과도 같은 구두견의 눈알을 단숨에 관통한 다음, 상대의 시신경 다발을 뚫고 뇌로 파고들었다.

구두견은 어깨 높이만 수 킬로미터가 넘는 거대 악마종이었다. 이렇게 덩치가 큰 악마종과 싸우려면 이탄도 거신을 소환하는 편이 효율적이었다.

이 사실을 잘 알면서도 이탄은 거신강림대진을 자제할

수밖에 없었다.

'지금 나는 말테의 모습을 하고 있지. 그러니까 거신강림대진이나 백팔수라를 사용하는 것은 곤란해. 다소 귀찮고 시간이 걸리더라도 일일이 찢어줄 수밖에.'

이탄은 이런 생각으로 상대의 뇌에 파고들었다.

크왕! 크왕! 크와아앙!

구두견이 발광을 했다. 특히 우하쪽의 머리가 유별나게 난동을 부렸다.

두개골 속에 이탄이 파고들어 뇌를 마구 휘젓고 다니니 발광을 할 수밖에.

구두견의 우하단 머리는 이내 침을 질질 흘리면서 맛이 갔다. 그곳의 눈알 하나는 시뻘건 피를 뚝뚝 흘렸다.

그 피가 땅에 떨어지면서 치이이익 연기를 피워 올렸다. 구두견은 털뿐만이 아니라 피도 용암처럼 뜨거웠다.

이탄이 구두견의 뇌 하나를 곤죽으로 만들고 두개골에 구멍을 숭숭 뚫는 데 걸린 시간은 거의 10분이 약간 넘었다. 구두견이 워낙 크다 보니 이 정도 시간이 걸릴 수밖에 없었다.

잠시 후, 이탄은 구두견의 왼쪽 눈알을 터트리면서 밖으로 튀어나오더니, 허공에서 그대로 방향을 틀었다.

크왕!

구두견이 거대한 앞발을 휘둘러서 이탄을 후려쳤다.

이탄은 눈앞으로 확 다가오는 시뻘건 발바닥을 그대로 관통하여 하늘로 솟구친 다음, 상대방의 우중간 머리로 뚫고 들어갔다.

크와앙!

이번에는 구두견의 우중간 머리가 자지러졌다. 구두견의 나머지 머리들도 잔뜩 분노하여 온 사방에 시뻘건 용암을 마구 뿌렸다.

Chapter 4

구두견이 지랄발광을 하는 동안, 이탄은 여유롭게 상대의 뇌를 짓뭉개고 두개골에 구멍을 내주었다.

두개골에 뚫린 수십 개의 구멍으로부터 허연 뇌수가 줄줄 흘러내렸다. 구두견의 우중간 머리도 혀를 길게 빼어 물고 축 늘어졌다.

이탄은 상대의 눈알을 터뜨리면서 뛰쳐나오더니 이번에는 우상단 머리로 파고들었다.

구두견이 눈꺼풀을 질끈 감아 이탄의 침투를 차단하려 들었다. 구두견은 7개의 머리를 마구 흔들어 이탄을 피해

보려고도 시도했다.

소용없는 짓이었다.

[뚫고 들어갈 데가 어디 눈알뿐이랴?]

이탄은 코웃음을 한 번 친 다음, 구두견의 목줄기를 뚫고 들어갔다.

이탄이 상대의 경동맥을 타고 헤엄쳐서 뇌로 침투했다.

크랑! 크랑! 끄아아앙!

구두견이 또다시 나뒹굴었다.

그렇게 10분가량이 흐르자 구두견의 우상단 머리도 혀를 쭉 빼어물었다. 우상단의 눈도 스르륵 감겼다.

이제 구두견은 참을 수 없는 공포에 잠식당했다. 그는 클루티 제국 최강의 군단을 이끈다는 자부심도 내팽개쳤다.

구두견이 깨개갱 소리를 내면서 내빼자 그의 부하들이 당황했다.

[어엇? 군단장님 어디 가십니까?]

[군단장님? 군단장님?]

미친 듯이 도망치는 구두견의 앞을 세불 제국의 악룡족 군단장이 가로막았다.

[이놈! 어딜 도망치느냐? 나와 한번 싸워보자.]

구두견이 클루티 제국에서 소문난 미친개라면, 악룡족 군단장도 세불 제국에서 몇 손가락 안에 꼽히는 전투광이었다. 악룡족 군단장이 3개의 머리를 구름 아래로 내뻗어서 삼색의 브레스를 쏘았다.

구두견은 상대의 브레스를 온몸으로 맞으면서 그대로 내뺐다.

[앗! 이놈, 비겁하게 도망을 치다니.]

악룡족 군단장이 황급히 날개를 펼쳐서 구두견을 뒤쫓았다.

그러는 동안 구두견의 중앙 상단의 머리가 축 늘어졌다. 구두견은 벌써 네 번째 뇌를 잃었다.

이탄이 구두견의 눈알을 뚫고 튀어나왔다가 중앙 머리로 파고들었다.

크왕!

구두견이 앞으로 고꾸라지면서 세 바퀴를 뒹굴었다. 수 킬로미터나 되는 거대 악마종이 뒹굴자 그 아래쪽의 악마종 병사들 수천 명이 한꺼번에 떼몰살을 당했다.

악룡족 군단장이 하늘에서 날아내리면서 날카로운 발톱으로 구두견의 몸통을 콱 내리찍었다.

구두견은 4개의 아가리를 동시에 벌려서 악룡족 군단장을 물어뜯었다.

악룡족 군단장도 3개의 아가리를 마주 벌려서 구두견의 몸통을 물었다.

그때였다.

어마어마한 폭음과 함께 구두견의 중앙 머리가 폭발했다. 사방으로 피와 뇌수가 튀었다. 폭발이 어찌나 거셌던지 구두견의 핏물 가운데 몇 방울은 수십 킬로미터 밖까지 날아갔다.

그 폭발 속에서 이탄이 둥실 떠올랐다. 이탄의 주변에는 음차원의 마나가 구체를 이루면서 후광처럼 자리했다.

[태, 태자마마.]

악룡족 군단장이 침을 꿀꺽 삼켰다. 악룡족 군단장은 구두견의 가슴을 물고 있다가 슬그머니 놓았다.

이탄이 이글거리는 눈으로 악룡족 군단장을 노려보았다.

[태자마마.]

악룡족 군단장이 찔끔하여 머리를 숙였다.

이탄이 으스스하게 뇌까렸다.

[나는 내가 찜한 먹잇감을 남이 가로채는 걸 싫어하는데.]

[저는 몰랐습니다. 태자마마께서 이자의 머릿속을 갉아먹고 계신지 정말 몰랐습니다.]

악룡족 군단장이 황급히 사과했다.

이탄은 여전히 냉랭한 표정으로 뇌파를 이었다.

[이 강아지 녀석의 머리 하나하나마다 보올이 한 개씩 들

어있더라고. 그래서 일부러 터뜨려버리지 않고 조심스럽게
빼내던 참이었는데, 네가 끼어드는 바람에 화딱지가 나서
한 개를 그냥 날려버렸잖아.]

[죄, 죄송합니다.]

악룡족 군단장은 겁이 나서 말까지 더듬었다.

이탄이 턱짓을 했다.

[가봐.]

[네?]

[뭐해? 이놈은 내 먹이니까 다른 곳으로 꺼지라고.]

[네넵.]

겁이 덜컥 난 악룡족 군단장은 날개를 활짝 펼쳤다. 그의
날개는 하늘을 뒤덮을 듯이 거대했다. 악룡족 군단장은 허
공으로 풀쩍 뛰어오른 뒤, 최대한 이탄으로부터 멀리 떨어
진 곳으로 날아갔다.

[방해꾼이 사라졌으니 이제 다시 해보자.]

이탄이 허공에서 밑을 내려다보았다. 그곳에는 4개의 머
리만 남은 구두견이 드러누워서 헥헥거리는 중이었다.

[해보다니? 뭘? 아, 안 돼!]

구두견 군단장이 비명을 질렀다.

그때 이미 이탄은 상대의 중앙 하단 머리를 뚫고 뇌로 파
고든 상태였다.

구두견은 또다시 데굴데굴 구르면서 지랄발광을 했다.

결국 이탄은 한 시간에 걸쳐서 구두견의 머리 8개를 모두 헤집었다. 그 결과 이탄은 영롱한 보울을 8개나 적출하는 데 성공했다.

클루티 제국의 맹수라 불리던 구두견은 9개의 머리를 모두 잃은 채 축 늘어진 시체 신세로 전락했다.

이탄이 구두견의 뇌를 헤집어 보울을 적출하는 행동이 어찌나 살벌했던지 그의 주변으로는 아무도 접근하려 들지 않았다.

물론 구두견이 발광을 한 탓도 컸다.

덕분에 이탄이 피범벅인 모습으로 구두견의 시체에서 빠져나왔을 때는 그 주변에 텅 빈 공터가 형성되었다.

"흐음. 어디 보자."

이탄은 주변을 휙 둘러보더니 새로운 목표를 포착했다. 지네처럼 생긴 적 군단장이 이탄의 새로운 목표로 결정되었다.

Chapter 5

클루티 제국은 세불 진영 내부에서 기습적으로 마보를

개방했다. 공간이동 마보가 열리자 클루티 제국의 7개 군단이 물밀 듯이 세불 진영 내부에 침투했다.

이와 동시에 클루티 제국은 17개 군단을 동원하여 세불 제국군의 외곽을 빙 둘러쌌다.

안에서 7개 군단.

밖에서 17개 군단.

총 24개의 클루티 군단이 세불 제국군을 안팎에서 공략하는 셈이었다.

이에 맞서는 세불 제국군은 태자 직할군까지 포함해도 16개 군단에 불과했다. 세불군은 위치상으로도 불리할 뿐 아니라 숫자로도 상대에게 밀렸다. 세불 제국의 군단장들은 어금니를 꽉 물고 부하들을 독려했다.

[버텨라. 본 행성에 지원군을 요청했으니 곧 지원이 올 게다.]

[싸워라. 어차피 우리에게는 후퇴할 곳이 없다. 이빨을 꽉 물고 클루티 놈들과 맞서 싸우라고.]

군단장들의 뇌파를 들은 세불 제국의 악마종들은 죽을 각오를 하고 적과 싸웠다.

이자벨라와 루건, 북토도 피를 철철 흘리며 싸우고 또 싸웠다. 다들 입에서 단내가 풀풀 풍겼다.

그 옆에서는 코후엠이 연신 욕을 뱉었다.

[씨팔. 씨팔. 내가 어쩌다 이 지옥에 끌려와서 이 꼴을 겪는단 말인가?]

코후엠은 정말이지 울고 싶었다.

지금으로부터 두 달 전, 코후엠은 이탄의 특명을 받고 클루티 제국에 침투했다. 당시 코후엠은 우여곡절 끝에 클루티 제국의 4군사령부 외곽에 도착하였으며, 내부로 파고들 궁리를 하던 중이었다.

그런데 갑자기 클루티군의 핵심 정보부처에서 일이 터졌다. 쓰리 아이즈 탑에 세불 제국군에게 점령을 당한 것이다.

그 즉시 4군사령부 전체에 비상경계령이 떴다. 코후엠이 침투해볼 여지는 완전히 차단되었다.

사실 쓰리 아이즈 탑이 세불 제국군에게 점령당한 것은 이상한 일이었다. 쓰리 아이즈 탑의 정확한 위치는 클루티 제국의 하급 귀족들도 모르는 극비사항이었다.

그런데 그 위치를 어찌 알았는지 세불 제국군이 쓰리 아이즈 탑에 침투하여 공간이동 마보를 개방했다는 것이다. 이 소식을 듣자마자 코후엠은 황급히 계획을 수정하여 세불 제국군과 합류했다.

그게 불과 보름 전의 일이었다.

어찌어찌 부대에 복귀한 뒤, 코후엠은 그동안의 고생도 제대로 인정받지 못한 채 이탄의 곁에 머물렀다. 코후엠은 하루빨리 이 전쟁이 끝나고 안전한(?) 고향으로 돌아가고 싶은 마음뿐이었다.

코후엠의 고향인 그릇된 차원은 약자가 강자에게 잡아먹히는 살벌한 정글이었으나, 이곳 부정 차원에 비하면 천국이나 다름없었다.

최소한 코후엠은 그렇게 생각했다.

그런데 코후엠의 소박한 꿈마저 물거품이 되었다. 클루티 제국은 뱀이 웅크리고 있는 것처럼 소강상태를 유지하다가 갑자기 들이닥쳐서 세불 제국군을 일거에 공격했다.

그 바람에 코후엠도 전쟁의 참화에 휘말렸다. 코후엠은 강한 악마종들 틈에 끼어서 꾸역꾸역 싸울 수밖에 없었다.

[씨팔, 씨팔.]

코후엠은 수많은 적들과 맞서 싸우면서 연신 욕을 뱉었다.

그때 박쥐처럼 생긴 악마종이 붉은 날개를 활짝 펴고 코후엠을 측면에서 들이받았다.

코후엠도 살려고 발악을 했다. 코후엠은 수인화(사자의 얼굴에 사람의 몸)를 한 상태에서 뿔 2개로부터 강력한 빛을 내뿜었다.

뿔에서 쏟아진 빛과 코후엠의 손바닥에서 튀어나온 빛이 하나로 합쳐지면서 강력한 광입자 공격을 퍼부었다.

퍼엉!

박쥐형 악마종은 코후엠의 광입자 공격에 맞아서 날개 한쪽이 타버렸다.

[끼야악!]

박쥐형 악마종은 날개를 잃은 분노를 코후엠에게 퍼부었다. 벼락처럼 빠르게 달려든 악마종이 날카로운 손톱으로 코후엠의 가슴을 그었다.

[끄악.]

이번에는 코후엠이 비명을 터뜨렸다.

리종 일족 특유의 뛰어난 치유력도 악마종들에게는 잘 통하지 않았다. 박쥐형 악마종에게 긁힌 상처 부위로부터 독이 퍼지면서 살이 썩었다. 코후엠이 세포를 재생하는 속도보다도 살이 썩어들어가는 속도가 더 빨랐다.

[끼익, 킥킥킥. 네놈은 피가 달게 생겼구나. 끼이이익.]

박쥐형 악마종은 뒤로 나자빠진 코후엠의 가슴을 발로 밟고는 기괴하게 웃었다. 그런 다음 뾰족한 이빨로 코후엠의 심장을 물어뜯으려 들었다.

[크으으윽, 제기랄. 이 코후엠이 이렇게 개죽음을 당해야 한단 말인가.]

코후엠의 두 눈이 절망으로 물들었다. 코후엠의 가슴 언저리에서는 상대의 끔찍한 숨소리가 들렸다.

코후엠은 눈을 질끈 감았다.

그 위기의 순간,

뻥!

가죽 북 터지는 소리와 함께 박쥐형 악마종의 머리통이 터져버렸다. 코후엠은 상대의 터진 머리통에서 흘러나오는 피를 흠뻑 뒤집어썼다.

질풍처럼 날아와 박쥐형 악마종의 뒤통수를 터뜨린 이는 이탄이었다. 이탄은 손을 뻗어 상대의 머리를 터뜨린 다음, 벼락처럼 손을 아래로 내리그었다.

박쥐형 악마종의 척추가 이탄의 손끝에 걸려서 우두둑 부서졌다. 이탄은 상대방의 가슴까지 손을 훑은 뒤, 상대의 내장을 주물럭거려서 보울을 빼냈다.

박쥐형 악마종은 역마 최상급이었다. 그것도 그냥 최상급이 아니라 한 발짝만 더 내디디면 진마가 될 수 있는 수준이었다. 박쥐형 악마종은 감히 이탄과는 비교할 수 없지만, 그래도 코후엠보다는 더 강자였다.

[자, 받아.]

이탄은 박쥐형 악마종의 가슴에서 빼낸 보울을 코후엠에게 던져주었다.

[이걸 왜?]

코후엠은 보울을 두 손으로 받더니 눈을 끔뻑거렸다.

이탄이 코후엠에게 턱짓을 했다.

[뭐해? 빨리 흡수하지 않고서.]

[네에?]

코후엠이 눈을 동그랗게 떴다.

이탄이 무심한 듯 툭 말을 뱉었다.

[독이 퍼지기 전에 그 보울을 흡수하면 쉽게 해독이 될 거다. 덤으로 네 무력도 더 강해지겠지.]

이탄은 이 말을 남긴 채 다른 전투장으로 떠나버렸다.

Chapter 6

코후엠은 이탄이 사라진 곳을 멀뚱멀뚱 바라보다가 이탄에게 받은 보울을 쭈욱 흡수했다. 악마종 특유의 마력이 코후엠의 몸속으로 스며들었다.

매콤하면서도 알싸한 이 느낌!

온몸의 피가 부글부글 들끓어 오르는 듯한 이 희열!

조금 전까지 코후엠의 살을 썩게 만들던 맹독은 어느새 중화되었다. 가슴팍에서 느껴지던 고통도 씻은 듯이 사라졌다.

[으으윽.]

코후엠의 눈가가 붉게 달아올랐다. 코후엠의 몸속에서는 투두둑 투두둑 소리가 울렸다. 그의 내부에서 무언가가 뜯어지는 듯한 소음이었다.

이윽고 코후엠의 얼굴 가죽이 쩍쩍 터졌다. 잘게 갈라진 피부 부스러기가 코후엠의 전신에서 후두둑 떨어졌다. 그 속에서 새 살이 돋았다. 코후엠의 몸에서는 휘황찬란한 빛이 쏟아졌다.

드디어 코후엠이 벽을 돌파한 것이다.

역마 상급에서 역마 최상급으로!

코후엠은 단숨에 무력 수준이 한 단계 올라갔다.

이탄 덕분이었다.

코후엠의 인생, 아니 몬스터생이 꼬이기 시작한 것은 분명 이탄 때문인데, 코후엠이 단숨에 성장한 것 또한 다분히 이탄의 공이었다.

'저게 원수야, 은인이야? 끄으응.'

코후엠은 머릿속이 헝클어졌을 뿐 아니라 심경도 복잡했다.

[우이 씨.]

이탄이 사라진 곳을 더듬는 어린 리종의 눈빛은 여러 가지 감정을 동시에 담고 있었다.

꽈앙!

금속 터지는 소리가 귀청을 찢었다.

[크왁!]

불곰을 닮은 외모에 온몸이 금속으로 이루어진 클루티 제국의 악마종이 뒤로 날아갔다. 악마종의 복부는 강한 압력에 금속용기가 찢어지기라도 한 것처럼 터져서 피가 줄줄 흘렀다.

불곰형 악마종만 멀리 날아간 것이 아니었다. 주변에 있던 악마종 수십 명이 한꺼번에 휘말려 수백 미터를 날아가더니, 땅바닥에 거칠게 패대기쳐졌다.

[크으윽, 이럴 수가.]

불곰형 악마종이 비틀비틀 상체를 바로 세웠다. 그를 제외한 나머지 주변의 악마종들은 조금 전의 충격에 즉사한 상태였다.

불곰형 악마종의 머리 위에는 어느새 짙은 그림자가 드리웠다.

매끈한 대머리에 체격이 건장한 악마종이 50 센티미터 높이에 떠서 거만하게 팔짱을 낀 채 지상을 굽어보았다. 여유롭게 허공에 떠 있는 악마종의 정체는 다름 아닌 말테 황태자, 즉 이탄이었다.

[으으으. 너무 강하구나!]

불곰형 악마종이 부르르 몸을 떨었다.

불곰형 악마종은 비록 머리에 뿔도 나지 않았고 다른 악마종들에 비해서 그다지 강해 보이지 않지만, 사실 진마 최상급의 고위 귀족이었다. 또한 그는 클루티 제국의 군단장 가운데 한 명이기도 했다.

평소 불곰형 악마종은 방어력만큼은 군단장들 가운데 그 누구에게도 뒤처지지 않는다고 자부했다.

그 믿음이 와장창 깨졌다.

이탄이 뱀처럼 S자를 그리면서 불곰형 악마종의 복부를 후려친 순간, 그의 복부는 사방으로 터져나갔다. 내장도 산산이 찢겼다. 불곰형 악마종은 불신과 공포가 뒤섞인 눈빛으로 이탄을 올려보았다.

[으으으, 진마 최상급이라면 이렇게 강할 수가 없다. 설마 성마란 말인가?]

[헉! 성마?]

[말도 안 돼.]

주변에 있던 클루티 악마종들이 비명을 질렀다.

상대가 성마라면 이번 전쟁은 승패가 뻔했다. 클루티 제국이 아무리 병력을 쏟아붓는다고 하더라도 성마를 막을 수는 없었다.

세상에 성마와 맞서 싸울 수 있는 존재는 오로지 같은 성마들뿐,

성마보다 하위 악마종들은 숫자가 아무리 많더라도 성마를 당해낼 수가 없는 것이다. 따라서 이탄이 성마급의 강자라면 클루티 제국에서는 군주가 직접 나서서 저지하는 수밖에 없었다.

이탄의 주변은 어느새 텅 비었다. 클루티 제국의 악마종들은 부랴부랴 뒷걸음질을 쳐서 이탄으로부터 멀어졌다. 오직 불곰형 악마종만이 가물거리는 눈으로 이탄을 올려다볼 뿐이었다.

이탄이 손을 뻗었다. 그의 눈 속에서 4개의 눈동자가 진한 황금빛을 뿌렸다.

[으으으.]

불곰형 악마종은 마치 투명한 손에 붙잡히기라도 한 것처럼 허공으로 둥실 떠올라 이탄의 손에 멱살이 붙잡혔다.

이탄은 오른손으로 상대의 멱살을 잡고 왼손으로는 상대의 뱃속을 휘저어 보울이 어디 있는지 찾았다.

불곰형 악마종의 얼굴이 푸들푸들 떨렸다.

[아, 안 돼! 제바알—.]

불곰형 악마종이 아무리 애원해도 이탄은 듣지 않았다.

잠시 후, 이탄의 손에 보울 3개가 뽑혀 나왔다. 이제 이탄이 보유한 진마 최상급의 보울은 총 17개로 늘었다.

[끄아악, 안 된다. 보울만은 절대 안 돼. 크악!]

불곰형 악마종은 마지막까지 발악을 하다가 결국엔 머리통이 터져서 죽었다. 이탄의 눈동자 속에서 황금색 고리 4개가 튀어나오더니 직경 50 센티미터까지 늘어났다. 그 황금색 고리 4개가 불곰형 악마종의 머리를 꽉 조여서 터뜨려버렸다.

눈동자 속에 단단한 황금 고리를 만들어 두었다가 무기로 써먹는 것은 말테 황태자의 주특기 가운데 하나였다.

이탄은 말테와 동화한 이후로 말테가 즐겨 사용하던 마법이나 권능도 고스란히 흡수했다. 안광을 통해서 방출하는 황금 고리도 그중 하나였다.

이탄이 허공에서 스르륵 움직였다.

백색 비늘을 가진 미니 드래곤이 재빨리 날아와 이탄의 발밑에 자신의 머리를 공손히 들이밀었다.

이탄은 화이트 드래곤의 머리를 밟고 서서 오만하게 팔짱을 꼈다.

이탄이 드래곤을 타고 다가오자 클루티 제국의 악마종들이 황급히 거리를 벌렸다. 역마급 악마종은 물론이고 진마단계의 악마종들도 이탄과 맞서 싸울 엄두를 내지 못했다.

심지어 적 군단장들도 이탄이 나타나면서 도망치기에 급급했다.

그렇게 이탄이 전장을 헤집고 다닌 덕분에 전황이 180도 바뀌었다.

조금 전까지만 하더라도 클루티 제국은 공간이동 마보를 통해서 세불 제국군을 강하게 압박했다.

안팎에서 동시에 대군이 몰아붙이자 세불 제국군은 위기에 빠졌다.

지금은 전황이 반대로 바뀌었다.

세불 제국군은 밖에서 밀려드는 적군들을 단단하게 막아 내었다. 그 사이 이탄은 아군 진영 내부에 침투한 적 군단 7개를 하나씩 공략했다.

Chapter 7

[크아악!]

찢어지는 비명이 울렸다. 이탄의 손에 의해 또 한 명의 적 군단장이 죽었다. 이번 희생자는 목이 굵고 머리는 주먹만큼 작으며, 손톱은 무려 수 미터나 되는 악마종이었다.

이 군단장은 원래 손톱에서 주홍빛 오러를 줄기줄기 뿜

어내며 세불 제국군을 도륙하던 중이었다.

군단장이 그렇게 거칠게 날뛴 탓에 이탄의 눈에 띄게 되었다. 이탄은 화이트 드래곤의 머리 위에서 훅 뛰어내려 상대의 앞을 막아섰다.

[넌 또 뭐냐?]

클루티의 군단장은 반사적으로 손톱을 휘둘러 이탄을 다섯 갈래로 베려고 시도했다.

이탄은 팔뚝으로 상대의 공격을 막았다.

까강!

이탄의 팔뚝 위에서 불똥이 강하게 튀었다. 적 군단장이 내뻗은 오러는 이탄의 팔에 닿자마자 단숨에 와해되었다. 이어서 적 군단장이 길게 기른 손톱도 수수깡처럼 부러졌다.

[어엇?]

적 군단장이 화들짝 놀랐다.

이탄은 상대를 향해서 성큼 발을 내디뎠다.

[뭐, 뭐얏?]

적 군단장이 황급히 백스텝을 밟았다.

이탄은 상대가 후퇴하는 것보다 더 빨리 파고들어 상대의 손을 붙잡았다.

[이런 쌍! 죽어랏.]

적 군단장은 이탄을 향해서 반쯤 부러진 손톱을 휘둘렀다.

이탄은 손을 활짝 펴서 상대의 손을 감쌌다.

우두둑, 뿌드득.

이탄의 손아귀 안에서 무서운 소리가 들렸다. 적 군단장의 손톱과 손가락뼈가 동시에 으스러지는 소리였다. 이탄은 한 손으로 상대의 손을 으깬 뒤, 다른 손으로 상대의 굵은 목줄기를 붙잡았다.

이탄이 힘을 별로 준 것 같지도 않은데 적 군단장의 굵은 목이 몸에서 뽑혔다. 머리통 아래로 굵은 힘줄도 함께 딸려 나왔다. 적 군단장은 비명도 제대로 지르지 못하고 숨통이 끊겼다.

이탄은 분수처럼 피를 뿜는 상대의 몸통을 붙잡더니, 상대방의 목의 단면 부위에 손을 푹 꽂아 넣었다.

이탄은 자신의 팔뚝 전체를 상대의 상처 단면에 밀어 넣은 뒤, 손을 휘휘 저어서 상대방의 몸통 내부를 뒤적였다.

잠시 후, 이탄은 영롱하게 빛나는 보올 3개를 또 얻었다.

내장이 망가진 적 군단장은 시체가 되어서 풀썩 쓰러졌다.

[으으으, 괴물이다.]

클루티 제국의 악마종들이 일제히 몸서리를 쳤다.

한 번 그렇게 사기가 꺾이자 클루티 군대는 제 실력을 발휘하지 못했다. 이탄이 가까이 접근하자 적들은 대열도 흐트러뜨린 채 그대로 등을 돌려 도망쳤다.

[안 돼! 물러서지 마라.]

[클루티 제국의 악마들이여, 적과 용감하게 맞서 싸워라.]

클루티 제국의 군단장들이 고래고래 뇌파를 질렀다.

병졸들은 그 말을 듣지 않았다.

[우리더러 성마와 싸우라고? 말도 안 돼.]

[도망쳐. 살려면 도망치는 수밖에 없다고.]

[성마와 맞서 싸우는 것은 개죽음이야.]

클루티 제국의 악마종들은 도망치면서 이렇게 소리쳤다.

한번 금이 가기 시작한 전열은 터진 둑처럼 걷잡을 수 없이 무너졌다. 세불 제국군은 도망치는 적들의 길목을 효율적으로 차단한 뒤, 차례로 적의 목을 베었다.

내부에 침투한 7개 군단이 힘을 쓰지 못하자 세불군의 바깥쪽을 둘러싼 17개 군단도 점점 지쳐갔다.

단순히 숫자만 보면 세불 제국군보다 클루티 제국군이 더 많았다. 세불 제국은 16개 군단인 반면, 바깥쪽에서 이를 둘러싼 클루티 제국군은 17개였다.

하지만 원래 둥글게 뭉쳐 있는 군대를 밖에서 때려서 깨뜨리기란 여간 어려운 것이 아니었다. 바깥쪽의 클루티 제국군은 병력의 우위에도 불구하고 세불 제국군을 효과적으로 공략하지 못했다.

또 한 명의 클루티 군단장이 이탄에게 목숨을 잃었다. 몸집이 하마처럼 비대하고 눈알이 조그만 군단장이었다.

그는 푸근해 보이는 외모와 달리 클루티 제국의 군단장들 가운데 가장 잔인하기로 악명이 높았다. 성격도 포악해서 전쟁이 벌어지면 늘 선봉에서 싸우는 것이 바로 이 비대한 군단장이었다.

그 악명 높은 군단장이 이탄의 발밑에 엎드려서 펑펑 울었다.

이탄은 발버둥 치는 상대의 목과 머리를 4개의 황금 고리로 꼭 조인 다음, 손으로 상대방의 등을 찢고 척추를 쭉 뽑아내었다.

이 비대한 군단장은 특이하게도 척추 내부에 조그만 구슬 같은 보울을 만들어 두었다. 보울의 개수는 12개나 되었는데, 대신 보울의 크기가 다른 군단장들의 것보다 작았다.

이탄은 콩 껍질을 까서 알맹이를 빼내는 것처럼 상대의 척추를 좌우로 벌려서 연 다음, 12개나 되는 보울만 쏙쏙 뽑아내었다.

[루루룰루~.]

이탄은 보울을 뽑으면서 콧노래를 흥얼거렸다.

강제로 척추가 열린 군단장은 땅바닥에 얼굴을 파묻고 눈물을 줄줄 흘렸다.

[흐어어어엉.]

비대한 군단장의 입에서 애달픈 신음이 흘러나왔다.

콰직!

보울을 모두 갈취한 뒤, 이탄은 상대의 뒤통수를 발로 밟아 으깼다.

이탄이 다시 발을 들자 뇌수와 피가 섞인 잔해가 찌이꺽 소리와 함께 이탄의 발밑에 달라붙어 딸려 올라왔다.

Chapter 8

이탄이 내부에 침투한 적들을 말살하는 동안, 바깥쪽의 전투도 절정으로 치달았다.

퍼억, 퍽, 퍽, 퍽!

구름보다 더 덩치가 큰 거인족 군단장이 수십 개의 손바닥을 휘둘러 지상에 돌아다니는 세불군을 때려잡았다. 군단장의 손바닥에 찍힐 때마다 세불군의 역마급 악마종들이 몸이 납작하게 펴지면서 죽었다.

세불군도 그냥 당하지 않았다.

크롸롸롸롸!

거친 포효와 함께 악룡족 군단장이 적 군단장에게 달려들었다. 악룡족 군단장은 온 하늘을 뒤덮을 크기의 날개를 활짝 펴고 상대를 덮쳤다.

거인족 군단장이 수십 개의 팔을 휘둘러 악룡족을 막았다.

악룡족 군단장도 발톱으로 상대의 팔뚝을 할퀴고 몸통으로 부딪치면서 적을 바닥에 쓰러뜨리려고 애썼다.

그때 이자벨라가 달려들었다. 이자벨라는 순백의 전차를 몰아서 클루티 제국 군단장의 무릎 뒤쪽을 들이받았다.

[억?]

클루티 제국의 거인족 군단장은 순간적으로 무릎이 앞쪽으로 튀어나오면서 몸이 전면으로 쏠렸다.

[옳거니!]

악룡족 군단장은 그 틈을 놓치지 않았다.

악룡족 군단장은 상대를 붙잡은 발톱을 앞으로 홱 잡아당기는 것과 동시에 날개를 펄럭여서 상대를 앞으로 쓰러뜨렸다.

[어어엇?]

적 군단장은 끝까지 버티다가 결국 당기는 힘을 이기지 못하고 앞으로 쓰러졌다.

쿠우웅, 지축이 울렸다.

악룡족 군단장은 상대의 등에 재빨리 올라탄 다음, 아가리를 쩍 벌려서 적의 뒷목을 물어뜯었다.

[크악!]

수십 개의 팔을 가진 적 군단장이 찢어져라 비명을 질렀다.

악룡족 군단장은 한 번 잡은 승기를 놓치지 않으려는 듯 전력을 다해서 상대의 뒷덜미를 물고 늘어졌다. 그러면서 그는 온 체중을 실어서 상대를 짓눌렀다.

[크악, 크아악.]

클루티 제국의 거인족 군단장이 발버둥쳤다. 거인족 군단장은 어떻게든 다시 일어서서 악룡족 군단장과 싸우려고 했다.

그게 쉽지 않았다.

악룡족 군단장도 전력을 다해서 상대의 의도를 방해했기 때문이었다.

악룡족 군단장이 이자벨라의 도움을 받아서 적 군단장 한 명을 거꾸러뜨린 동안, 전장의 반대편에서는 세불 제국 군의 뱀 얼굴 군단장이 卍자 모양으로 생긴 대형 무기를 흥

훙훙 휘두르면서 클루티 제국의 악마종들을 도륙했다. 卍 자 모양의 무기 주변에는 꽈배기 모양의 문자가 언뜻언뜻 드러났다.

또한 뱀 얼굴 군단장은 두 갈래로 갈라진 붉은 혀를 날름거렸는데, 징그러운 혀가 한 번 입 밖으로 나왔다가 다시 회수될 때마다 클루티의 악마종들의 머리가 하나씩 떨어졌다.

이에 맞서서 클루티 제국에서도 군단장 한 명이 출격했다.

[이놈, 나와 한 번 싸워보자.]

호통을 치면서 튀어나온 클루티 제국의 군단장은 허리가 종이처럼 얇고 생김새는 쥐를 닮은 모습이었다.

쥐를 닮은 군단장은 4개의 발에서 검녹색의 빛을 마구 뿌렸다. 쥐형 악마종이 검녹색 편린을 흩뿌리는 모습은 마치 그가 손에 검록색 나무 잎사귀를 한 움큼 쥐고 있다가 사방으로 뿌려대는 것처럼 보였다.

화르륵! 화륵! 화륵! 화륵!

검녹색의 편린들은 바람에 뿌려지는 꽃잎처럼 허공으로 날아오르더니 세불 제국 악마종들을 그대로 불태웠다.

꺼지지 않는 불, 즉 검녹색 편린은 피사노교의 신인 가운데 셋째인 쌀라싸의 수법을 닮아 있었다.

아니다. 순서가 거꾸로 되었다. 쥐형 악마종이 쌀라싸의 수법을 흉내 낸 것이 아니라 쌀라싸가 쥐형 악마종의 마법을 흉내 낸 것이었다.

그 증거로 쥐형 악마종이 쏟아내는 검녹색 편린들은 쌀라싸의 마법보다 훨씬 더 위력이 지독할 뿐 아니라 방출 속도도 빨랐다.

[젠장.]

세불 제국의 뱀 얼굴 군단장은 검녹색 편린이 두려운 듯 연신 뒷걸음질 쳤다.

그러다 결국 편린 한 조각이 나풀나풀 날아와 뱀 얼굴 군단장의 팔뚝에 앉았다.

화르륵!

뱀 얼굴 군단장이 팔뚝에 차고 있던 토시가 순식간에 타 버렸다. 군단장의 팔에도 검녹색 촛농 같은 것이 뚝뚝 떨어지더니 매캐한 연기가 솟구쳤다.

그렇게 한번 검녹색 편린에 노출되면 끝.

이 지독한 지옥의 불은 뱀 얼굴 군단장의 팔 전체로 확 번졌다.

[크윽. 제기랄.]

뱀 얼굴 군단장이 이를 악물고 자신의 팔뚝 하나를 끊어 내었다.

땅에 툭 떨어진 팔뚝으로부터 검녹색 불길이 맹렬하게 솟구쳤다. 뱀 얼굴 군단장의 결단이 조금만 늦었더라면 팔 하나가 아니라 몸통까지도 검녹색 불이 옮겨붙을 뻔했다.

[지독하구나.]

뱀 얼굴 군단장은 두려운 시선으로 땅에 떨어진 자신의 팔뚝을 내려다보았다.

그 사이 쥐형 군단장이 다시금 검녹색 편린들을 사방으로 뿌렸다.

[이크.]

뱀 얼굴 군단장은 몇 번이고 후퇴하여 상대의 공격을 피했다. 그가 후퇴하면 후퇴할수록 상대가 뿜어내는 검녹색 편린들이 세불 제국 악마종들을 불태워 죽였다.

뱀 얼굴 군단장도 더는 후퇴할 수가 없었다. 여기서 더 물러나면 애써 버티던 원형진이 허물어질 수밖에 없었다.

[치잇!]

뱀 얼굴 군단장은 결국 죽음을 각오하고 卍자 무기에 온 힘을 불어넣었다. 卍자 주변에 떠다니던 꽈배기 모양의 문자가 한층 진하게 타올랐다. 뱀 얼굴 군단장은 이대로 적과 싸우다 소멸되는 한이 있더라도 정면으로 맞붙어볼 요량이었다.

그때 하늘에서 누가 뚝 떨어졌다.

이탄이었다.

이탄은 아군 진영 내부에 침투한 적 군단장 7명을 모조리 찢어버린 뒤, 이제 원형진 바깥쪽의 적들에게 눈을 돌렸다.

이탄은 화이트 드래곤을 타고 아군의 머리 위를 타넘으면서 적 군단장들의 위치를 빠르게 파악했다.

가장 먼저 이탄의 눈에 띤 적 군단장이 바로 검녹색 편린을 다루는 쥐형 군단장이었다.

이탄은 드래곤을 몰아서 상대의 머리 위까지 날아간 뒤, 두 다리를 딱 붙인 채 그대로 뛰어내렸다.

이탄의 움직임이 어찌나 빠르고 은밀했던지 쥐형 군단장은 이탄의 접근을 눈치채지 못하였다.

제6화
어프로칭 데이 IV

Chapter 1

하늘에서 벼락처럼 떨어진 이탄이 두 발로 상대의 허리를 찍었다.

[꾸엑?]

쥐형 군단장이 돼지 멱따는 소리를 냈다.

이탄은 상대의 얇은 허리를 손으로 붙잡고는 그대로 부욱 찢어버렸다.

[끄아아악.]

쥐형 군단장은 괴성을 지르는 한편, 검녹색 편린들을 더더욱 많이 소환하여 이탄에게 집중했다.

[흥.]

이탄은 지옥의 불이 가까이 다가와도 피하지 않았다. 그저 상대의 허리를 찢는 일에만 몰두할 뿐이었다.

그 사이 검녹색 편인 몇 개가 이탄의 어깨에 내려앉았다.

지옥의 불꽃에 닿았으니 이탄의 어깨는 화르륵 타버려야 정상이었다. 쥐형 악마종은 그런 일이 벌어지기를 기대했다.

한데 이게 웬일인가! 검녹색 편린들이 이탄의 어깨에 앉자마자 사르륵 녹아버리는 것 아닌가!

검녹색 편린들은 마치 눈송이가 화로 위에 떨어지면서 사르륵 녹는 것처럼 이탄에게 아무런 해도 끼치지 못했다.

쥐형 악마종이 두 눈을 부릅떴다.

[아니, 어떻게?]

[하하하, 어떻게는 뭐가 어떻게야?]

이탄이 하얗게 웃었다. 이탄은 종잇장처럼 얇은 상대의 허리를 찢은 데 이어서 상대의 얼굴마저 붙잡아서 부우욱 찢어버렸다.

[크악, 크아악, 크악.]

쥐형 악마종이 아무리 발버둥 쳐도 소용없었다. 그가 아무리 검녹색 편린들을 소환하여 그 지옥의 불길로 이탄의 정강이를 문질러도 이탄은 눈 하나 깜빡하지 않았다. 이탄은 그저 무심하게 상대를 찢고 뒤져서 보울을 찾을 뿐이었다.

마침내 쥐형 악마종이 갈가리 찢겼다.

[오호라, 이번 건 제법 크네? 하하하.]

이탄은 상대의 머릿속에서 큼지막한 보울을 하나 발견하고는 활짝 웃었다.

아침부터 시작된 전투는 밤을 지나 다음 날 아침이 될 때까지도 계속되었다. 악마종들의 시체가 산봉우리를 이루고, 그들이 흘린 피가 강이 되었다.

전쟁터 외곽 저 멀리에서는 마수들이 어슬렁거리며 악마종들의 시체를 뜯어먹을 기회만 엿보았다. 마수들은 군침을 뚝뚝 흘리면서도 병장기 부딪치는 소리가 무서워서 가까이 다가오지 못했다.

이번 전투의 지배자는 단연 이탄이었다. 이탄은 단 한 번의 전투를 통해서 성마급의 무력을 모든 악마종들에게 확실하게 각인시켰다.

세불 제국의 황태자가 성마라는 소문은 처음에 널리 퍼지지 않았다. 세불 진영 안쪽으로 침투한 클루티 제국 7개 군단 사이에서만 이런 소문이 퍼졌다.

소문이 퍼진 계기는 간단했다. 이탄이 7명의 클루티 제국 군단장들을 손쉽게 죽이자 적병들 사이에서 이와 같은 이야기가 퍼져나간 것이다.

실제로 이탄은 머리가 9개인 구두견 군단장을 가볍게 찢어버렸을 뿐 아니라 비대한 하마를 닮은 적 군단장 또한 손쉽게 해치웠다.

이탄 때문에 죽은 군단장의 숫자가 점점 늘어나면서 클루티 제국군은 사기가 크게 저하되었다.

그러다 저녁 무렵이 되면서 바깥쪽에 위치한 클루티 악마종들 사이에서도 이러한 소문이 돌았다.

[세불 제국의 황태자가 성마급 강자라며? 그의 손에 아군 군단장들이 몰살을 당했다더라고.]

[뭐? 그게 정말이야?]

[그럼 큰일이잖아?]

클루티 제국군이 심하게 동요했다.

밤새 계속된 전투를 통해서 몇 명의 군단장이 더 죽게 되자 클루티 제국군은 마침내 긴급 참모회의를 열었다.

[이건 못 막습니다. 적의 태자가 성마라면 이건 도저히 막을 수가 없어요. 여기서 병력을 때려박아 봤자 아군의 피해만 늘어날 뿐입니다.]

클루티 제국의 참모들 가운데 한 명이 이렇게 주장했다.

다른 참모들도 다들 생각이 비슷했다.

[맞습니다. 피해가 더 커지기 전에 후방으로 군대를 물립

시다.]

[폐하께서 직접 나서셔야 합니다. 적 태자를 막으실 분은 오직 클루티 폐하뿐이십니다.]

물론 이 의견에 반대하는 참모도 나왔다.

[무조건 후퇴만이 정답은 아닐 겝니다. 폐하께오선 지금 적 군주와 싸우시느라 바쁘십니다. 그 와중에 우리가 후퇴 하여 적들이 우리 클루티 제국 황궁으로 진격해 보십시오. 그럼 폐하께선 성마급 존재 2명을 동시에 상대하셔야 합니 다. 까딱하다가는 더 큰 일을 치를 수도 있어요.]

성마급 존재는 오직 성마만이 막을 수 있다.

부정 차원의 악마종들 사이에서 이런 격언은 정설로 받 아들여졌다.

그렇다면 이탄을 막기 위해서는 군주인 클루티가 직접 나설 수밖에 없었다. 그런데 클루티가 이탄을 상대하는 순 간, 세불 군주가 그냥 있을 리 없었다.

결국에 예상되는 것은 2대 1의 싸움이다.

이 싸움의 결과가 어찌 되리라는 것은 불을 보듯 뻔했다. 클루티 제국의 참모들은 일제히 얼굴을 구겼다.

'제기랄, 망했다. 대체 어떻게 해서 세불 제국에 2명의

성마가 등장했단 말인가?'

'이거 큰일 났구나. 세불 제국에 2명의 성마가 있다는 사실을 알았더라면 어떻게든 이번 전쟁을 피했을 것인데.'

참모 중 하나가 손을 번쩍 들었다.

[일단 후퇴부터 합시다. 그 다음 폐하의 결정을 따를 수밖에요. 적 황태자가 성마라는 첩보는 이미 황실에 보고한 상태 아닙니까.]

이 의견이 받아들여졌다. 참모들은 몇 마디 설전을 더 나누다가 결국 후퇴하기로 중론을 모았다.

Chapter 2

한창 전투 중이던 군단장들도 참모들의 후퇴 제안에 찬성했다.

클루티 제국 군단장들의 숫자는 이미 많이 줄어든 상태였다. 죽은 군단장들 가운데 2명을 제외한 나머지는 모두 이탄의 손에 참살을 당했다.

목숨을 부지한 군단장들도 멀리서 이탄이 나타났다 싶으면 만사 내팽개치고 재빨리 도망치기에 바빴다. 이제 클루티 제국의 군단장들은 이탄이 타고 다니는 화이트 드래곤만 보아도 기겁을 했다.

그러니 참모들의 후퇴 제안이 반가울 수밖에.

군단장들의 합의 아래 클루티 제국군은 후퇴를 시작했다.

후퇴를 하더라도 무작정 등을 돌려 도망칠 수는 없었다. 그런 짓을 했다가는 클루티 제국 병사들의 피해만 더 커질 뿐이었다. 또한 그렇게 비참하게 도주했다가는 군주에게 무슨 벌을 받을지 몰랐다.

결국 클루티 제국의 군단장들은 세불 제국군에 슬금슬금 밀리는 척하면서 전선을 조금씩 끌어올렸다. 하늘에서는 클루티 제국의 마도전함들이 일제히 엄호사격을 해서 아군의 철수를 도왔다.

세불 제국의 군단장들도 바보가 아니었다.

[클루티 놈들이 후퇴하려나 보다.]

[이때다. 놈들을 추격하여 전공을 더 크게 세워야 한다. 이웃 영지보다 공이 작으면 태자마마를 뵐 면목이 없느니라.]

[태자마마께서 손수 출전하신 전장이다. 다들 죽을힘을 다해 공을 세워라.]

세불 제국의 군단장들은 이런 말로 부하들을 다그쳤다.

이번 전쟁을 겪으면서 세불의 군단장들은 확실히 깨달았

다.

'태자마마께서 그동안 발톱을 숨기신 게야.'

'이미 성마의 레벨에 오르셨으면서 그동안 숨겨오셨다고.'

'태자마마께서 성마라니! 우리 제국에 성마가 두 분이나 계신다니!'

세불 제국의 군단장들은 너무 놀라서 머릿속이 하얗게 물든 기분이었다.

한 제국에 성마가 2명이라는 것은 큰 장점이었다. 앞으로 세불 제국은 다른 제국과 전쟁을 벌일 때 펼칠 수 있는 작전이 무척 많았다.

첫째, 세불 군주가 황궁을 지키고, 말테 황태자가 출격하여 적진을 쓸어버리는 작전.

둘째, 거꾸로 말테가 황궁을 방어하고 세불 군주가 출격하는 작전.

셋째, 세불과 말테가 동시에 출격하여 적 군주를 협공하여 죽이는 작전 등등.

세불 제국이 이렇게 다양한 작전을 펼치면 상대하기 괴로워할 제국이 한둘이 아니었다. 부정 차원 전체에서 2강으로 손꼽히는 모드레우스나 디아볼 제국을 제외하면 나머지 4개 제국들은 세불 제국을 당해낼 수가 없었다.

'그런데 과연 일이 그렇게 순조롭게만 흘러갈까?'

악룡족 군단장은 속으로 이런 의문을 품었다.

자고로 악마종들은 탐욕스럽기 이를 데 없는 생명체였다. 악마종에게 효심이나 충성심을 요구하는 것처럼 어리석은 행동도 없었다. 부정 차원에서 확실한 것은 오로지 힘에 의한 강제력뿐이었다.

'지금까지 세불 제국은 폐하께서 단독으로 절대 권력을 휘두르던 구조였지. 그런데 이제 말테 황태자께서도 성마가 되셨잖아? 비록 지금 당장은 태자마마께서 폐하 앞에서 머리를 조아릴 테지만, 과연 그 순종이 얼마나 갈까?'

악룡족 군단장은 이런 의심을 품었다.

나름 합리적인 의심이었다.

또 한 가지.

'태자마마께서는 그동안 왜 본래 실력을 숨기셨을까? 힘을 살짝만 드러내셨어도 다른 황자나 황손들은 감히 태자마마와 겨뤄볼 꿈도 못 꾸었을 텐데.'

악룡족 군단장이 생각하기에 말테 황태자가 힘을 숨긴 이유는 하나뿐이었다.

'아뿔싸, 그렇구나! 태자마마는 폐하께 견제를 받을까 봐 일부러 무력을 숨기신 게야. 그리곤 일부러 머리가 나쁜 척, 성마가 아닌 척 연기를 하셨던 게지.'

악룡족 군단장이 자리를 박차고 벌떡 일어섰다.

지금까지 힘을 숨겨왔던 황태자가 이번 전쟁을 통해서 진정한 무력을 드러내었다. 전공도 크게 세웠다.

무력을 드러내고, 명예를 얻고, 부하들의 신망도 획득하고.

이 세 가지가 전부면 말을 안 한다. 말테 황태자는 얼마 전 군단장들을 한 명씩 불러서 충성 맹세도 받았다.

당연히 악룡족 군단장도 황태자에게 불려갔었다.

'그날 태자마마는 나에게 툼 군단에 가입하라고 강권을 하셨지. 이게 무슨 뜻이겠어? 앞으로 내게 태자마마의 직속 심복이 되라는 뜻이잖아? 폐하께서 하사하신 군단장 자리 외에 또 다른 소속을 가지라고 강요하신 거잖아? 끄으응.'

황태자가 대놓고 힘을 드러내고 자신만의 세력을 구축한다?

이것은 바꿔 말해서 말테 황태자가 더 이상 군주의 눈치를 보지 않겠다는 선언이었다. 최소한 악룡족 군단장이 판단하기에는 그러했다.

[끄으응, 이거 우리 제국에 한바탕 폭풍이 몰아치겠구나. 당장은 클루티 제국 놈들과 싸워야 하니까 이 균열이 밖으로 드러나지 않겠지. 하지만 어프로칭 데이가 끝난 즉시 제

국의 심장부가 요동칠 수밖에 없겠어. 끄으응. 그때 과연
나는 어떠한 선택을 해야 하나? 폐하인가, 아니면 태자마
마인가?]

악룡족 군단장은 머릿속에 복잡했다. 그의 선택에 따라
서 그의 가문, 더 나가서는 제국 내 악룡족 전체의 운명이
바뀔 판국이었다.

[끄으으응.]

악룡족 군단장은 손으로 자신의 머리를 감싸 쥐었다.

다음 날 아침.

클루티 제국은 군대를 완전히 후방으로 물렸다.

세불 제국의 악마종들은 죽은 악마종들의 시체에서 보울
을 적출해내었다. 그들은 전쟁터를 쭉 훑으면서 쓸 만한 무
기나 재화도 챙겼다.

물론 이렇게 회수한 보울을 개인이 가질 수는 없었다. 무
기나 재화라면 모를까 보울의 소유권은 윗선에서 정할 문
제였다. 지휘관들의 엄격한 감독 아래 모든 보울은 중앙으
로 집중되었다.

이탄은 이 보울들 가운데 3분의 2를 뚝 잘라서 일선 지
휘관들에게 다시 배분해주었다.

[일선의 지휘관들이 판단하여 공을 많이 세운 병사에게

는 더 많은 보울을 주도록 하라.]

전쟁에서 전리품으로 획득한 보울은 총사령관인 이탄이 독식해도 무방했다. 그런데 이탄은 그 중 3분의 2나 다시 돌려주었다.

일선 지휘관들이 크게 환호했다.

[진짜? 이만큼의 보울을 우리에게 나눠주신다고?]

[태자마마, 천만세! 억만세!]

악마종 병사들은 너 나 할 것 없이 이탄을 칭송했다.

이어서 이탄은 자신이 직접 확보한 진마 최상급의 보울 16개를 꺼냈다.

이번 전쟁을 통해서 이탄이 입수한 진마 최상급의 보울은 총 44개나 되었다. 이탄은 이 가운데 16개를 덜어내어서 각 군단장들에게 하나씩 나눠주었다.

Chapter 3

14명의 군단장들은 이탄으로부터 귀한 보울을 하사받고는 기뻐서 어쩔 줄을 몰랐다.

진마 최상급의 보울은 정말 구하기 힘든 보물 중의 보물이었다. 군주인 세불도 진마 최상급의 보울을 신하들에게 하사한 사례는 없었다. 심지어 태자나 황자, 황손들도 세불로부터 진마 최상급의 보울을 받지는 못하였다.

이탄은 요제프 황자와 이자벨라에게도 진마 최상급의 보울을 하나씩 선물했다.

코후엠에게는 진마 최하급의 보울을 주었다.

코후엠은 아직 능력이 부족하여 진마 최상급의 보울을 소화할 수 없었다. 그런 코후엠이 진마 최상급의 보울을 가진다 한들 그것은 약이 아니라 독이었다. 당장 주변의 군단장들이 코후엠이 가진 보울을 노리고 코후엠을 습격할지 몰랐다.

이탄은 이 점을 염두에 두고 적당한 것을 선물했다.

악룡족 군단장이 이탄에게 물었다.

[태자마마, 진짜로 이 귀한 것을 저희에게 주시는 것입니까?]

[왜? 받기 싫은가? 그럼 다시 이리 내놔.]

이탄은 거리낌 없이 손을 내밀었다.

[헉! 아닙니다. 절대 아닙니다.]

악룡족 군단장은 영롱하게 빛나는 보울을 서둘러 자신의 등 뒤로 숨겼다. 그 모습이 마치 과자를 빼앗기기 싫어하는 어린애 같았다.

이자벨라도 진마 최상급의 보울에 온 정신을 빼앗긴 듯

했다. 그녀의 눈동자가 환희로 가득 찼다.

다른 군단장들도 모두 마찬가지였다.

이탄은 그런 군단장들을 향해서 씨익 이빨을 보인 다음, 장부 16개를 꺼냈다.

〈일수장부〉

이 네 글자가 장부 표지에 수놓아져 있었다.

그렇다! 이것이 이탄의 진짜 목적이었다. 이탄은 16개 장부의 첫 페이지를 펼친 다음, 군단장들에게 뇌파를 보냈다.

[자, 여기에 툼의 은혜를 받은 사실을 적어놓았지. 그러니까 은혜를 받았다는 글귀 아래 손도장들을 찍어.]

군단장들은 귀한 보울에 눈이 홱 돌아가서 지금 자신들이 무슨 짓을 하는지도 알지 못했다.

[손도장 말입니까? 당연히 찍어야지요.]

[바로 찍겠습니다. 꾹꾹 눌러서 선명하게 찍겠습니다. 음핫핫핫!]

군단장들은 그저 어서 숙소로 돌아가서 진마 최상급의 보울을 흡수할 생각에 아무것도 눈에 보이지 않았다.

이자벨라도 예외는 아니었다.

[저는 벌써 찍었답니당. 헤헤헤.]

이자벨라가 일착으로 튀어나와 이탄에게 일수장부를 내밀었다. 혀를 쏙 내민 이자벨라가 이탄 앞에서 생글생글 웃었다.

[잘했다.]

이탄은 이자벨라를 칭찬해주었다.

다른 군단장들도 앞다투어 이탄에게 일수장부를 제출했다.

[저도 일수장부를 제출합니다.]

[태자마마, 제 일수장부도 받아주십시오.]

군단장들은 주인에게 꼬리를 치는 강아지들 같았다.

이것이 노예의 굴레로 점점 기어들어 오는 어리석은 행동임을 군단장들은 전혀 느끼지 못했다.

이탄은 16개의 일수장부를 차곡차곡 쌓아서 다시 아공간 박스 속에 집어넣었다.

[끼요오오옵! 가련한 인생, 아니 악마생들이로다. 끼요오오옵!]

이탄의 영혼 속에서 아나테마의 악령이 군단장들의 신세를 불쌍히 여겼다.

그래 봤자 아마테마도 이미 이탄의 노예1호였다.

이탄은 군단장과 이자벨라에게 통 크게 선심을 썼다. 그렇게 16개나 되는 진귀한 보울을 나눠주고도 이탄에게 남은 보울은 산더미였다.

진마 최상급 보울 28개.

진마 상급 보울 94개.

진마 중급 보울 924개.

진마 하급 보울 5,998개.

진마 최하급 보울 94,321개.

이탄이 이번 전쟁을 통해서 챙긴 보울은 이렇게나 많았다. 물론 이탄이 이번 전쟁을 통해서 수확한 보울은 이것보다 훨씬 더 많았는데, 이탄은 그 가운데 3분의 2를 병사들에게 골고루 나눠준 상태였다.

뱀 얼굴의 군단장이 이탄에게 조심스레 여쭸다.

[태자마마, 폐하께 바칠 보울을 미리 떼어놓으셔야 하지 않겠습니까?]

다른 군단장들은 바짝 긴장하여 이탄만 바라보았다. 악룡족 군단장도 마른 침을 꿀꺽 삼켰다.

군단장들은 바보가 아니었다. 이탄의 대답 여하에 따라서 앞으로 군단장들의 운명도 크게 달라질 것이었다.

이탄은 아무렇지도 않게 대답했다.

[뭐 하러 그런 것까지 신경 쓰나? 어차피 우리는 도망치

는 적들을 쫓아서 클루티 황궁으로 쳐들어갈 것이다. 거기서도 전리품을 잔뜩 빼앗을 수 있을 테지.]

[아!]

[역시!]

군단장들이 일제히 탄식했다.

역시 이탄은 세불 군주를 별로 신경 쓰고 있지 않았다.

'태자마마께서 결심을 굳히셨구나. 폐하와 대립각을 세우기로 독하게 결정하신 뒤, 비로소 숨겨왔던 무력을 드러내신 게야.'

'이거 아무래도 어프로칭 데이가 끝이 아니겠는걸. 클루티 놈들과 한바탕 싸운 이후, 어쩌면 우리 세불 제국에 내전이 벌어질지도 모르겠네.'

'어휴우, 그런데 어쩌겠어. 나는 이미 태자마마로부터 진마 최상급의 보울도 받았는걸. 내전이 벌어질 때 내가 서 있어야 할 위치는 이미 정해진 셈이지.'

'보아하니 폐하보다 태자마마가 더 통이 크셔. 이쪽에 서 있는 것이 나와 우리 가문에 더 이익이 될 것 같아. 크크큭.'

14명의 군단장들은 각자 셈을 하느라 바빴다.

Chapter 4

짝짝!

이탄은 손뼉을 치면서 일어났다.

그러자 군단장과 요제프 황자, 이자벨라, 코후엠이 자리에서 벌떡 일어나 차렷 자세를 취했다.

이탄은 손가락으로 북쪽을 가리켰다.

[오늘 오전은 휴식을 취한다. 그 다음 정오부터 다시 군대를 움직일 것이다. 도망친 적들을 쫓아가야지.]

이탄이 오전에 휴식을 준 이유는 뻔했다. 군단장들이 보울을 흡수할 시간을 주는 것이다.

군단장들도 그 사실을 눈치챘다.

[고맙습니다. 태자마마.]

[오전에 푹 쉰 다음, 정오부터 다시 진격할 준비를 해놓겠습니다.]

군단장들은 이탄에게 깍듯이 인사를 하고는 각자의 군단으로 돌아갔다.

이탄은 이자벨라에게 진마 최하급의 보울 2개를 더 내주었다. 이 보울들은 루건과 북토를 위한 것이었다.

[고맙습니다. 걔네들도 무척 좋아할 거예용.]

이자벨라가 이탄에게 애교 섞인 윙크를 보냈다.

이탄은 이자벨라에게 어서 가보라는 뜻으로 손을 팔랑거렸다.

쓰리 아이즈 탑으로부터 클루티 황궁까지 거리는 20,000 킬로미터가 조금 넘었다. 간씨 세가의 세상에서 20,000 킬로미터면 아주 먼 거리지만, 이곳 부정 차원의 악마종들은 이 정도면 근거리라고 생각했다.

세불 제국의 마도전함들이 온 하늘을 새까맣게 뒤덮으며 클루티 황궁으로 진격했다. 그 위세가 어찌나 당당했던지 하늘에는 마수 새끼 한 마리 얼씬거리지 못했다.

마도전함은 선미에서 푸른 광채를 내뿜으며 엄청난 속도로 북상하더니, 세불 제국의 16개 군단을 대규모로 공간이동 시켰다.

마도전함을 이용한 병력 실어나르기 작전이 톡톡히 효과를 발휘했다. 세불 제국군은 불과 반나절 만에 클루티 황궁 코앞에 도착했다.

감히 이탄의 진격을 막는 자들은 없었다.

그럴 만도 한 것이, 클루티군은 최근 이틀에 걸친 혈투 끝에 큰 타격을 입었다. 그들은 총 24개 군단을 편성하여 세불 제국의 침략자들을 일거에 소탕하려 하였으나, 결과는 정반대로 나왔다.

이탄이 지휘하는 세불 제국군은 그다지 큰 피해를 입지 않은 반면, 클루티군은 대부분의 군단장을 잃었을 뿐 아니라 병력 손실도 어마어마했다.

그런 탓에 세불 제국군이 대놓고 황궁으로 진격해 와도 클루티 제국은 적들을 막을 병력 차출이 어려웠다.

세불 제국도 그렇지만 클루티 제국도 영토가 어마어마하게 넓었다. 클루티 황실은 황급히 긴급황명을 발동하여 각 지방 영지로부터 병력을 차출하였으나, 그 병력들이 황궁으로 집결하려면 시간이 더 필요했다.

[우리는 황궁의 방어막에 기대어 수성전을 펼쳐야 합니다. 그러면서 시간을 끌고, 그 사이 지방 영주들의 병력을 수도로 끌어올려야 해요.]

[맞습니다. 적은 병력으로 섣불리 세불 놈들과 부딪쳐봤자 각개격파만 당할 뿐입니다.]

클루티 제국의 참모들은 황궁 대전에 모여서 이런 대책을 내놓았다.

오늘 대전에 모인 참모들은 무력은 그리 강하지 않지만 뇌와 혓바닥이 유난히 발달한 악마종들이었다. 그들은 대부분 체격이 왜소하고 머리가 큰 가분수 형태의 신체를 가지고 있었다. 혹은 몸통 위에 머리가 둘인 악마종들도 보였다.

참모들이 대전 중앙에서 목소리를 높여 대책을 의논하는 동안, 클루티 제국의 군단장과 고위 귀족들은 그 뒤에 일렬로 늘어서서 곤혹스럽게 얼굴을 구겼다.

평소 대전 회의에서는 참모들보다 군단장급 귀족들의 발언권이 더 높았다.

지금은 위세가 역전되었다.

참모들은 아침나절의 참새처럼 앞다투어 떠들어대었다.

반면 클루티 제국의 군단장들은 꿀 먹은 벙어리가 되었다. 연이은 참패 때문에 군단장들은 의견이 있어도 그 의견을 내뱉지 못하는 것이었다.

군주인 클루티가 높은 계단 위에서 이 장면을 굽어보았다. 클루티는 지금까지 단 한 마디도 하지 않았다.

군주의 침묵 속에서 참모들은 점점 더 많은 의견을 내었고, 또 그 의견을 보완하여 전략을 세웠다.

최소한의 피해로 세불 제국군의 진격을 막아낼 전략!

이것이야말로 이 자리에 모인 참모들이 내놓아야 할 숙제였다.

한참 뒤.

[폐하, 전략 수립이 완료되었나이다.]

드디어 전략 구상이 끝났다. 방석 위에 빙 둘러앉아 있던 참모들이 일제히 군주를 향해 머리를 돌렸다.

높은 계단 위에는 대나무를 엮어서 만든 발이 드리워 있었다. 그 발 뒤에서 군주인 클루티가 거대한 의자에 몸을 얹었다.

계단 중간에는 2명의 시위가 서 있는데, 이 가운데 오른쪽 시위는 챙이 넓은 원뿔 모양의 모자를 썼고, 얼굴은 4개였다.

이 4개의 얼굴은 하나의 머리통을 공유하며 머리의 앞쪽과 뒤쪽, 그리고 양 옆에 빙 둘러붙어 있었다. 이 가운데 앞쪽 얼굴은 웃는 표정이었고, 오른쪽 얼굴은 화를 내는 상이었으며, 뒤쪽 얼굴은 우는 상, 마지막으로 왼쪽 얼굴은 기뻐하는 표정을 지었다.

얼굴이 4개인 시위는 키가 4 미터 안팎이었고, 온몸이 울퉁불퉁한 근육질이었으며, 피부는 회색이 섞인 초록색에 가까웠다.

시위의 이름은 따로 없었다. 클루티 제국의 귀족들은 이 시위를 얼굴이 4개라는 의미로 '사면귀'라고 불렀다.

한편 계단 왼쪽에 우뚝 서 있는 시위는 사냥개의 머리에 사람의 몸을 가지고 있었으며, 털은 잿빛이었다.

그 또한 키는 4 미터 정도였다.

클루티 제국의 귀족들은 이 시위를 '충견'이라고 불렀다.

이것은 충성스러운 개라는 의미로 붙여진 명칭은 아니었다. 충견의 '충' 자는 벌레를 의미했다.

한편 계단 위의 거대한 의자에 앉아 있는 클루티는 온몸이 회색빛이었으며, 앉은키만 따져도 100미터가 훌쩍 넘었다.

이곳 대전의 층고가 300미터인데, 이는 간씨 세가 기준으로 100층 건물에 비견될 높이었다.

대전의 층고가 이렇게 비정상적으로 높게 설계된 이유는 바로 클루티 때문이었다.

클루티는 팔이 4개였다.

클루티는 이 가운데 오른쪽 하단의 손으로 천칭을 하나 들고 있었다. 왼쪽 하단의 손으로는 커다란 포대자루를 틀어쥐었다. 클루티는 오른쪽 상단의 손으로 길이가 150미터에 달하는 거대한 석검을 움켜잡았으며, 왼쪽 상단의 손으로는 직경 30미터 크기의 화로를 받쳐 들었다.

이 4개의 무기야말로 클루티가 평생을 단련해온 무력의 핵심이었다.

Chapter 5

클루티의 천칭 저울에는 총 7개의 회색 문자가 박혀서 은은한 광채를 뿌렸다. 클루티는 본인이 깨달은 만자비문의 권능을 무기에 심어서 무기를 강화하는 방식으로 강해져 왔는데, 이 천칭은 클루티가 자랑하는 4개의 마병 중 하나였다.

클루티의 포대자루에도 7개의 꽈배기 문자가 아로새겨져 있었다. 문자들의 모양은 조금씩 달랐지만 문자들의 배치는 천칭에 새겨진 것들과 똑같았다.

클루티의 석검 날에도 7개의 꽈배기 문자가 박혔다. 이 7개의 문자가 석검의 위력을 어마어마하게 강화해주었다.

마지막으로 클루티의 화로에도 7개의 문자가 양각 형태로 자리했다. 화로 안에서는 회색의 불꽃이 활활 타올랐다. 이 불꽃 속에도 화로에 새겨진 7개 문자의 기운이 은은하게 떠돌았다.

[폐하.]

[드디어 전략이 완성되었나이다.]

참모들은 고대 거인족처럼 거대한 클루티를 향해서 머리를 납죽 조아린 다음, 그들이 세운 전략을 읊었다.

클루티는 침묵 속에서 참모들의 전략을 들었다.

무척 복잡한 전략 같았지만, 요체는 간단했다.

1. 황궁을 감싸는 보호막에 의존하여 수성전에 돌입한다.

2. 설령 기회가 되더라도 황궁 밖으로 병력을 내보내지 않고 거북이처럼 껍질 속에만 숨어 웅크린다.

3. 폐하(클루티)는 수성전에 개입하지 않고 적 군주(세불)와의 장거리 전투에만 전념한다.

4. 수성전을 펼치면서 황궁의 한쪽 귀퉁이에 약점을 살짝 노출한다.

5. 적장(말테 황태자)가 그 약점을 공략하도록 유도한다.

6. 말테가 약점을 공략하지 않으면 그 약점을 없앤 다음, 또 다른 곳에 약점을 노출하여 말테를 유인한다.

7. 말테를 유인하는 데 성공하면, 그 일대의 보호막을 해제하고 말테를 황궁 안으로 끌어들인다.

8. 말테가 황궁 안으로 들어온 순간, 모든 보호막을 위쪽에 집중하여 대공방어에 치중한다. 이 경우 다른 지역의 보호막은 불가피하게 약화될 수밖에 없다.

9. 약해진 보호막 때문에 입게 된 피해는 감수한다.

10. 이때 폐하(클루티)께서는 적 군주(세불)의 공격에 맞대응하지 않고 곧바로 말테부터 포로로 잡는다.

11. 폐하(클루티)께서 말테를 잡는 동안, 적 군주(세불)의 공격은 상공에 집중해놓은 대공방어막에 의존하여 버틴다. 설령 대공방어막이 찢어지면서 황궁이 다소 피해를 입더라도 이를 감수한다.

12. 폐하(클루티)께서는 말테를 제압한 즉시 다시 적 군주(세불)을 맞상대한다.

13. 약해진 보호막을 뚫고 황궁으로 난입한 적병들은 제국의 군단장들이 책임지고 방어한다.

14. 이 전략에 따른 피해는 상당할 것이나, 대신 폐하께서 말테의 보울을 취하시면 피해를 뛰어넘는 이득을 얻으실 수 있다.

이상 14개 단계가 클루티 제국의 참모들이 마련한 계책이었다.

가만히 듣고만 있던 클루티가 뇌파를 개방했다.

[괜찮군. 이 전략을 써먹어 보지.]

군주가 결정을 내렸으니 신하들은 따를 뿐이었다.

[폐하, 현명하신 판단이시옵니다.]

[폐하, 소신들은 죽을힘을 다해서 전략을 성공시키겠나이다.]

[폐하, 억만세! 억만세!]

군단장과 고위 귀족들, 참모들이 뇌파를 하나로 모아서 외쳤다. 그들의 뇌파로 인하여 대전이 쩌렁쩌렁 울리는 동안에도 클루티의 두 시위, 즉 사면귀와 충견은 얼굴 근육한 가닥 까딱하지 않았다. 그들은 마치 석화 마법이 걸린 조각상 같았다.

"흐으음, 어딘지 모르게 친숙하네."

이탄이 혼잣말로 중얼거렸다.

이탄의 눈에 비친 클루티 제국의 황궁은 어쩐지 동차원의 건축물을 연상시켰다. 둥글게 치솟은 처마 구조도 그렇고, 켜켜이 쌓인 탑들도 그러했다.

어마어마하게 방대한 황궁의 크기도 인상적이었다. 땅넓이로만 보면 클루티 황궁이 세불 황궁보다 1.5배는 더 큰 듯했다.

해발 수 킬로미터 높이의 산을 끼고 건축된 클루티 황궁은 성벽 양옆에 한 쌍의 날개가 돋아 있었다.

날개 한 짝의 크기가 무려 수십 킬로미터.

날개 두 짝을 활짝 펼치면 클루티 황궁 전체를 감싸고도 남았다.

이 날개 덕분에 클루티 황궁은 그 자체가 하나의 거대한 날짐승처럼 보였다.

사실 이 한 쌍의 날개는 상고 시대를 지배하던 마신으로부터 떨어져 나온 허물이었다.

상고 시대의 악룡족 하나가 군주를 뛰어넘어 마신으로 성장했다. 그 마신이 허물을 벗을 때 이빨 2개가 지금의 세불 행성으로 떨어져서 두 그루의 용아목이 되었다.

이탄은 라이너 영지를 침공하면서 이 용아목들을 발견했으며, 이것들을 거두어 이자벨라의 영지의 수호목으로 삼은 바 있었다.

그런데 상고 시대의 마신이 떨군 것은 이빨만이 아니었다. 바로 그 마신이 클루티 행성에 날개의 허물을 떨어뜨렸다.

클루티 제국의 선조들은 마신의 날개가 떨어진 자리에 황궁을 세우고는, 날개를 조종하여 황궁의 보호막으로 삼았다.

이 한 쌍의 날개는 한때 마신의 일부였던 만큼 만자비문의 힘을 지녔다. 비록 이 날개들은 허물에 불과하여 혼백이 똑바로 박히지는 않았으나, 그래서 오히려 더 클루티 제국이 활용하기에 편리했다.

"오호라, 저런 게 다 있었군."

이탄은 적 황궁을 감싸고 있는 날개를 보면서 입술을 싹 핥았다. 이탄은 한눈에 저 날개의 정체를 꿰뚫어보았다.

"용아목이 풍기는 기운과 아주 흡사해. 저 날개도 가져가면 좋겠어."

이탄이 한 쌍의 날개에 군침을 삼키는 동안, 이탄의 가슴 속 음차원 덩어리 표면에선 만자비문들이 우르르 들고일어났다. 만자비문들은 어서 가서 저 날개에 응집되어 있는 만자비문의 흔적들을 흡수하길 원했다.

'스톱.'

이탄이 만자비문에게 고삐를 채웠다.

'괜한 욕심 부리지 마라. 너희들이 나서서 함부로 날뛰다가는 또다시 큰 싸움으로 번질 수 있어.'

이탄이 언급한 '큰 싸움'이란 여섯 눈의 존재와의 전투를 의미했다.

Chapter 6

만자비문들이 갑자기 잠잠해졌다.

이것이 의미하는 바는, 부정 차원의 인과율인 만자비문조차도 여섯 눈의 존재를 꺼린다는 뜻이었다.

솔직히 이탄도 여섯 눈의 존재가 버거운 것은 사실이었다.

이탄은 여섯 눈의 존재를 무서워하지는 않았으나, 그렇다고 아무런 준비도 없이 그자와 다시 싸우고 싶은 마음은 없었다.

"다음번 싸움의 결과는 이전과는 달라야지."

이탄이 각오를 단단히 다졌다.

이 각오 속에는, 이탄이 여섯 눈의 존재를 확실히 이길 수 있을 때 싸우겠노라는 의미도 살짝 포함되었다.

이탄이 홀로 우뚝 서서 클루티 황궁을 바라보는 동안, 악룡족 군단장도 감회 어린 눈빛으로 적 황궁을 노려보았다.

엄밀하게 말해서 악룡족 군단장이 보고 있는 것은 클루티 황궁이 아니라 황궁 벽에 붙어 있는 한 쌍의 거대한 날개였다.

[오오오, 선조의 허물이로구나!]

악룡족 군단장은 상고 시대 악룡족 마신의 먼 후손이었다.

그렇기에 악룡족 군단장은 느낄 수 있었다. 클루티 황궁을 보호하고 있는 저 날개가 어디서 유래된 것인지, 저 날개에 어려 있는 혼백과 자아가 어떤 것인지.

[저 날개를 가지고 싶은데…….]

악룡족 군단장이 날개에 눈독을 들였다.

이탄이 귀신처럼 그 마음을 읽고는 악룡족 군단장을 힐끗 쳐다보았다.

지금 이탄이 서 있는 곳과 악룡족 군단장 사이의 거리는 수 킬로미터가 넘었다. 그럼에도 불구하고 악룡족 군단장은 이탄의 서늘한 시선을 확실하게 느꼈다.

[허억?]

악룡족 군단장은 뒷골이 쭈뼛 당겼다. 악룡족 군단장이 황급히 이탄을 향해서 손사래를 쳤다.

[태자마마, 아닙니다. 저는 아무런 욕심도 없습니다. 소신은 그저 태자마마께 충성을 바치고, 마마께서 하사하시는 대로 받을 것입니다.]

악룡족 군단장이 먼 거리를 뛰어넘어 이탄에게 뇌파를 보냈다.

'선조의 날개가 탐나기는 하지만, 그렇다고 해서 저 날개가 나와 내 종족의 목숨보다 더 귀하지는 않지.'

악룡족 군단장은 부랴부랴 욕심을 내려놓았다.

이탄은 그제야 악룡족 군단장에게 던졌던 눈빛을 거두었다.

[휴우—.]

이탄의 시선이 다시 클루티 황궁으로 향하자 악룡족 군단장은 놀란 가슴을 겨우 쓸어내렸다.

이탄이 전쟁을 개시한 시각은 자정이 되기 10분쯤 전이었다. 사방이 어두컴컴한 가운데 세불 제국의 마도전함들이 일제히 날아올랐다.

쭈웅! 쭝! 쭝! 쭝! 쭝! 쭝!

밤하늘을 가득 채운 마도전함들은 강력한 에너지가 담긴 광선을 쏘아서 클루티 황궁 문을 두드렸다.

이탄 측에서 공격을 퍼붓기 무섭게 클루티 황궁을 감싸고 있던 거대한 날개가 움직였다. 거칠거칠한 재질의 거대 날개가 드넓은 황궁의 전면을 통째로 감싼 순간, 마도전함에서 쏜 광선들이 날개 위로 무수히 쏟아졌다.

거대 날개의 표면으로부터 꽈배기 모양의 문자 하나가 어릿어릿 드러났다. 마도전함이 난사한 광선들은 그 문자 근처에도 접근하지 못하고 전부 소멸해버렸다.

〈닿기도 전에 와해시키는〉

이것이 문자의 뜻이었다. 세불 제국의 마도전함은 이 문자의 벽을 넘지 못하고 모든 공격이 무위로 돌아갔다.

대신 거대 날개에 가려서 클루티 황궁도 반격을 퍼붓지 못했다.

세불 제국의 군단장들은 기다렸다는 듯이 진격 명령을 내렸다.

[이때다. 전원 돌격하라.]

[저 너머에 전리품들이 한가득이다. 세불 제국의 용맹한 악마들이여, 더러운 클루티 놈들을 박살 내고 놈들의 보물

을 빼앗자!]

군단장들의 명이 떨어지기 무섭게 세불 제국의 악마종들이 일제히 뛰쳐나갔다.

[우와아아아—.]

세불 제국군의 병력이 어찌나 많았던지, 그들이 통째로 움직이자 마치 대지가 융기하여 와르르 밀려드는 것 같았다.

순간 거대 날개가 꿈틀 움직였다. 날개의 표면에 어렸던 문자가 새롭게 바뀌었다.

〈혈우를 부르는〉

이 비문이 권능을 발휘한 순간, 멀쩡하던 하늘에서 혈우, 즉 피의 비가 후두둑 쏟아졌다. 뚝뚝 떨어지는 피의 비는 눈 깜짝할 사이에 장대비로 변하여 세불 제국군을 적셨다. 쏴아아아 소리가 귀청을 두드렸다.

[다들 머리 위로 방패를 들어라. 저 비에 직접 노출되면 안 된다.]

뱀 얼굴 군단장이 악을 썼다.

뱀 얼굴 군단장은 독을 다루는 것이 특기였다. 그래서 저 비린내 나는 피의 비가 함유하고 있는 맹독의 기운을 곧바로 알아차렸다.

세불 제국의 악마종들이 방패를 머리에 이고 피의 비를 막았다. 몸 주변에 방어막을 일으켜서 핏빛 빗방울을 튕겨 내는 악마종들도 많았다.

그러나 소용없었다. 피의 비는 방패와 부딪친 즉시 안개처럼 퍼져서 세불 제국 악마종들의 호흡기로 유입되었다. 악마종들이 몸에 두른 방어막도 사르륵 뚫고 들어가 악마종들의 몸속에 스몄다.

[케엑.]

[커억, 컥.]

적 황궁을 향해서 미친 듯이 내달리던 세불의 악마종들이 픽픽 쓰러졌다. 땅에 넘어진 악마종들의 온몸엔 지렁이처럼 굵은 핏줄이 우두둑 돋았다. 악마종들의 몸에서 돋아난 혈관은 마치 살아 있는 생물처럼 피부를 뚫고 튀어나와 악마종들의 몸 밖으로 썩은 피를 내뿜었다. 독을 품은 그 피가 주변 동료들을 2차로 감염시켰다.

선두의 악마종들이 고꾸라지자 후방에서 달려드는 악마종들도 주춤했다. 일부 악마종들은 동료에게 발이 걸려 함께 넘어졌다.

쓰러지고, 또 쓰러지고.

그렇게 바닥에 넘어진 악마종들의 머리 위에서 혈우가

미친 듯이 퍼부었다.

Chapter 7

딱!

이탄이 손가락을 튕겼다.

[네, 태자마마.]

이탄의 명을 받아 군단장들이 출격했다.

악룡족 군단장이 날개를 활짝 펴면서 날아오르자 혈우가 악룡족 군단장에게 집중되었다. 덕분에 군단장의 그늘 아래 머무는 악마종들은 잠시 피의 비를 피할 수 있었다.

또 다른 군단장은 마법으로 하늘에 넓은 장막을 드리웠다. 어둑한 장막이 피의 비를 잠시 막아주었다.

그러자 클루티 황궁을 감싼 거대 날개가 문자를 한 번 더 바꿨다.

〈마나를 흡수하는〉

새롭게 등장한 비문의 뜻은 위와 같았다.

이 권능이 발휘된 즉시 하늘에 드리웠던 장막이 거대 날개 속으로 쭈왁— 흡수되었다. 클루티 황궁에 근접해 있던 세불 제국의 악마종들도 몸속의 마나를 갈취당해 미이라처럼 삐쩍 말랐다.

[아, 안 돼.]

[내 힘! 내 에너지를 빼앗기고 있어.]

[끄아아악—.]

악마종들이 가장 두려워하는 것 중의 하나가 바로 마나를 잃는 것이었다. 세불 제국의 악마종들은 공포에 질려서 뒷걸음질 쳤다.

심지어 세불 제국의 군단장들조차 마나 강탈이 두려운 듯 뒤로 물러섰다.

"이건 내가 해결할 수밖에 없겠군."

드디어 이탄이 몸을 날렸다.

펑!

검푸른 연기가 되어서 하고 사라졌던 이탄의 몸이 어느새 전장 중앙에 등장했다. 한 번 더 펑! 하고 사라졌던 이탄은 어느새 아군 최전방에 나타났다.

이때 이미 이탄의 등 뒤에는 팔이 108개에 머리가 54개인 악귀수라가 나타났다. 이건 18개의 머리에 36개의 손을 가진 일반 악귀수라가 아니었다. 백팔수라 제6식 수라천세로 만들어낸 특별한 악귀수라였다.

원래 이탄은 말테의 모습으로 있을 때는 악귀수라를 드러내지 않았다. 혹시라도 정체를 의심받을까 생각해서였다.

하지만 지금은 개의치 않았다. 지금 이탄의 행동을 목격할 만한 자들은 이미 이탄에 의해 툼 군단에 가입한 노예(?)들 뿐이었다.

어쨌거나 이탄이 청동빛 악귀수라와 한 몸이 되었다. 그 악귀수라가 클루티 황궁을 향해서 일직선으로 쏘아졌다.

빠앙—.

악귀수라가 음속을 돌파하면서 주변에 소닉 붐(Sonic Boom)이 터졌다.

거대 날개가 다시 한번 문자를 바꾸었다.

〈생명을 압살하는〉

이 비문은 일정 범위 내의 모든 생명체들을 세포 단위로 짓이겨 버리는 권능을 지녔다.

그리하여 이 권능에 노출된 악마종들은 신체를 구성하는 세포가 모두 납작하게 찌그러질 수밖에 없었다.

그리하여 이 권능에 노출된 악마종들은 마치 투명한 망치에 쾅 짓눌려 터지기라도 한 것처럼 압살당할 수밖에 없었다.

한데 아무 일도 일어나지 않았다. 분명히 비문의 권능은 발휘되었건만, 악귀수라는 멀쩡하게 달려들었다.

거대 날개가 당황했다.

사실 '생명을 압살하는'은 일정 범위 내의 모든 생명체들을 터트려서 죽여 버릴 수 있는 강력한 권능으로, 방어용인 동시에 공격용으로도 사용되었다. 또한 이 비문은 광역 권능인 동시에 필살기에 가까워서 효율이 무척 좋았다.

부정 차원의 군주나 마신들이 방어용으로 가장 선호하는 만자비문 가운데 하나가 바로 이 '생명을 압살하는'이었다.

단, 이 비문은 언데드에게는 통용되지 않았다. 언데드는 생명이 없기 때문이었다.

거대 날개가 당황한 사이, 이탄의 악귀수라는 어느새 클루티 황궁에 근접했다.

거대 날개가 다시 한번 문자를 바꾸었다. 맨 처음에 나타났던 '닿기도 전에 와해시키는'을 재탕하여 꺼내든 것이다.

만자비문의 권능이 악귀수라를 와해시키려 들었다.

"흥!"

이탄은 가속에 가속을 더하여 달려든 다음, 108개를 손을 동시에 내쳐서 수라천세를 발동했다.

구과과과과광—!

108개의 손끝에 어린 어둠의 법력이 거대한 핏빛 뱀처럼 변해서 전방으로 날아갔다. 이 뱀 위에 붉은 노을이 희미하게 스몄다.

이탄은 아직 몸이 완전히 회복된 것이 아니라 적양갑주의 권능을 마음껏 발휘할 수는 없었다.

게다가 이탄은 만자비문의 권능도 자제했다.

하지만 수라천세의 가공할 위력에 적양갑주의 권능까지 더해지자 그 공격력이 장난이 아니었다.

거대 날개가 '닿기도 전에 와해시키는'의 비문을 발휘하였으나, 그 비문은 108마리 뱀이 붉은 노을을 한 번 스산하게 내뿜자 곧바로 소멸되었다. 108마리의 거대한 뱀 떼는 눈 깜짝할 사이에 클루티 황궁으로 달려들어 온몸으로 부딪쳤다.

두 장의 날개가 황급히 성벽 앞을 가로막았다.

쿠웅! 쿵! 쿵! 쿵!

108마리 뱀 떼는 무차별 폭격을 하듯 날개를 들이받았다. 충돌이 한 번 일어날 때마다 뱀의 몸통에서 붉은 비늘이 일어나 거대 날개를 찔렀다.

성마급 악마종의 공격도 거뜬히 막아내는 것이 거대 날개였다.

그 위대한 방어막이 수라천세의 공격을 받을 때마다 무너질 것처럼 부르르 떨었다. 거대 날개가 진동을 하자 클루티 황궁 전체가 지진을 만난 듯 흔들렸다.

마침내 거대 날개가 황궁 방어를 포기했다. 거대 날개는 이탄이 날린 수라천세의 3분의 1도 받아내지 못하고 옆으로 피해버렸다.

구과과과광—.

수라천세로 만들어낸 거대 뱀 가운데 36마리가 거대 날개를 쫓아가서 악착같이 들이받았다. 또 다른 36마리는 클루티 황궁을 직접 강타했다.

제7화
공성전

Chapter 1

츠츠츠츠.

거대 날개는 피를 철철 흘리면서 회색 문자를 발동했다.
10개도 넘는 만자비문들이 튀어나와서 수라천세를 막아보
려 애썼다.

하지만 온전하지 못한 비문이 적양갑주의 무지막지한 괴
력을 버텨낼 리 없었다. 날개에 구멍이 뻥뻥 뚫렸다. 날개
껍질이 후두둑 부서져서 떨어졌다. 날개에 어린 만자비문
들은 금세라도 소멸을 할 듯이 위태롭게 깜빡였다.

찌이이익!

쯔아아악!

한 쌍의 거대 날개가 겁을 집어먹은 듯 비명을 질렀다. 날개들이 항복이라도 할 것처럼 바짝 웅크리자 붉은 비늘을 가진 거대 뱀들은 방향을 틀어서 클루티 황궁의 성벽을 직접 들이받았다.

클루티 황궁은 가로, 세로로 각각 수십 킬로미터나 되는 크기였다. 그 넓은 성벽을 따라서 거대 뱀들이 우르르 이동했다.

거대 뱀의 비늘에 스칠 때마다 황금빛 성벽이 잘게 부서졌다. 거대 뱀의 몸통과 부딪칠 때마다 성벽을 지키던 클루티 수비병들은 그대로 압살을 당했다.

거대 뱀들은 순식간에 성벽의 전면과 측면을 무너뜨린 다음, 황궁 안으로 거침없이 쳐들어갔다.

이탄의 악귀수라도 발을 멈추지 않고 단숨에 황궁에 난입했다.

원래 클루티 제국의 참모들은 황궁의 보호막, 즉 거대 날개에 살짝 빈틈을 드러내어 이탄을 황궁 안으로 유인하려고 계획했었다.

한데 그들이 일부러 빈틈을 드러낼 필요도 없었다. 이탄 스스로 거대 날개를 움츠리게 만들고는 직접 황궁 안으로 쳐들어온 것이다.

[으아악, 이건 말도 안 돼.]

[어떻게 저럴 수가!]

클루티 제국의 참모들은 홀로그램 영상을 통해서 이탄을 지켜보았다. 그리곤 동시에 입을 쩍 벌리며 기함했다.

마신의 날개를 저렇게 빨리 돌파하다니!

이건 군주인 클루티도 불가능한 일이었다.

[적 황태자가 저 정도의 초강자라면 우리가 세운 계획은 모두 물거품이잖아.]

참모들 가운데 머리가 2개인 악마종이 넋을 잃고 중얼거렸다.

[으아아아.]

다른 참모들도 각자의 머리카락에 손가락을 박아 넣고 고개를 좌우로 흔들었다.

이탄이 클루티 황궁에 첫 발을 디딘 순간이었다.

콰창―!

하늘에서 회색 빛깔이 감도는 푸른 낫이 떨어졌다. 회청색 빛으로 뭉쳐진 낫의 크기는 클루티 황궁을 단숨에 반으로 쪼갤 만큼 컸다. 낫 주변에는 꽈배기 모양의 문자가 나선형으로 빙글빙글 맴돌았다.

어마어마한 크기의 낫을 날려 보낸 이는 군주 세불이었다. 세불은 다른 행성에서 자신의 의자에 꼿꼿이 앉은 채 이곳 클루티 행성으로 강력한 공격을 퍼부었다.

회청색 낫에 맞서서 클루티 황궁 중심부로부터 시커먼
연기가 치고 올라왔다. 클루티는 자신이 가진 4종 마병들
가운데 포대자루를 열어서 검은 연기를 방출했다. 그 시커
먼 연기가 클루티 황궁 상공을 눈 깜짝할 사이에 뒤덮으며
한 쌍의 손바닥으로 변했다.

먹구름으로 이루어진 듯한 거대 손바닥은 박수를 치듯이
두 손을 마주 붙여서 회청색 낫을 붙잡았다.

우르릉!

회청색 낫의 주변을 맴돌던 만자비문들이 우렛소리를 일
으키면서 검은 손바닥을 공격했다.

검은 손도 물러서지 않았다. 구름처럼 일어난 검은 손으
로부터 7개의 비문이 튀어나와 낫을 물어뜯었다.

비문과 비문이 충돌하면서 주변 공기가 크게 폭발했다.
황궁의 지붕들이 폭풍을 만난 듯 한꺼번에 쓸려나갔다. 창
문이 와장창 깨지면서 비명이 들렸다.

이번 충돌에서는 클루티가 밀렸다. 클루티가 쥐고 있던
포대자루가 찢어질 듯이 펄럭거렸다. 낫을 붙잡았던 한 쌍
의 검은 손은 소멸할 듯이 색이 흐려졌다.

[큭!]

클루티가 입술을 꽉 깨물었다.

클루티는 자신의 마병들 가운데 포대자루에 이어서 석검

도 개방했다.

길이가 150미터나 되는 석검이 허공을 부우웅 갈랐다. 석검에 의해서 클루티가 머물던 대전 지붕이 반으로 쩍 갈라졌다. 그 속에서 황금빛 오러가 눈부시게 피어올라 세불의 낫과 부딪쳤다. 오러 속에서는 7개의 비문이 빛을 발했다.

쩌엉!

두 군주가 맞부딪치면서 사방으로 불똥이 튀었다.

[크왁!]

클루티 황궁의 악마종들은 군주급의 충돌이 만들어낸 음파를 버티지 못하고 귀를 틀어막았다. 악마종들의 귀에서 피가 철철 흘렀다.

[으음.]

클루티의 입가에도 피가 한 줄기 흘렀다.

클루티의 오러는 어느새 산산이 깨져버렸다. 그의 석검이 웅웅웅 크게 진동했다. 석검을 붙잡은 클루티의 손에 힘이 꽉 들어갔다. 손등에는 핏줄이 곤두섰다.

한편 다른 행성에서는 세불이 눈썹을 잔뜩 찌푸렸다.

그때 클루티가 천칭을 높이 들었다.

이 천칭이야말로 클루티의 4개 마병들 가운데 가장 강력한 위력을 자랑했다. 천칭에 새겨진 만자비문 7개 가운데

5개는 물질치환에 관한 것들이었다. 나머지 2개 가운데 하나는 무게와 관련된 비문이었다. 그리고 마지막 하나의 비문은 공간 압축을 다루었다.

클루티의 천칭이 권능을 발휘하자 세불 황궁에 문제가 터졌다. 세불 황궁을 떠받치는 지반이 세불의 머리 위의 공기와 치환된 것이다.

쿠콰쾅.

갑자기 지반이 사라지자 세불의 황궁이 통째로 낙하하기 시작했다. 대신 세불의 머리 위에는 황궁을 떠받치던 지반이 잔뜩 압축된 채 나타났다.

[이크!]

세불이 황급히 손을 머리 위로 뻗었다.

놀랍게도 세불은 이 어마어마한 지반의 무게를 버텨내었다. 대신 세불의 팔뚝 2개가 우지끈 소리를 내면서 부러졌다.

그 와중에도 세불의 황궁은 지하 깊은 곳으로 계속 함몰되더니, 결국엔 우당탕 박살 났다.

[크악.]

[아아악.]

세불 황궁에서 일하는 악마종들이 떼로 죽었다. 황궁의 도서관과 보물창고가 부서지면서 손실도 어마어마하게 입었다.

[우아악, 이런 빌어먹을.]

세불은 자신의 팔뚝을 짓누르는 압축된 지반을 멀리 집어던진 다음, 분해서 씩씩거렸다. 조금 전 세불은 클루티에게 시원하게 한 방 먹여주었다. 그런데 이렇게 곧바로 카운터펀치를 얻어맞고 나니 분노가 이만저만 큰 것이 아니었다.

Chapter 2

[클루티, 이노옴. 죽여버릴 테다.]

화가 난 세불이 눈 밑의 낫 문신을 확 잡아 뜯었다. 그런 다음 세불은 그 문신을 상대 행성으로 날려 보냈다.

회청색의 낫이 거대하게 나타나 클루티의 황궁을 반으로 쪼개려고 들었다.

이번에는 클루티가 얼굴을 굳혔다.

[허억, 제기랄.]

클루티는 포대자루를 열고 석검을 휘둘러서 세불의 낫을 한 차례 더 막아야 했다. 클루티의 포대자루 속에서 검은 뭉게구름이 급격하게 튀어나왔다. 석검에서 방출된 황금빛 오르는 단숨에 클루티 황궁 상공에 검막을 쳤다.

클루티는 방어와 동시에 공격도 병행했다. 클루티가 직경 30 미터 크기의 화로를 높이 들자 화로 속의 불꽃이 세불의 발밑으로 이동했다.

화르르륵!

화롯불은 눈 깜짝할 사이에 세불의 전신을 휘감았다.

불꽃의 색깔은 진한 회색에 가까웠으며, 이글거리는 불 속에서 꽈배기 모양의 문자들이 떠돌아 다녔다.

[크악, 이 치사한 클루티 놈! 크아악, 죽여 버릴 테다.]

세불이 회색빛깔 화롯불 속에서 펄쩍펄쩍 뛰었다.

그래 봤자 한번 붙은 불은 쉽게 꺼지지 않았다.

2명의 군주가 치열하게 맞싸우는 동안, 이탄의 악귀수라는 클루티 황궁을 마구 휘저었다.

백팔수라 제2식 수라군림 발동!

악귀수라의 발밑에서 구름이 진득하게 피어올랐다.

악귀수라가 지나가는 앞에는 풀 한 포기 남지 않았다. 다 부서지고 박살 났다. 클루티 황궁의 수비병들은 악귀수라에게 스치면서 한 줌의 피보라로 화했다. 클루티 황궁의 화려한 건축물들이 쾅! 쾅! 쾅! 폭발하듯이 박살 났다.

황궁을 난도질하는 것은 비단 악귀수라만이 아니었다. 어둠의 법력을 잔뜩 품은 거대 뱀들도 붉은 비늘을 촤라락 곤두세운 채 거칠게 날뛰었다.

클루티 황궁의 수호신, 즉 한 쌍의 날개는 이탄의 거대
뱀이 두려운 듯 날개를 접고 납죽 엎드렸다.

기세등등한 거대 뱀들이 점령군처럼 클루티 황궁을 장악
했다.

[저 무도한 침입자들을 막아랏.]

[어서 저 괴물들을 막으라고.]

클루티 황실의 황족들이 악을 썼다. 황족과 귀족들은 참
모들이 세운 전략, 즉 매뉴얼에 따라서 행동했다.

매뉴얼 10번: 폐하(클루티)께서 말테를 포로로 잡는다.

매뉴얼 12번: 약해진 보호막을 뚫고 황궁으로 난입한 적
병들은 제국의 군단장들이 책임지고 방어한다.

이 매뉴얼에 따르면, 말테(이탄)을 상대하는 것은 군주인
클루티의 몫이었다. 그러는 사이 황족과 귀족들은 매뉴얼
12번에 입각하여 황궁에 난입한 적병들을 막아야 했다.

클루티의 자식들이 각자의 무기를 들고 뛰쳐나와 108마
리의 거대 뱀들을 막았다. 황궁에 머물던 고위 귀족들도 이
탄은 내팽개치고 핏빛 거대 뱀을 상대했다.

좌라락!

어둠의 법력으로 이루어진 거대 뱀들이 붉은 비늘을 곤두세우고 적에게 달려들었다.

비록 회색 태양(만자비문)을 입에 물고 있지는 않다고 하나, 이 거대 뱀들은 여섯 눈의 존재와도 거뜬히 맞서 싸웠었다. 그런 거대 뱀을 한낱 진마급의 악마종들이 버텨낼 리 없었다.

[끄아악—, 안 돼. 막을 수 없어.]

[강해. 너무 강하다고.]

클루티 제국의 황족들이 쏘아낸 공격은 거대 뱀의 붉은 비늘을 뚫지 못했다.

반면 거대 뱀에게 들이받힌 황족들은 뼈가 으스러지고 몸이 터졌다. 피투성이가 된 황족들은 108마리 거대 뱀을 피해서 도망치기에 급급했다.

고위 귀족들이 예외는 아니었다. 그들은 만자비문에 대한 깨달음까지 동원하여 거대 뱀을 공격했다가, 이내 피를 토하면서 나자빠졌다.

그렇게 쓰러진 자들 앞에 이탄이 나타났다.

이탄의 악귀수라는 펑! 소리와 함께 검푸른 연기로 흩어졌다가 적 황족들 앞에 나타나 상대의 배를 가르고 보울을 강탈했다. 두개골을 부수고 그 속에서 응축되어 있던 보울도 빼앗아 갔다.

[이게 웬 횡재냐? 이거 아주 보석의 밭이네. 룰룰루~.]

이탄은 콧노래를 부르면서 클루티 황족들을 죽이고 보울을 회수했다. 클루티 귀족들로부터도 보울을 착실하게 가져왔다.

참모들은 대전 안의 홀로그램을 통해서 이탄의 일방적인 학살을 지켜보았다.

[으아아, 안 돼. 우리가 세운 전략이 엉망이 되었어.]

[매뉴얼 10번, 매뉴얼 10번을 발동해야 해. 폐하, 폐하께오서 말테부터 상대하셔야 하옵니다.]

패닉에 빠진 참모들이 클루티에게 달려가 애걸했다.

마침 클루티는 상대 행성의 세불과 한 방씩 주고받으며 난타전을 벌이던 중이었다. 클루티의 머리카락이 엉망으로 헝클어졌다. 클루티의 입과 코, 귀에서는 핏물이 줄줄 흘렀다. 클루티가 허공을 향해서 석검을 곧게 찔렀다.

쭈왕!

석검 날에 맺힌 황금빛 오러가 일직선으로 쏘아져 상대 행성으로 짓쳐들어갔다. 황금빛 오러는 단숨에 세불의 정수리를 찔렀다.

[쿵, 어림도 없다.]

세불이 만자비문으로 회청색의 방패를 만들어서 클루티의 오러 공격을 막았다. 그러면서 세불은 회청색 낫을 한

번 더 소환하여 클루티의 목을 베려고 시도했다.

[으헙?]

클루티가 부랴부랴 포대자루를 열었다. 석검도 수평으로 그었다.

포대자루에서 쏟아진 검은 구름이 여러 겹의 손바닥이 되어 세불의 회청색 낫을 막았다. 석검이 만들어낸 황금빛 검막이 세불의 낫을 한 번 더 방어했다.

클루티는 이렇게 세불과 싸우는 것만으로도 정신이 쏙 빠질 지경이었다. 그 와중에 참모라는 것들이 클루티의 발밑에 달려와 울면서 매달렸다.

[폐하, 폐하, 매뉴얼 10번과 11번을 기억하소서.]

[폐하께서는 매뉴얼 10번에 따라 말테 황태자를 생포하셔야 하옵니다. 그러는 동안 적 군주의 공격은 상공에 집중해놓은 대공방어막에 의존하여 버틴다고 되어 있습니다.]

참모들이 종알거리자 클루티는 머리가 어지러웠다.

Chapter 3

클루티가 버럭했다.

[이놈들아, 지금 내가 전력을 다해 세불 녀석과 싸우는

것이 보이지 않느냐? 여기서 어떻게 손을 빼라고?]

참모들은 클루티의 호통에도 물러서지 않았다.

[하오나 폐하, 매뉴얼 11번에 따르면 설령 대공방어막이 찢어지면서 황궁이 피해를 입더라도 이를 감수한다고 되어 있습니다. 세불의 공격은 황궁을 수호하는 마신의 날개가 감당할 것이옵니다.]

[그러하옵니다, 폐하. 부디 매뉴얼을 따라주시옵소서.]

클루티 제국은 원래 참모들이 작전을 입안하고, 이를 군주가 승인하여 매뉴얼이 만들어지면, 무조건 이 매뉴얼에 따라서 행동하는 구조였다. 군주인 클루티조차도 이 규칙으로부터 자유롭지 못했다.

[끄으응, 그래도 이건 아닌 것 같은데.]

클루티는 뭔가 불안감을 느꼈다.

그러는 동안에도 대전 밖에서는 이탄이 더 거칠게 날뛰었다. 참모들의 불안감은 이제 절정에 달했다.

[폐하, 부디 매뉴얼을 따라주시옵소서.]

[이 매뉴얼은 폐하께오서 윤허하신 것이옵니다.]

[더 늦기 전에 폐하께오서 결심을 내리셔야 하옵니다. 그래야 제국의 피해를 최소화할 수 있나이다.]

참모들이 떼로 악을 썼다.

마침내 클루티가 굴복했다.

[아, 젠장!]

클루티는 욕설을 한 방 내뱉고는, 세불이 날린 공격을 그냥 무시했다. 그런 다음 한 줄기 질풍이 되어 대전 밖으로 뛰쳐나갔다. 세불의 공격은 마신의 날개에게 맡기고, 본인은 이탄을 상대하기 위함이었다.

참모들이 두 손을 번쩍 들었다.

[폐하, 억만세!]

[폐하께서 매뉴얼대로 움직이셨으니 이제 우리의 위기는 최소한의 피해로 해결될 것이외다.]

[역시 급할 때일수록 매뉴얼을 따라야지. 아암, 그렇고말고.]

참모들이 이렇게 자화자찬을 할 때였다.

슈왕―!

바람 가르는 소리와 함께 세불이 날린 회청색 낫이 클루티 황궁의 대전을 반으로 쪼갰다. 클루티 제국의 참모들이 철석같이 믿고 있던 마신의 날개는 황궁의 양 옆에서 잔뜩 웅크린 채 꿈쩍도 하지 않았다.

세불의 공격 한 방에 참모들 가운데 절반이 처참하게 죽었다. 운 좋게 살아남은 참모들은 손으로 자신들의 머리를 감싸 쥐었다.

[으아악. 이게 무슨 일이야?]

[매뉴얼대로 따랐는데 왜 이 지경이 된 게야?]

참모들의 머리로는 도저히 이해할 수 없는 현상이 벌어졌다. 뇌에 과부하가 걸린 참모들은 입과 코, 귀에서 하얀 연기를 뿜었다.

회청색 낫이 클루티의 대전을 절반으로 쪼갠 순간, 클루티의 머릿속도 복잡했다.

'매뉴얼대로 재빨리 말테 녀석을 사로잡고, 그 다음 다시 돌아가서 세불 놈을 막아야지. 아군의 피해를 최소화하려면 최대한 빨리 말테를 제압해야 해.'

클루티는 200미터나 되는 거구를 바람처럼 날려서 이탄을 찾았다.

[말테. 어디 있느냐?]

클루티의 뇌파가 황궁 안에 쩌렁쩌렁 울렸다.

[으윽.]

클루티 황궁의 악마종들이 이 광포한 뇌파를 견디지 못하고 손으로 자신들의 머리를 감쌌다.

그때 이탄의 악귀수라가 클루티 앞에 등장했다.

이탄은 클루티의 뇌파를 듣기도 전에 이곳으로 달려오던 중이었다. 그러다 클루티를 발견하고는 펑! 하고 그 자리에서 사라졌다.

이탄이 다시 나타난 곳은 클루티의 코앞이었다.

악귀수라가 108개의 손을 뻗어 어둠의 법력을 응결시켰
다.

츠츠츠츠츠츠.

108개의 손끝에서 108개의 구체가 형성되었다.

[으헉?]

클루티는 이탄의 기세가 심상치 않음을 한눈에 알아보았
다.

클루티는 28개의 만자비문을 깨우쳐서 성마 하급에 도
달한 초강자였다.

'적국의 황태자인 말테가 성마의 단계에 올라섰다고 하
나, 그래 봤자 성마 최하급이겠지.'

이탄과 직접 부딪치기 전, 클루티는 이렇게 생각했다.

클루티를 섬기는 참모들도 다들 이런 생각이었다.

역마나 진마 단계에서도 그렇지만, 성마 단계에서 최하
급과 하급의 차이는 하늘과 땅만큼이나 간극이 컸다. 성마
최하급의 악마종이 성마 하급의 악마종을 꺾을 가능성은,
단언컨대 0이었다.

그래서 클루티는 자신이 이탄에게 질 거라는 생각은 눈
곱만큼도 하지 않았다.

다만 클루티가 염려하는 관건은 '얼마나 빨리 말테를 제
압하고 세불 놈을 다시 상대하느냐?' 였다.

한데 악귀수라를 보는 순간, 클루티는 가슴이 답답해졌다. 악귀수라의 108개 손에 응집 중인 구체를 목격한 순간, 클루티는 심장이 덜컥 내려앉았다.

[서, 성마 최하급이 아니잖아? 누가 얘더러 성마 최하급이랬어?]

클루티가 악을 썼다. 어찌나 놀랐던지 클루티는 뇌파도 더듬었다.

클루티의 참모들이 입안한 전략은 이탄이 성마 최하급이라는 가정 아래 세워진 것이었다. 이탄이 이런 초강자라는 사실을 미리 알았더라면 클루티는 결코 그런 개떡 같은 전략 매뉴얼을 승인하지 않았을 것이다.

하지만 후회해봤자 이미 때는 늦었다.

구구과과과과광—.

악귀수라의 손끝에서 쏟아져 나온 구체가 이내 거대한 뱀처럼 변해서 달려들었다. 108마리 거대 뱀 주변에 붉은 노을이 한 번 번쩍인다 싶었다. 이윽고 뱀의 표피에서 붉은 비늘이 촤라락 돋아났다.

두근 두근 두근 두근.

클루티의 심장은 미친 듯이 펌프질했다. 클루티는 4개의 마병을 동시에 번쩍 치켜들었다가 108마리 거대 뱀들을 향해서 내뻗었다.

포대자루에서 먹구름이 뭉게뭉게 솟구쳐서 커다란 손을 만들었다. 그 손이 좌우로 빙 우회하여 거대 뱀들을 단숨에 낚아채려고 시도했다.

150 미터나 되는 석검은 황금빛 오러로 물 샐 틈 없는 검막을 만들었다. 클루티는 이 검막에 의존하여 이탄의 공격을 버텨볼 요량이었다.

30 미터 크기의 화로는 회색 불꽃을 무섭게 지폈다. 꽈배기 모양의 문자를 머금은 화롯불이 어느새 악귀수라의 발밑으로 옮겨갔다.

Chapter 4

[이이익!]

클루티는 마지막으로 천칭이 가진 권능도 발동했다.

황궁 중심부에 우뚝 솟아 있던 산봉우리가 휙 사라졌다. 이 큰 산봉우리는 불과 몇 미터 크기의 암석으로 바짝 압축되더니 악귀수라의 머리 위에 존재하는 공기와 치환되었다.

쿠웅!

산봉우리 하나의 무게가 악귀수라를 짓눌렀다.

먹구름으로 이루어진 커다란 손은 108 마리의 거대 뱀들을 붙잡았다.

황금빛 검막이 108 마리 거대 뱀의 진격을 가로막았다.

악귀수라의 발밑에서는 무엇으로도 꺼트리지 못한다는 지옥의 불, 회색의 화롯불이 활활 타올랐다.

클루티는 이 한 방에 자신이 가진 모든 것을 쏟아부었다. 그가 깨우친 28글자의 비문도 몽땅 쓸어 넣었다. 그가 가진 음차원의 마나도 총동원했다.

'이렇게 하고도 말테를 해치우지 못한다면, 그건 내 운명이 여기까지라는 뜻이겠지.'

클루티가 입술을 꽉 깨물었다.

그런 클루티의 눈에 악귀수라가 악귀처럼 미소를 짓는 모습이 보였다.

'헉!'

순간, 클루티의 등골에 오싹 소름이 돋았다. 클루티도 악마종의 군주이지만, 조금 전 악귀수라의 미소는 정말 악마의 미소 같았다.

이탄이 웃은 이유는 간단했다.

'만자비문의 권능을 함부로 사용하는 것은 부담스럽지. 아직 준비도 되지 않았는데 여섯 눈의 존재와 또 싸우게 되면 골치 아프니까. 그런데 이렇게 상대가 만자비문을 내게

보내주면 땡큐지 뭐야?'

이것이 이탄의 생각이었다.

이탄은 (진)마력순환로를 대나무 속처럼 텅텅 비웠다. 그런 다음 가슴 속의 음차원 덩어리를 반대로 회전시켰다.

그러자 (진)마력순환로 속에서 강력한 흡입력이 발생했다.

피사노교에서도 금지한 북극의 별 마법 발동!

쪼르르르륵―.

빨대로 물을 빨아들이는 듯한 소리와 함께 검녹색 화롯불 속에서 일렁거리던 만자비문 일곱 글자가 이탄의 체내로 그대로 흡수되었다.

그러면서 이탄의 가슴 속 음차원 덩어리 표면에 양각되어 있는 7개 문자의 색이 약간 밝아졌다. 원래는 어둑했던 문자가 약간이나마 제 색을 되찾은 것이다.

피시식!

만자비문을 빼앗기자 회색 화롯불은 곧바로 꺼져버렸다.

그게 끝이 아니었다. 쩡! 소리와 함께 클루티가 들고 있던 화로의 표면에 금이 갔다.

[어헉?]

클루티가 화들짝 놀랐다.

상대가 놀라거나 말거나 이탄은 질풍처럼 몸을 날려 거

대 뱀들을 앞질렀다.

마침 이탄이 수라천세의 술법으로 방출한 거대 뱀들은 클루티가 만들어낸 황금빛 검막을 들이받아 단숨에 깨뜨리려던 참이었다.

"안 돼."

이탄이 거대 뱀들의 공격을 말렸다.

108마리의 거대 뱀들이 주춤한 사이, 이탄의 악귀수라가 직접 달려와 황금빛 검막에 손바닥을 밀착했다.

쪼르르륵—.

이번에도 빨대로 물을 빨아들이는 소리가 들렸다. 황금빛 검막 위에서 맴돌던 만자비문 일곱 글자가 이탄의 몸속으로 쭈와악 흡입되었다.

검막은 이내 빛을 잃고 찢어질 듯이 출렁거렸다. 그러면서 클루티의 석검 날에 금이 쩌저적 전파했다.

[어허헉?]

클루티가 거듭 기함했다.

이탄이 펑! 하고 다시 사라졌다.

이탄이 나타난 곳은 먹구름처럼 생긴 검은 손바닥 앞이었다. 이탄의 악귀수라가 손을 마주 뻗어서 검은 손을 맞잡았다.

쪼르르륵—.

검은 손에 박혀 있던 7개의 만자비문들이 이탄의 몸속으로 또 빨려들어 왔다. 그러면서 검은 손이 투명하게 흐려지다가 결국엔 자취를 감추었다.

검은 손이 소멸한 충격은 클루티의 포대자루로 전이되었다. 질긴 재질의 포대자루가 쭉 찢어졌다.

끼야아아악—.

포대자루 내부에서 악령들이 울부짖는 소리가 끔찍하게 울렸다.

[어허허헉?]

클루티는 연이은 충격에 비틀거렸다.

하지만 뭐니 뭐니 해도 가장 큰 타격은 천칭이 받았다.

이탄의 머리 위쪽 공기가 작게 압축된 산봉우리로 치환된 순간, 이탄은 악귀수라의 손을 뻗어서 그 산봉우리를 덥석 움켜쥐었다.

산봉우리 하나의 무게가 얼마나 될 것인가?

그 거대한 산을 수 미터 크기로 압축했으니 이것은 또 얼마나 단단할 것인가?

한데 악귀수라는 잔뜩 압축된 산봉우리를 붙잡아서 그대로 터뜨렸다. 산봉우리에 어려 있던 7개 문자가 악귀수라의 손바닥 속으로 쪼르륵 흡수된 순간, 이미 산봉우리는 한낱 흙을 뭉쳐놓은 푸석푸석한 덩어리에 불과했다.

치환의 권능이 취소되면서 그 타격이 천칭으로 전달되었
다.

채채챙!

클루티의 천칭으로부터 금속 부딪치는 소리가 울렸다.
천칭의 양팔이 크게 출렁거리면서 천칭 접시가 사방으로
날아갔다.

[어허허허헉?]

클루티는 어찌나 놀랐던지 그대로 엉덩방아를 찧었다.

200미터나 되는 클루티가 주저앉는 순간, 그의 뒤쪽에
있던 건물은 그대로 무너졌다. 건물 안에서 벌벌 떨고 있던
시종들은 클루티의 엉덩이에 깔려서 납작한 육포로 변했
다.

펑!

이탄이 또 사라졌다. 검푸른 연기가 흩어지면서 이탄의
악귀수라는 공간을 뛰어넘어 클루티의 앞에 등장했다.

[으헙?]

클루티가 두 눈을 부릅떴다.

제8화

마병 강화와 노예 21호

Chapter 1

이탄은 클루티의 손목 4개를 동시에 움켜쥐었다.

쪼르르륵—.

또다시 물 빨아들이는 소리가 울렸다.

클루티가 수만 년에 걸쳐서 깨우친 비문들, 클루티가 수만 년에 걸쳐서 쌓아온 음차원의 마나, 클루티의 생명력, 클루티의 생각과 지식, 심지어 클루티의 혼백까지도 모두 뽑혀서 이탄에게 흘러들어갔다.

[으아아악, 살려……줘……. 으아아악! 아니, 살려…… 주세요.]

클루티가 애걸했다.

클루티는 정말 이대로 소멸당하고 싶지 않았다. 이탄과 더 이상 싸우고 싶지도 않았다. 그는 이탄이 원한다면 클루티 제국도 통째로 바칠 생각이었다. 이탄이 명한다면 그의 발바닥이라도 핥을 수 있었다.

그러는 동안에도 클루티의 모든 것들은 이탄에게로 흡수되었다. 클루티의 몸 전체가 쑤욱 빠져나갔다가 이탄의 신체 위에 한 겹 덧씌워지는 듯한 현상이 얼핏 보였다.

'북극의 별 마법'에 '동화'의 권능이 더해진 결과였다.

[제발……, 제에바아알―.]

클루티가 울먹거렸다.

이탄이 멈칫했다.

[어헉, 어헉, 어헉, 어헉.]

이탄이 흡수를 중단하자 클루티는 막혔던 숨을 거칠게 몰아쉬었다.

이탄은 클루티의 뇌에다 대고 물었다.

[내가 왜 너를 살려줘야 하지? 그럴 이유가 있나?]

이탄의 질문은 낭떠러지에 매달린 클루티에게 내려진 한 가닥의 가느다란 실과 같았다. 클루티는 본능적으로 깨달았다.

'이 실을 잡아야 산다. 이 실을 놓치면 끝장이야.'

클루티는 낭떠러지를 잡고 있던 손을 탁 놓고는 가느다

란 실을 4개의 손으로 덥석 붙들었다.

[다 바치겠습니다. 제가 소유한 제국, 제가 지배하던 영토, 제가 가진 여자 악마종들, 제가 누리던 보화들, 제게 충성을 바치던 부하들, 제가 가진 지식들, 제 자식들, 제 시위들까지 몽땅 내놓겠습니다. 심지어 저 자신도 내놓겠습니다. 저를 말테 님의 노예로 부려주십시오. 말테 님의 발바닥 구석구석을 핥는 개가 되겠습니다. 말테 님이 시키시는 일이라면 무엇이든 하겠습니다. 저를 소멸만 시키지 말아주십시오.]

클루티는 판단이 빨랐다. 그 판단이 클루티를 살렸다.

[흐으음. 그렇단 말이지?]

이탄은 악귀수라를 해제했다. 말테의 모습으로 돌아온 이탄은 손으로 자신의 턱을 조몰락거렸다.

클루티는 그 앞에 바짝 엎드려 머리도 들지 않았다.

이탄은 벌벌 떠는 클루티를 바라보다가 직설적으로 물었다.

[그렇다면 너는 툼 군단에 가입할 테냐?]

[네에? 넵! 가입하겠습니다.]

클루티는 툼 군단이 무엇인지도 몰랐다. 그렇지만 그는 무조건 툼 군단에 가입하겠노라고 대답했다.

[그렇다면 은혜로우신 툼의 은혜를 받겠느냐?]

[네에에? 네넵! 받겠습니다. 은혜로우신 툼의 은혜를 받고 싶습니다. 꼭 받기를 원합니다.]

클루티는 툼의 은혜가 뭔지도 몰랐다. 그러나 분위기상 무조건 받겠다고 대답할 수밖에 없었다.

이탄이 고개를 삐딱하게 기울여 클루티를 바라보았다.

클루티는 바닥에 이마를 대고 벌벌 떨었다.

이탄은 아공간 박스를 뒤져서 새 장부 하나를 꺼냈다.

'혹시 몰라서 일수장부를 많이 만들어 두기 잘했지 뭐야? 후훗.'

이탄은 하얗게 웃고는 손가락을 까딱했다.

[손에 들고 있던 무기 좀 이리 내놔봐라.]

[네넵? 네에에에.]

클루티는 4개의 마병을 이탄에게 내놓기 싫었다. 클루티는 만자비문의 권능을 이 4개의 마병에 쏟아부어 연마한 터라 이 마병들이 목숨이나 다름없었다.

'그래도 진짜 목숨보다 귀하지는 않겠지. 하아아.'

클루티는 눈물을 머금고는 4개의 마병을 이탄 앞에 내려놓았다.

이탄이 또 요구했다.

[크기 좀 작게 줄여봐.]

[넵, 말테 님.]

클루티가 손을 뻗자 그의 손끝에서 은은한 빛이 방출되었다. 그 빛이 안개처럼 마병들을 뒤덮었다.

마병들이 스르륵 줄어들어서 이탄의 손에 딱 맞는 크기로 변했다.

'크흑! 너희들을 이렇게 남에게 바치게 되다니, 정말 미안하구나. 크흐흑.'

클루티는 마음속으로 자신의 마병들에게 용서를 빌었다.

이탄은 우선 석검을 붙잡았다.

금이 간 석검은 이탄이 두려운 듯 부르르 떨었다.

이탄은 아공간 박스 속에서 진마 최상급의 보울을 하나 꺼낸 다음, 그 보울을 석검 위에 올려놓고 마법진을 그렸다.

아나테마에게 배운 강화마법을 펼치려는 것이다.

클루티는 '저게 뭔 짓이지?' 라는 표정으로 이탄을 지켜보았다.

잠시 후, 샤라랑! 소리와 함께 석검이 강화되었다.

[부가 효과]
공격 발동 시 만자비문의 권능 0.1 퍼센트 증가.

이러한 글귀가 이탄의 눈앞에 또렷하게 드러났다. 이 글귀는 홀로그램처럼 이탄의 눈에만 보였다.

'뭐야? 만자비문의 권능도 강화할 수 있다고?'

강화마법을 펼쳤던 이탄도 뜻밖의 효과에 눈이 휘둥그레졌다. 비록 0.1퍼센트에 불과하지만, 만자비문의 권능이 증가했다는 것은 다른 그 어떤 마법 효과보다 중요했다.

강화 성공과 더불어서 석검에 퍼졌던 균열도 싹 사라졌다.

'혹시 다른 것도 또 되려나?'

이탄은 원래 클루티의 마병 가운데 하나만 강화해줄 생각이었다. 그런데 만자비문이 강화되는 것을 보자 호기심이 생겼다.

Chapter 2

이탄은 찢어진 포대자루를 들어서 진마 최상급의 보울로 강화를 해보았다.

샤라랑!

경쾌한 소리와 함께 또 다시 강화가 되었다.

[부가 효과]
방어 발동 시 만자비문의 권능 0.1 퍼센트 증가.

이번에는 방어용 강화가 이루어졌다. 찢어졌던 포대자루도 감쪽같이 다시 붙었음은 물론이다.
이탄은 천칭을 강화해 보았다.
경쾌한 소리와 함께 부가 효과가 떴다.

[부가 효과]
공격 발동 시 본래 공격력의 10퍼센트에 해당하
는 불 속성의 마법 발동.

이탄이 혀를 찼다.
'쳇! 항상 되는 게 아닌가 보네. 이번에는 만자비문의 권능을 강화하지 못했어.'
이탄은 공격력을 10퍼센트 증가하는 것보다 만자비문의 권능을 높이는 것이 훨씬 더 좋다는 사실을 본능적으로 깨달았다.
마지막으로 이탄은 클루티의 마병들 가운데 화로를 강화해 보았다.
샤라랑! 소리가 울렸다. 이탄은 강화 작업을 끝내자마자 효과부터 확인했다.

[부가 효과]
공격 발동 시 본래 공격력의 8퍼센트에 해당하는 물리 속성의 타격마법 발동

'아우 씨. 또 이 모양이네. 처음 두 번이 운이 좋았나?'

이탄은 내심 불만이었지만, 신규 노예놈(?) 앞에서 그런 티를 내지 않았다. 그저 마음속으로만 '앞으로 만자비문의 강화에 대해서 깊이 있게 연구해봐야겠구나.' 라고 결심했을 따름이었다.

[자, 받아라.]

이탄이 마병들을 클루티에게 돌려주었다.

[말테 님, 이걸 왜 다시 저에게…….]

클루티가 말꼬리를 흐렸다.

이탄은 턱 끝으로 마병들을 가리켰다.

[잔소리 말고 성능부터 확인해 봐라.]

[넵, 알겠습니다.]

클루티는 이탄의 지시가 의문스러웠으나, 군소리 없이 자신의 마병들을 다시 살폈다.

[헉!]

클루티가 쿠웅, 엉덩방아를 찧었다. 어찌나 놀랐던지 이 탄을 향한 클루티의 눈동자는 정신 못 차리고 경련했다.

[마, 말테 님, 이게 어찌 된 영문입니까?]

클루티가 뇌파를 더듬었다.

이탄은 상대의 질문을 딱 잘랐다.

[질문은 받지 않는다. 강화된 마병이 마음에 드나?]

[네에? 제게 이 마병들이 마음에 드느냐고 물으셨습니까? 당연히 마음에 듭니다. 아니, 어떻게 이런 일이! 아니, 어떻게 깨달음을 강화할 수가 있는 것인지요? 허어어.]

클루티는 멍한 눈으로 자신의 마병과 이탄을 번갈아가며 보았다.

이탄은 이때다 싶어서 클루티 앞에 일수장부를 펼쳤다.

[그 마병들은 은혜로우신 툼께서 땅바닥에 쓰러진 너를 불쌍히 여기셔서 하사하신 은혜이니라. 너는 툼의 은혜를 받고 쓰러진 자리에서 다시 벌떡 일어서겠느냐?]

[제게 이 마병, 아니, 이 은혜를 받겠느냐고 물으셨습니까? 당연히 받겠습니다. 이걸 받지 않으면 천하의 멍청한 개뻑다귀겠지요. 받습니다. 받고말고요. 음홧홧홧홧!]

클루티는 입이 귀에 걸렸다.

이탄은 손가락으로 일수장부를 가리켰다.

[툼의 은혜를 받고 싶으면 여기 이 장부에 지장을 찍으면

된다. 네 손가락이 너무 크니 마법으로 일수장부 좀 키워봐라. 옳지. 옳지. 그렇게 그 사이즈로 키운 다음 거기에 네 이름을 적고 서명을 한 뒤, 지장만 찍으면 돼. 뭐? 지장을 찍을 잉크가 없다고?]

빽!

[크억?]

클루티는 눈앞에서 별이 번쩍했다. 클루티의 코에서 붉은 핏물이 주르륵 흘렀다. 클루티는 조금 전 무슨 일이 벌어졌는지 제대로 보지도 못했다. 이탄의 손은 성마급 악마종의 동체시력보다 더 신속했다.

이탄이 클루티를 다독였다.

[그래. 지금 코에서 떨어지는 피. 그 피를 엄지에 찍어서 꾹 찍으면 돼.]

[네?]

클루티는 정신 못 차리고 버벅거렸다.

이탄이 으스스하게 협박했다.

[빨리 찍으라고. 너와 같은 군주급 악마종들은 자동으로 상처를 치유하는 능력이 있잖아? 그러다 코피가 멈추면 또 다시 내가 네 코피를 터뜨려야 하잖아. 어차피 찍을 거, 괜히 일을 번거롭게 만들지 말고 어서 일수장부에 지장을 찍어.]

[네넵! 찍겠습니다.]

클루티는 코피를 한 번 더 터뜨려야 한다는 말에 정신이 번쩍 들었다. 그래서 일수장부 첫 장에 적혀 있는 내용을 자세히 읽어볼 겨를도 없이 엄지에 코피를 묻혀서 지장부 터 꾸욱 찍고 봤다.

클루티가 지장을 찍고 일수장부를 다시 작게 만들어서 이탄에게 돌려주었다.

이탄은 펜으로 장부 표지에 슥슥 적었다.

　　　툼 지부 신도 21호

이것이 일수장부 표지에 적힌 명칭이었다.

아나테마가 1호이고 이자벨라가 2호라면, 클루티는 세불 제국 군단장 14명들보다도 후순위인 21호에 배정되었다.

심지어 클루티는 역마 단계에 불과한 코후엠보다도 더 후순위였다.

이탄은 역마와 진마, 성마를 차별하지 않았다. 그런 것보다 이탄은 선착순을 선호했다.

'어차피 역마나 진마나 성마나 다 거기서 거기잖아? 모두 다 한 방 감인데 무슨 순서가 중요하겠어? 그래 봤자 도

토리 키 재기지.'

이것이 이탄의 생각이었다.

한편 클루티는 고개를 갸웃했다.

'어엉? 21호라고? 21호가 무슨 뜻이지? 설마 내 서열이 21번째라는 뜻인가? 그럼 내 앞에 성마급 존재들이 20명이나 더 있다는 소리야?'

성마 20명이라니!

부정 차원의 그 어떤 제국도 이런 전력을 갖춘 곳은 없었다. 부정 차원의 2강이라 꼽히는 모드레우스 제국이나 디아볼 제국도 성마 20명은 어림도 없었다. 클루티는 심장이 벌렁벌렁 뛰었다.

'도대체 말테 님은 정체가 뭐지?'

이탄을 바라보는 클루티의 동공은 지진이라도 만난 듯 부르르 흔들렸다.

Chapter 3

5월 22일 새벽.

클루티 황궁에서 벌어진 공성전은 허무하게 종료되었다.

이탄이 홀로 마신의 날개를 제압하고 황궁에 쳐들어간

뒤 잠시 뒤, 이탄은 황궁을 훌훌 벗어나 아군에게로 되돌아왔다.

[태자마마, 무사하십니까?]

[마마, 이제 어찌된 일입니까?]

세불 제국의 군단장들이 모두 이탄 앞에 모였다.

이탄은 고개를 좌우로 한 번씩 두두둑 꺾었다. 그런 다음 날파리를 쫓듯이 손을 휘휘 저었다.

[목적을 이루었으니 이제 철수한다.]

이탄의 말에 군단장들이 화들짝 놀랐다.

[네에?]

[적 황궁이 코앞입니다. 그런데 그냥 철수하신단 말씀이십니까?]

솔직히 군단장들은 어이가 없었다.

이탄이 아무렇지도 않게 대답했다.

[그래. 병력을 뒤로 물릴 생각이다. 어차피 저 황궁 안에서 얻을 만큼 얻었어.]

이탄이 아공간 속에서 보울을 한 움큼 꺼냈다. 영롱한 보울들이 이탄의 손아귀 안에서 각자의 자태를 뽐내었다.

이탄의 손 위에는 진마 최상급의 악마종으로부터 적출한 보울이 무려 32개나 쌓였다. 이 보울들은 조금 전 이탄이 클루티 황족과 귀족들을 죽이고서 강탈한 것들이었다.

이탄은 원래 36개의 진마 최상급 보울을 빼앗았는데, 이 가운데 4개는 클루티의 마병을 강화하느라 사용했다.

여기에 이전에 얻은 보울까지 전부 더하면 이제 이탄이 가진 진마 최상급의 보울은 60개나 되었다.

이탄은 쩨쩨하지 않았다.

'어차피 신도들의 것은 다 내 것이지. 신도들이 강해질수록 나도 좋은 거야.'

이탄은 너그러운(?) 마음으로 14명의 군단장들에게 진마 최상급의 보울을 하나씩 하사했다. 이자벨라와 요제프에게도 하나씩 내주었다.

[태자마마, 이 귀한 것을 저희들에게 또 나눠주신단 말씀이십니까?]

군단장들이 깜짝 놀랐다. 그러면서도 군단장들의 입꼬리는 귀에 걸렸다.

이탄이 무덤덤하게 대꾸했다.

[내가 주는 게 아냐. 다 은혜로우신 툼께서 주시는 은혜이지.]

[예엡. 알고 있습니다. 툼께서는 정말 은혜로우시군요.]

이자벨라를 포함한 군단장들이 냉큼 이탄의 뇌파를 받았다. 그들은 보울로부터 눈을 떼지 못했다.

이탄이 손가락을 까딱였다.

[뭐하고 있어? 어서 일수장부에 지장부터 찍지 않고서. 튬 님의 은혜를 받으려면 기록을 남겨야 할 것 아냐. 그래야 나중에 너희들이 잊어버리지 않고 은혜를 갚겠지.]

[아 넵.]

[당연히 지장부터 찍어야죠.]

퍼억! 퍽! 퍽! 퍽!

14명의 군단장들은 각자 주먹으로 코피를 터뜨려서 일수장부에 지장을 찍었다. 이자벨라도 예외 없이 코피를 내서 엄지에 묻힌 다음 장부 위에 꾸욱 눌렀다.

이탄이 손가락으로 후방을 가리켰다.

[이제 다들 철수한다.]

[네에? 태자마마, 진짜로 철수하신단 말씀이십니까?]

뱀 얼굴 군단장이 눈치 없이 또 물었다.

이탄이 인상을 썼다.

[쓰읍. 내가 같은 뇌파를 자꾸 반복해서 읊어줘야 하나? 이미 적에게 충분히 피해를 주었다고 했잖아. 그 증거로 너희들에게 튬 님의 은혜도 나눠주었잖아. 여기서 더 이상 전쟁을 계속했다가는 아군 피해만 늘어날 뿐이라고. 저 황궁 안에는 더 이상 너희들이 탐낼 만한 진마 최상급의 보울은 하나도 없어. 이미 내가 싹쓸이를 해왔거든.]

이탄은 엄지를 어깨 위로 들어 클루티 황궁을 가리켰다.

이탄의 말은 99퍼센트 사실이었다. 클루티 황궁 안의 진마 최상급 악마종들 가운데 대다수는 이탄의 손에 죽었다.

이탄의 역정 어린 말투에 뱀 얼굴 군단장이 목을 쏙 움츠렸다.

[제가 눈치가 없어서 송구하옵니다, 태자마마.]

악룡족 군단장이 덩달아서 뱀 얼굴 군단장에게 핀잔을 주었다.

[아, 이 친구 참 답답하네. 지금 우리가 여기서 적들을 전멸시키려고 무리를 하다가 아군 병력에 피해가 오면 곤란하잖아. 전쟁이 끝나면 우리는 고향별로 돌아가야 하는데, 거기 가면 폐하께서 우리를 다그치실 거잖아. 클루티 행성에서 손에 넣은 전리품 좀 내놔봐라, 이런 말을 하실 거잖아.]

[컥!]

뱀 얼굴 군단장은 그제야 정신이 번쩍 들었다.

다른 전리품은 악마종들이 자유롭게 나눠가져도 된다.

하지만 보울은 아니었다. 보울에 대한 배분권은 군단장이 가질 수 없었다. 특히나 진마 최상급의 보울은 더더욱 그러했다.

뱀 얼굴 군단장을 비롯한 다른 군단장들도 열심히 짱구

를 굴렸다.

'우리가 태자마마께 하사받은 보울은 우리 거야. 이건 톰 님께서 주신 것이니까 폐하도 이걸 내게서 빼앗아갈 수는 없다고.'

'태자마마는 이미 성마가 되셨잖아. 그러니까 당연히 우리에게 보울을 나눠주실 권리가 있으신 게지.'

'그런데 폐하께서 과연 태자마마께서 선심 쓰신 것을 인정해 주실까? 만약 폐하께서 어깃장을 놓으신다면 장차 내전이 벌어질 수도 있겠구나. 폐하와 태자마마 사이에 스파크가 한 번 튈 수도 있겠어.'

'편이 갈린다면 당연히 나는 태자마마의 편에 서야지. 그래야 내가 받은 2개의 진마 최상급 보울을 폐하께 빼앗기지 않지.'

'아하! 그러니까 우리는 여기서 더 이상 병력을 잃어선 곤란해. 태자마마께서도 이 점을 내다보시고는 무리해서 적 황궁을 도모하시지 않는 게야.'

'아마도 태자마마께서는 단신으로 적 황궁에 쳐들어가서 진마 최상급의 귀족들을 대거 학살하셨나 봐. 그런 다음 우리를 배려하여 퇴각 명령을 내리신 게야. 우리가 여기서 더 다쳤다가는 장차 내전이 벌어졌을 때 불리해지니까.'

군단장들이 다들 돌아가는 상황을 납득했다.

[하오면 태자마마, 이제 세불 행성으로 돌아가는 것입니까?]

악룡족 군단장이 주먹을 불끈 쥐고 물었다. 어차피 내전이 벌어질 거라면, 먼저 선방을 날리는 편이 좋다고 악룡족 군단장은 생각했다.

다른 군단장들의 의견도 악룡족 군단장과 그리 다르지 않았다.

[태자마마, 애매할 때는 선방이 최곱니다.]

거인족 군단장이 8개의 주먹을 번쩍 들어 주장했다.

[뭐?]

밑도 끝도 없는 거인족 군단장의 주장에 이탄이 눈썹을 찌푸렸다.

〈다음 권에 계속〉

마법군주」 발렌 작가의 신작!

『정령의 펜던트』

"정령사는 말이지, 되고 싶다고 해서 되는 게 아니야.
그냥 그렇게 태어나는 거지.
날 때부터 정해진 운명 같은 거라고."

dream
books
드림북스

환생왕

ORIENTAL FANTASY STORY & ADVENTURE

요 도 / 김남재 신무협 장편소설

정체를 알 수 없는 세력들에 의해
비참한 최후를 맞이한
천룡성(天龍城)의 후계자 천무진.
그런 그에게 찾아온 또 한 번의 삶.
그리고 그를 돕기 위해 나타난 여인 백아린.

"이번엔…… 당하지 않는다."

이젠 되돌려 줄 차례다.
새로운 용이 강호를 뒤흔든다!

dream
books
드림북스